rowohlt
HUNDERT AUGEN

für Beate

von [illegible]

Arielle Freytag ist Anfang dreißig und hat es eigentlich geschafft: Aufgewachsen im prekären Essener Stadtteil Katernberg, verdient sie als Social-Media-Managerin in Düsseldorf mittlerweile viel Geld. Bis eine Depression sie aus der Bahn wirft und für eine Weile in die «Klapse» bringt. Kaum wieder zu Hause, erreicht sie ein Hilferuf aus ihrer alten Heimat, und zum ersten Mal seit zwölf Jahren kehrt Arielle an den Ort ihrer Jugend zurück. Dort werden seit ein paar Tagen zwei Mädchen vermisst – was Arielle mit Wucht an ihre Mutter erinnert, die vor vierundzwanzig Jahren spurlos verschwand. Damals blieb Arielle allein bei ihrer eigenwilligen Großmutter zurück. Wer ihr Vater ist, weiß sie nicht, auch ihr dunkles, krauses Haar und die Hautfarbe sind nur vage Hinweise: italienisch, türkisch, kroatisch? Während in Katernberg fieberhaft nach den Mädchen gesucht wird, stellt Arielle sich endlich den schmerzhaften Fragen, auf die sie immer dringender Antworten braucht.

Lisa Roy ist ein literarisches Debüt von großer emotionaler Wucht gelungen. Konsequent und illusionslos schreibt sie gegen den Mythos von einer klassenlosen Gesellschaft an – mit einer Heldin, deren Schlagfertigkeit und trockener Humor unvergesslich bleiben.

Lisa Roy

ROMAN

Keine gute Geschichte

ROWOHLT
HUNDERT AUGEN

Das Gedicht auf Seite 233 stammt von dem japanischen Dichter Moriya Sen'an (gestorben 1838), deutsch von Yoel Hoffmann.

Originalausgabe
Veröffentlicht im Rowohlt Verlag, Hamburg, April 2023

Covergestaltung FAVORITBUERO, München
Coverabbildung Shutterstock
Satz aus der Guyot Text bei Dörlemann Satz, Lemförde
Druck und Bindung CPI books GmbH, Leck
ISBN 978-3-498-00345-6

Die Rowohlt Verlage haben sich zu einer nachhaltigen Buchproduktion verpflichtet. Gemeinsam mit unseren Partnern und Lieferanten setzen wir uns für eine klimaneutrale Buchproduktion ein, die den Erwerb von Klimazertifikaten zur Kompensation des CO_2-Ausstoßes einschließt.
www.klimaneutralerverlag.de

FSC www.fsc.org
MIX
Papier | Fördert gute Waldnutzung
FSC® C083411

Für Katrin und Mustafa,
meine Eltern

Eins

Das ist keine gute Geschichte. Verschwundene Mädchen brauchen eine andere Kulisse. Frei stehende Einfamilienhäuser mit Carports, eine tapfere Mutter, die neben ihrem Ehemann steht und den Lieblingsteddy ihrer Kleinen festhält. Einen Vater, der schwanger aussieht und dem großen Bruder einen Arm um die Schultern legt. Das wäre traurig. Das wäre perfekt.

Was sich nicht als Kulisse eignet: Ruhrgebietstristesse, Nachkriegsbauten, die nicht die Kraft haben, Hochhäuser zu sein, und dürre oder fette (nimm das nicht persönlich, aber es gibt nie etwas dazwischen) Alleinerziehende, die mit künstlichen Fingernägeln an ihrem Nasenpiercing rumfummeln und in Verteidigungshaltung gehen, sobald sie den Mund aufmachen.

Man braucht auch bessere verschwundene Mädchen: Annas und Claras und Charlottes, die Geige spielen und von Klassenkameradinnen als «hilfsbereit» und «richtig lieb» beschrieben werden. Ashanti und Lara – bei Letzterer passt immerhin der Name – spielten nicht Geige. Bei den großen Schulfotos, die unterhalb der Schlagzeile abgedruckt waren, handelte es sich eher um künftige Teenie-Mütter, um Mädchen, die «Ficken» an die Wand der Schultoilette schmierten und in ein paar Jahren Blowjobs gegen Hausaufgaben anbieten würden. Lara hatte eine pinkfarbene Plastiksträhne in ihr blondes Haar gebunden. Auf der anderen Seite klemmte eine rote Haarspange. Über ihren kleinen Brüsten, vermutlich noch Babyspeck, stand in Strasssteinen «Hannah Montana». Das runde Gesicht mit den vollen Lippen und den blauen Augen wirkte obszön – trug sie Make-up? Sie lächelte in die Kamera und wirkte nicht wie ein Mädchen, das man vermisst.

Das ist gemein, entschuldige. Du hast vielleicht auch nicht wie jemand ausgesehen, den man vermisst, und ich weiß es ja besser.

Zurück zu den Mädchen: Ashanti war schöner, als ihr wahrscheinlich guttun würde. Ihr ebenmäßiges Gesicht erinnerte an eine junge Beyoncé, ihr wolkenartiger Afrodutt daran, dass sie eine weiße Mutter hatte, die mit dem krausen Haar ihrer Tochter überfordert war. Teilnahmslos, mit halb geöffnetem Mund, schaute sie in die Kamera. In weißer Bluse mit Goldkettchen sollte sie vermutlich aussehen wie eine zukünftige Anwältin, erweckte aber eher den Eindruck einer Edelnutte. «Wo sind unsere Babys?!», wurde über den Fotos gefragt. Ich stellte mir vor, wie ein Banker in einigen Jahren «Baby» in Ashantis Ohr hauchen würde, irgendwo in einem Club bei Mailand, nachdem ihr eine Modelkarriere versprochen worden war. Vorausgesetzt natürlich, sie lebte und konnte noch Edelnutte werden.

Auf der unteren Hälfte der Titelseite eine kurze Human-Interest-Story, in der nichts Neues stand. Daneben das Foto einer der Mütter, einer schweren Frau in meinem Alter, die ein rosa Plüschkaninchen mit großen Augen in den Händen hielt. Ihre Haare waren so straff zu einem Dutt gebunden, dass sie aussah, als würde sie gegen einen Sturm anlaufen. Bei genauem Hinsehen erkannte ich Melanie, ein Mädchen aus dem Viertel, mit dem ich zur Realschule gegangen bin – erinnerst du dich an sie? Sie hat im selben Block gewohnt, mit einer dürren (siehe oben) Mutter, mit der du dich mal fast geprügelt hättest, ich weiß nicht mehr, warum. Für mich ging es nach der Realschule weiter aufs Gymnasium, für Melanie allem Anschein nach nirgendwohin. «Melanie, die Matratze», sah ich vor mir an der Wand der Sport-Umkleide, sah auch das Mädchen, das es nun doch noch in die Zeitung geschafft hatte.

Ich stieß Magensaft auf, zog mich am Regal hoch und ging aus dem Supermarkt auf die Lorettostraße. Seit ich mir erlaubte, wieder an dich zu denken, fragte ich mich, ob dir mein neues Zuhause gefallen würde. Die Jugendstilhäuser, die überteuerten Restaurants, Boutiquen und Cafés – fändest du all das schick oder schickimicki? Würde ich dich zu Frozen Yogurt und Trüffel-Pasta einladen, oder wärst du eingeschüchtert von alldem?

Vor meinem inneren Auge unsere gemeinsame Welt: die Sechziger-Jahre-Siedlung meiner Kindheit am Essener Stadtrand, oben im Norden, nur wenige Minuten Fußweg nach Gelsenkirchen. Türken (tatsächlich waren übrigens viele der Leute, die wir für Türken hielten, in Wahrheit Libanesen, Kurden oder Marokkaner, aber das wussten wir damals nicht), ohne Hoffnung auf Integration, aber mit echten Familien und Loyalität, mit Zusammenhalt, Grillen im Park und ständiger gemeinsamer Überzuckerung – und zugegebenermaßen ab und zu auch einer Zwangsehe, häuslicher Gewalt und einem Mädchen, das nicht aus dem Heimaturlaub zurückkehrte. Hier und da ein gut gemeintes, scheiße gemachtes Kulturprojekt, das auf das grüne Ruhrgebiet oder die Geschichte des Bergbaus hinweisen sollte, von Zeitungen und Integrationsbeauftragten hochgelobt, von uns weitestgehend ignoriert. Braune Menschen vor grauen Fassaden, Plastikspielzeug auf schlecht gepflegtem Rasen, würziges Essen in überfüllten Wohnungen. Und natürlich: Erinnerungen an dich.

*

Ich ging zu dem Altbau mit meiner Zwei-Zimmer-Wohnung, immer an den Hauswänden entlang, nie zu nah am Bordstein. Meine Wohnung ist cremefarben, hier und da ein bisschen Perlmutt oder blasses Türkis. Meine ersten eigenen Wohnungen hatte ich noch mit dir im Kopf eingerichtet, hatte ein pinkfarbenes Samtsofa gekauft und getrocknete Rosen von der Schlafzimmerdecke baumeln lassen. Aber diese Wohnung hier ist für mein neues Ich, mein wahres Selbst. Sie ist sauber, aufgeräumt, alles hat einen Ort. Klare Linien, helle Farben, Understatement. Ich bin dir entwachsen, es macht mich stolz, es bricht mir das Herz.

Sieben Wochen zuvor war ich aus der Anstalt entlassen worden, hatte mich weder in der Agentur noch bei Freunden gemeldet und auch Doktor Nazemi nicht zur Weiterbehandlung kontaktiert. Ich hatte *Love Island* geschaut, mir täglich Sushi von Nagaya bestellt und auf ein Zeichen gewartet. Ein Zeichen, eine Ausbildung zur Kosmetikerin zu machen, als Deutschlehrerin nach Simbabwe zu gehen, mich von einer Autobahnbrücke fallen zu lassen. Ich nahm, was ich kriegen konnte. Die Antidepressiva – sie trockneten meinen Mund aus, sorgten für Übelkeit, feucht wurde ich auch nicht mehr – nahm ich nicht, dafür trank ich viermal destillierten Belvedere-Wodka. Bei YouTube hatte ich gerade *90 Day Fiancé* eingetippt, um mich von zum Scheitern verurteilten Beziehungen berieseln zu lassen, als mein Handy vibrierte. Nach dem fünften Klingeln meldete ich mich.

«Ja?»

«Hallo, ist da Arielle Freytag? Hier ist Meryem Güçlü, eine Freundin Ihrer Großmutter», sagte eine weiche Stimme. Die Art Stimme, die man von professionellen Sprechern und Schauspielern kennt und erst zu schätzen weiß, wenn man probeweise mal selbst im Tonstudio für 'nen Pitch was eingesprochen hat.

«Meine Großmutter hat keine Freunde», sagte ich.

Erinnerst du dich an Meryem? Oder nein, warte. Sie ist jünger als ich, du kannst dich nicht an sie erinnern. Meryem war das schlaueste Mädchen im ganzen Block, das wusste jeder. In meinem Tagebuch führte ich damals Listen, über Mädchen im Viertel und in der Schule. Es gab «hübsch», «schlau» und «reich» – die drei Kategorien, die mir gefährlich werden konnten. Meryem war schlauer als ich, aber dabei so nerdy, dass sie schon wieder ungefährlich war.

Sie lachte nervös. «Ich weiß nicht, ob Sie sich an mich erinnern, ich bin auch in Katernberg aufgewachsen, aber ich war – und bin natürlich – ein paar Jahre jünger. Also: Ihre Großmutter ist gestürzt. Sie wurde gestern aus der Reha entlassen und ist nun allein in der Wohnung. Ich habe leider erst jetzt Ihre – oder kann ich du sagen? Ich sage mal du, ja? –, ich habe jetzt erst deine Nummer herausbekommen. Es geht ihr ganz okay, sie hat sich den Oberschenkelhals gebrochen, aber es sieht so aus, als würde es gut verheilen.»

«Ähm – okay, schön», sagte ich.

«Sie ist allein und außerdem ein bisschen verstört wegen der Vorfälle. Du hast ja bestimmt mitbekommen, die beiden Kinder. Und da dachte ich, ich spüre dich mal auf und frage, ob du Zeit hast, für eine Weile nach Hause zu kommen. Varuna braucht ein bisschen Beistand, und ich glaube, sie braucht dich.»

Ich leugnete, von den verschwundenen Mädchen gehört zu haben, leugnete auch, mich an Meryem zu erinnern, und fragte dann: «Warum ich?» Nicht nett, ich weiß.

«Na ja, du bist ihre einzige Verwandte. Ich hab gedacht, also – wer sonst?»

«Du vielleicht, wenn ihr so gute Freunde seid.» Ich legte die Hand auf meinen Bauch und betastete meine Muskeln.

«Vielleicht für ein paar Tage, es muss nicht lange sein.»

Ich hatte auf ein Zeichen gewartet, das hier war wohl eins – ich stimmte zu.

«Oh, okay. Gut. Ich freue mich sehr. Und Varuna wird sich auch freuen, wirklich.»

Ich fragte mich, was Meryem das Wohlbefinden meiner Großmutter anging. Varuna war seit mindestens dreißig Jahren verstört und einsam, da bestand kein akuter Handlungsbedarf.

«Sag ihr nicht, dass ich komme, ja? Ich möchte sie überraschen.»

«Haha, okay.» Meryem schien zu wissen, wie sehr Varuna Überraschungen hasste. Vielleicht waren sie wirklich Freundinnen.

Noch am selben Nachmittag packte ich meinen Koffer und legte einen schwarzen Kaschmirpulli hinein. «Ich packe meinen Koffer und lege einen schwarzen Kaschmirpulli und eine Chloé-Jeans hinein. Ich packe meinen Koffer und lege einen schwarzen Kaschmirpulli, eine Chloé-Jeans und einen LaPerla-BH hinein.»

Ich packe meinen Koffer. Das war unser Lieblingsspiel, weißt du noch? Wir lagen auf deinem Bett im Wohnzimmer und überlegten, wohin unsere Reise führen sollte. Such dir ein Land aus, sagtest du. Amerika, sagte ich, und dann dachten wir darüber nach, was wir mitnehmen sollten ins

Land Amerika. Stundenlang packten wir unseren Koffer. Bis du deinen wirklich gepackt hast (oder auch nicht).

Ich faltete meine teuerste Kleidung in den Hartschalenkoffer – als könnte sich eine einzige Jogginghose um meine Fesseln wickeln und mich zurück nach unten ziehen. In meine Alexander-Wang-Tasche steckte ich mein iPhone, mein Portemonnaie, ein bisschen Schmuck und eine ungeöffnete Flasche Belvedere. Ich packte für eine Woche.

Es gab niemanden, dem ich hätte Bescheid sagen müssen. Ich hatte keine Haustiere, keine Pflanzen und bekam wenig Post. Senf schimmelt nicht, der Elchmilch-Blauschimmelkäse sollte schimmeln, ansonsten war nicht viel zu holen. Die übrigen Eier, Steaks und Karotten nahm ich mit. Den Bio-Bauchspeck auch. Nach meiner Entlassung machte ich ein Viertel meines Monatsgehalts für Feinkost locker. Nie wieder zwanzig Gramm abgepackten Frischkäse (abgerundete Kanten, nichts für Ritzer), keinen wässrigen, lauwarmen Kaffee mehr, keine laschen Brötchen und Billigsalami. Wäre man nicht schon vorher depressiv gewesen, nach drei Monaten Verrücktenfraß war man es auf jeden Fall.

*

Während der Zugfahrt sah ich Ashanti und Lara auf dem Sitz gegenüber. Sie blickten mich an. Lara lasziv, Ashanti teilnahmslos. Wo seid ihr?, fragte ich ihre Gesichter. Was ist euch zugestoßen? Oder seid ihr schlauer, als ihr ausseht, und habt erkannt, was das Leben für euch bereithält? Früher verbrachte ich unzählige Stunden damit, auf meinem Bett zu liegen oder durch die Straßen zu laufen und darüber nachzudenken, wie wohl ein Leben südlich der A40 wäre, wie es wohl in Düsseldorf oder Köln, vielleicht sogar in

Stuttgart oder München sein mochte. Ich wollte in die Welt aus *GZSZ* und *Unter uns*. Vielleicht waren sie einfach aufgebrochen in so eine Welt der gefegten Innenhöfe und blonden Musiker mit verwuschelten Haaren, die in einem Café an der Ecke schlanken Menschen Latte macchiato reichten. Aber diese Träume kamen natürlich erst später. Als du noch da warst, wollte ich nirgendwo sein außer bei dir.

Oder hatten Ashanti und Lara erkannt, dass diese Art Leben schon jetzt außerhalb ihrer Reichweite lag und entschieden, es zu beenden, bevor es so richtig begann? Aber Neunjährige bringen sich nicht um, oder?

Im Nachhinein wurde mir klar, wie nah diese andere Welt ist. Auch für uns gewesen ist. Wir hätten einfach mit dem Zug ins Rheinland fahren können, so wie Martha, das einzige Mädchen in der Schule, dessen Vater einen Doktortitel hatte – er war kein Arzt, was das Ganze noch unglaublicher machte. Montags erzählte sie oft von Museumsbesuchen in Bonn oder Domkonzerten in Köln. In meinen Ohren hätte sie auch von Paris und Chicago sprechen können, so unwirklich und fern klangen diese Städte. Selbst der Essener Süden schien unerreichbar, Bredeney und Kettwig kannte ich nur aus Erzählungen, wie Atlantis und das Nimmerland, dabei waren es bloß zwanzig Minuten mit der Straßenbahn, nach Düsseldorf brauchte man eine halbe Stunde mit dem Zug. Wusstest du das und wolltest nicht dahin? Oder bist du nur ohne mich gefahren?

Der Mann gegenüber klappte seine Zeitung zu, Ashanti und Lara verschwanden und stiegen am Flughafen mit ihm aus.

Gerade war ich weggedöst, als ich sie hörte. Wie greller Durchfall breiteten sie sich aus. Elf Frauen in den gleichen pinkfarbenen Shirts mit der Aufschrift «Tussis on

Tour» am Rücken. Vorne das Logo eines Sportvereins, TuS Holtenkamp. Sie gruppierten sich um mich, alle in ihrer Angel-meets-Jägermeister-Duftwolke. Schwarze Kurzhaarschnitte, blonde Dauerwellen. Überschminkt, braun gebrannt, Raucherfältchen. Erschöpfung, die durch zu viel Kaffee zu Hysterie geworden war. Frauen, deren Leben sich zwischen Supermarkteinkäufen und Vormittagsfernsehen bewegte, deren Radius kaum größer war als der einer Milchkuh.

Ich kenne diese Mütter. Diese Mütter haben ihre Kinder mit Ach und Krach und Drohungen und körperlicher Gewalt in die Oberstufe gekriegt, das hat noch niemand in ihrer Familie geschafft. Und diese Mütter würden alles dafür tun, dass ihre Kinder nicht von der erstbesten Göre, die sich aufs Gymnasium verlaufen hat, wieder in den Abgrund gezogen werden.

Diese unsichtbaren Hierarchien kann ich in meinem neuen Leben immer schwer erklären, aber du verstehst ja, wie es funktioniert: Egal, wo man steht, man muss nach unten treten können. Das Treten beweist, dass es noch ein Unten gibt, und das ist wichtig.

Diese Mütter sind bereit, die AfD zu wählen, damit die Flüchtlinge und die der Todesstrafe würdigen Pädophilen von ihren Schützlingen ferngehalten werden. Aber wovor sie wirklich Angst haben, was sie nachts wachhält, das sind Mädchen wie Ashanti, Lara und ich.

Ich schloss die Augen wieder, zählte bis vierhundertneunundfünfzig und stieg am Essener Hauptbahnhof aus.

*

Mit jeder Haltestelle, die die Straßenbahn Richtung Norden fuhr, schrumpfte der Anteil an Leuten, die sowohl Deutsch sprachen als auch nüchtern waren. Im Norden angekommen, saßen in der Straßenbahn türkische Großmütter, die seit fünfzig Jahren in Deutschland lebten, aber aussahen, als wären sie gestern aus Anatolien eingeflogen, und deutsche Männer, die selbst gestochene Knast-Tattoos trugen und ihre ersten vier Bier intus hatten. Wobei, neben mir waren da auch noch die Frau mit dem Instrumentenkoffer und so ein Typ, der einen Kuchen unter einer Tupper-Glocke transportierte. Wie es ist und wie es war, schien zum Verwechseln ähnlich, aber doch nicht identisch zu sein. Die Mutter mit dem Zwillingswagen, der Mittvierziger am iPhone, die zwei Teenies ganz hinten, die sich kreischend vor Freude über das Handy der einen beugten.

*

An der Haltestelle Abzweig Katernberg, gegenüber an Ulla's Büdchen, an den Laternenpfählen und an der Tür von Kodak Döner hingen die Vermisstenanzeigen. Manche selbst gebastelt und handgeschrieben, andere von der Polizei. Ich zählte durch. Lara wurde fünf Poster mehr geliebt. Würden verschwundene Mädchen von Coca-Cola gesponsert, hätte das anders ausgesehen. Es hätte CLPs mit Bewegtbildern gegeben, irgendeinen interaktiven Kack, Micro-Influencer hätten auf ihren Channels mitgeholfen, alles wäre glatter und weniger verzweifelt homemade.

Solche Poster muss es auch für dich gegeben haben, oder? Hatten wir das Viertel damit zugekleistert, dein hübsches Gesicht in alle Lotto-Annahmestellen und jeden Altgold-Ankauf gehängt? Ich erinnere mich nicht.

Ich starrte ins Leere und bemerkte zu spät, dass hinter der Scheibe ein Mann Döner vom Spieß schnitt und zurückstarrte.

Ich kam an einem kaputten Kühlschrank vorbei, daneben standen zwei aussortierte Stühle ohne Sitzfläche. Andere Leute hatten sich mit normalem Hausmüll beteiligt, und nun entstand an der Schalker Straße eine Pop-up-Müllhalde. Am Verein für deutsch-türkische Freundschaft, in den sich wahrscheinlich noch nie eine Frau oder ein Deutscher verirrt hat, bog ich ein.

Ein Tritt in die Magengrube, als ich den Block sah. So gut wie nichts hat sich verändert. Das Senfgelb ist jetzt dreckige Eierschale, ansonsten alles wie früher. Diese Siedlung ist beständig in ihrer Beschissenheit – wie ein kleines afrikanisches Land, das nach Millionenzuschüssen noch genauso arm, korrupt und undemokratisch ist wie vorher. «Was hätten wir tun sollen?», fragen sich die richtigen Leute laut und denken heimlich: Vielleicht sind diese Menschen einfach anders als wir. Vielleicht sind sie noch nicht bereit. Vielleicht kriegen wir doch alle das, was wir verdienen, und das hier hat nichts mit Armut oder sozialer Durchlässigkeit zu tun. Was weiß ich, vielleicht haben die richtigen Leute recht.

Die löchrige Hecke vor dem Häuserblock, als wäre er ein Bordell, das es abzuschirmen gilt, nicht einfach ein trauriges Stück Ruhrgebiet. Sie ist so hoch wie damals, selbst sie hat verstanden, dass hier nichts wächst. Ohne diese Hecke wäre es weniger traurig. Ohne Hecke wären wir einfach offiziell im Ghetto und hätten ein bisschen Ghettostolz entwickelt, trotzig unsere Nasen in die Höhe gereckt und wären mit Ist-halt-so-Schnoddrigkeit durchs Leben gegangen. Die Hecke zeigt uns, was wir nicht sind, worauf wir gehofft haben, wofür wir hier hingekommen sind, woraus nichts geworden ist.

Habe ich wirklich «wir» gesagt?

*

Doktor Ziegler hat in einem unserer wöchentlichen Einzelgespräche gesagt, ich solle dir schreiben. Einen Abschiedsbrief oder so was. Und weil ich es nicht gemacht habe, hat sie gemeint, es würde an meiner Weigerung liegen, mich von dir zu verabschieden. In der Klapse bedeutet immer alles irgendwas, nichts darf einfach mal sein oder aus Faulheit oder so geschehen. Sie meinte, man könne den Brief dann zu einem Schiffchen falten und auf einem Fluss treiben lassen. Per Hand schreibe ich nur Einkaufszettel, wenn ich also nicht mein MacBook in der Ruhr versenken möchte, wird nichts aus dem Schiffchen. Ich war schon froh, wenn ich die tägliche Aneinanderreihung unsinniger Therapien überstanden hatte und mich abends beim Fernsehprogramm durchsetzen konnte.

Ich lief an der Hecke entlang, und dann stand plötzlich Melanie vor mir und rauchte. Melanie, die mit der verschwundenen Lara. Melanie, die Matratze, Melanie aus der Zeitung. Ich war überrascht, dass sie hier war. Und war überrascht, dass ich überrascht war. Wo sollte sie sonst sein? Hatte ich etwa geglaubt, Mütter verschwundener Kinder würden in ein eigens für diesen Zweck erbautes Haus abtransportiert, wie in eine nepalesische Menstruationshütte, um dort still zu leiden, fernab von neugierigen Nachbarn?

«Was glotzt du so?», fragte Melanie und zog ihre Augen zu Schlitzen. Ihr komplettes Gesicht schien sich in der Mitte zu treffen. Nase, Augen und Mund waren klein und standen eng beieinander. Drum herum Brachland.

«Erinnerst du dich an mich?» Ich stellte meinen Koffer ab und holte Zigaretten aus der Handtasche.

Warum rauchen arme Assis immer Schachtelzigaretten, ohne Ausnahme? Hat ihnen nie jemand gesagt, dass Drehen billiger ist, oder hat das irgendetwas mit Reststolz zu tun, der sich in Camel und Marlboro äußert?

«Bist wohl aufgetaucht, weil es hier was zu glotzen gibt?»

«Ich bin wegen meiner Großmutter hier.» Ich zeigte auf die Häuserfront, und weil ich mich nicht erinnern konnte, wo «meine» Fenster waren, schweifte mein Arm unentschlossen über den ganzen Block.

«Die Schrapnelle lebt immer noch, ne?» Melanie nickte Richtung Fenster.

«Anscheinend schon.»

Wir grinsten und zogen an unseren Zigaretten.

«Tut mir leid mit Lara. Ich hab keine Kinder, kann mir aber vorstellen, dass das schrecklich ist.» Gelogen. Ich konnte und wollte es mir nicht vorstellen.

«Keine Ahnung, ich heul den ganzen Tag und sitz hier rum. Die Bullen sagen mir nicht so richtig was, und ich weiß echt nicht, was ich machen soll.»

Tränen rollten über Melanies Wangen. Sie ignorierte sie, und ich machte mit.

«Hast du noch mehr Kinder?»

«Nur Lara. Dachtest du, ich hab ’nen Stall voll?» Ihre Augen wurden noch kleiner.

Sie schaute mich lange an. Eine Frau, die Stille aushalten konnte.

«Du hast früher schon immer geglaubt, dass du was Besseres bist», sagte sie schließlich.

«Denk ich immer noch», antwortete ich und schaute über die benachbarte Häuserfront.

«Nur weil du mal nach Düsseldorf gezogen bist und ’n paar Jahre einen auf feine Dame gemacht hast, heißt das nicht, dass du nicht genauso hierhingehörst wie ich.»

Erzählte meine Großmutter von mir? Hatte Melanie

mich auf Facebook gestalkt? Wenn ich ihr Bild nicht in der Zeitung gesehen hätte, hätte ich kein weiteres Mal in meinem Leben an sie gedacht.

«Man kann das Mädchen aus der Gosse holen, aber nicht die Gosse aus dem Mädchen.» Kurz sah Melanie zufrieden mit sich aus. Dann kramte sie einen Schlüssel mit einem dreckigen Diddl-Maus-Anhänger aus ihrer Jackentasche. «Man sieht sich», sagte sie und verschwand in dem Hauseingang.

Wie konnte sie noch immer hier wohnen? Lebte sie bei ihren Eltern? Oder sind Mietverträge zusammen mit Übergewicht und Armut erblich? Ich rauchte zu Ende, atmete tief durch und klingelte bei Varuna.

*

So düster, dass man sich daran die Augen verdarb. Ich wollte ihr nicht ins Gesicht schauen, guckte an Varuna vorbei in die Wohnung. Sonnenfinsternis.

Meine Freundinnen hatten unsere Wohnung geliebt, erinnerst du dich? Bis ich es verbot, nannten sie sie «Das Hexenhaus». Die dunklen Stoffe an den Wänden, das schiefe selbst getöpferte Geschirr, die exotischen Pflanzen und die Nacktkatzen ließen die Wohnung wie ein Gruselkabinett aussehen, erdacht von einer Sechsjährigen. Jeder Schritt musste mit Bedacht gewählt werden, es gab keinen Freiraum. Neben der Tür stand eine enorme Kaktee mit fingerlangen Stacheln, hier wurde das Gegenteil von Willkommenskultur gelebt. Eine dunkle Kommode, wie alle Oberflächen mit gemustertem Stoff bedeckt. Der Geruch nach Keller und feuchtem Teppich, die Kakteenhäuser mit den starren, feindseligen Pflanzen, die Katzenklos, die verhängten Stehlampen, die alles in ein schummrig violettes

Licht tauchten – noch bevor ich über die Türschwelle trat, blieb mir die Luft weg.

Als Kind hatte ich an eine Untererdewelt geglaubt, genau wie an eine Unterwasserwelt, und daran, dass es unter der Erde so aussehen würde wie hier. Wenn man sich durch die Wiese buddelte, wäre da eine höhlenartige Welt aus lilafarbenem Samt und modrigen Pflanzen, aus billigem Messingschmuck und haarlosen Katzen mit riesigen Augen.

Als steckte ich in einem Korsett, musste meine Lunge kämpfen, um Luft in ihre Flügel zu saugen.

Varuna schaute mich schweigend an, ihr Gesicht ausdruckslos. Sie schien geschrumpft, seit ich sie zuletzt gesehen hatte. Ansonsten ein paar Falten mehr, aber derselbe vorwurfsvolle Blick, dieselbe Haltung, als würde sie zu ihrer Krönung und nicht durch ihre Wohnung schreiten. Sie humpelte drei Schritte auf mich zu, streckte eine Hand nach meinem Gesicht aus, legte sie mir auf die Wange und kniff, eine zärtliche Geste imitierend, mit ihren kalten Fingern hinein.

«Arielle.» Sie schob mich eine Armlänge von sich weg, drehte meinen Kopf in ihren Händen, als wollte sie mich auf Macken hin untersuchen. «Du siehst aus wie Milch und Blut.»

Der Geruch nach Kernseife, der Geruch meiner Kindheit. Ich trat einen Schritt zurück, lehnte am Flurgeländer und blickte durch die offene Tür auf eine der Katzen, die anschuldigend auf dem grünen Hocker saß, der noch immer unter der Gegensprechanlage stand, daneben das Korbtischchen mit dem schwarzen Wählscheibentelefon. Kurz schloss ich die Augen, dachte an meine Wohnung: Weiß und Cream. Keine Muster, kein Schnickschnack, nichts Selbstgebasteltes, kein absichtlicher Verfall.

«Immer so dramatisch», sagte Varuna, die einen smaragdgrünen Turban und handflächengroße Silberohrringe trug.

«Ha!», sagte ich und ließ mich von ihr in die Wohnung ziehen.

Im Hexenhaus roch es noch immer nach alter Frau, als hätte jemand alle Wände mit Rosenwasser abgewaschen. Mit vierundsiebzig Jahren war Varuna in den Geruch hineingewachsen.

Ich zwang mich, in ihre blassen Augen zu gucken, auf ihre hohen Wangenknochen, ihr hängendes Kinn. Ein paar Sekunden standen wir regungslos voreinander, zwischen uns die Lücke, die Leerstelle, du an deinem natürlichen Platz zwischen den Generationen.

Varuna, eine Frau höheren Alters im Outfit eines fernöstlichen Wanderpredigers. Ich, eine Frau Anfang dreißig, im Outfit einer Senior-Social-Media-Managerin. Ich hatte eine kurze Escort-Karriere darauf gebaut, ethnisch uneindeutig auszusehen. Italienisch, türkisch, kroatisch, mit ordentlich Kajal auch persisch oder arabisch – ich konnte sein, was Mann haben wollte.

Varuna war eine geborene Heidrun, konnte aber auch sein, was sie wollte. Nicht wegen dunkler Haare oder mandelförmiger Augen, sondern aus reiner Egozentrik, gepaart mit Willensstärke. Wann hatte sie begonnen, sich Varuna zu nennen? Es muss lange vor meiner Geburt gewesen sein, vielleicht sogar vor deiner. Sie hieß also seit Jahrzehnten Varuna, damit niemand daran zweifeln konnte, dass Heidrun Freytag etwas Besonderes war. Einfach Varuna, kein Nachname. Als wäre sie Prince oder Banksy und keine verschrobene Alte, die arbeitslos im Essener Norden wohnte, hässliches Geschirr töpferte und sich noch hässlichere Katzen hielt. Immerhin hatte sie sich für Buchstaben entschieden, nicht für eine Raute oder einen Kringel. Es wäre ihr zuzutrauen gewesen. Sie war eine Frau fürs Symbolische: Stachelige Kakteen, aggressive Katzen – alles ein bisschen dick aufgetragen, wenn man mich gefragt hätte, aber mich hat nie jemand gefragt.

Auf dem Esstisch, der in der Mitte des runden Flurs stand, ragte eine Orchidee in einem pinken Topf in die Höhe, daran ein Kärtchen, auf dem «Gute Besserung» stand.

«Hübsch», sagte ich, und Varuna verdrehte die Augen.

«Die einzigen Pflanzen, die aussehen, als würden sie sich wünschen, Kunstblumen zu sein», sagte sie und blickte auf die Orchidee. «Nun denn.»

Schwungvoll zeigte Varuna auf die geschlossene Tür meines Kinderzimmers, ihr Gewand folgte ihrer Bewegung.

Ich hievte meinen Koffer an ihr vorbei und öffnete die Tür: An den hellrosa Wänden hing ein Poster von Christina Aguilera, daneben eine schmetterlingsförmige Collage mit Fotos meiner Schulfreundinnen. Auf dem weißen Tisch standen Ordner, beschriftet mit verschiedenen Schulfächern, außerdem ein rosa Stifthalter. Das Einzelbett von IKEA mit dem weißen Stoffhimmel war gemacht. Auf dem Nachttisch stand ein Plastikglobus, der als Lampe fungierte, daneben ein gerahmtes Foto von dir. Alles war ordentlich, wenn auch ein wenig eingestaubt. Alles war genauso, wie ich es verlassen hatte.

«Bist du bescheuert, warum hast du das Zimmer so gelassen? Ich war ein Jahrzehnt oder so nicht hier.» Ich drehte mich zu Varuna, schaute auf ihre sauber geschrubbten Finger. Das einzig saubere im Hexenhaus waren schon immer Varunas Hände.

«Aus derselben Blüte zieht die Biene ihren Honig und die

Wespe ihr Gift», antwortete sie, aber ich war nicht gewillt, im Kaffeesatz ihrer Worte zu lesen. «Ich habe gehofft, dass meine Enkelin irgendwann zu mir zurückkehrt.»

Sofort wusste ich, dass sie das nicht zum ersten Mal sagte. Dieser Raum existierte, damit sie weinerlich im Türrahmen stehen und über ihre treulose Enkelin klagen konnte.

Als ich diese Tür vor Jahren hinter mir zuzog, sagte ich mir wie ein Mantra: Ich komme nicht zurück. Ich komme nicht zurück.

«Na klasse, hier bin ich», sagte ich und hob den Koffer auf mein altes Bett. Varuna verzog ihre schmalen Lippen zu einem Lächeln, drückte ihre kleine Hand gegen ihre Hüfte. Dass ich tatsächlich zurückkehrte, war natürlich nie Teil des Plans gewesen.

«Hier bist du.» Sie trat einen Schritt auf mich zu. «Willkommen zu Hause, mein Spatz.»

*

Ich lag auf dem Rücken im Bett meiner Kindheit. Über mir der Stoffhimmel, an den ich vor siebzehn Jahren Plastikschmetterlinge befestigt hatte. Wie Motten am Lampenschirm klebten sie auf dem hellen Stoff und flogen nirgendwohin.

Wir hatten diese Schmetterlinge geklaut, in großen Mengen. Bei Plus an der Ecke gab es sie im Sechserpack. Am Ende hatten Jana und ich zweihundertvierzig Schmetterlinge, die wir für fünfzig Pfennig pro Stück auf dem Schulhof verkauften. Alle Mädchen hatten welche. Die Nachfrage kurbelten wir an, indem wir den Mädchen ohne Schmetterling erklärten, dass wir leider nicht mit Leuten spielten, die keine Schmetterlinge hatten. Das tat uns auch leid, aber das war nun mal die Regel. Unser erstes kleines Business. Später dann lukrativere Ideen – getragene Unterwäsche, Fotos. Hätte es Social Media damals schon gegeben, ich hätte auswandern müssen oder wäre nach meinem Selbstmord zum Anti-Bullying-Poster-Child geworden.

Ich leckte an Mittel- und Zeigefinger, ließ sie in meinen Slip gleiten. Ich begann, kreiste meine Finger einige Minuten lang, nichts passierte. Gerade hatte ich mich ein bisschen horny gerieben, da tauchte das Bild der beiden Mädchen auf, und ich musste von vorne anfangen. Ich rieb wieder, zehn Minuten, und langsam begann es zu schmerzen. Ich habe angefangen zu masturbieren, als du verschwunden bist – das klingt krank, oder? Irgendwie hat es mich beruhigt. Ich weiß gar nicht, ob ich damals Orgasmen hatte, ich glaube nicht. Geht das überhaupt mit sechs? Aber die Erregung hat gutgetan, hat mich wahrscheinlich abgelenkt. Tut sie noch immer.

Auch jetzt konnte ich nicht aufhören. Wie mit dreizehn, da habe ich masturbiert, bis ich blutete. Davon lassen wollte ich trotzdem nicht, habe Möhren, Bananen, Haarsprayflaschen in mich hineingesteckt.

Ich gab auf, ließ meine Hände über den Stoff gleiten, strich das Laken glatt und streifte mit meiner Hand etwas Wollenes. In der Ritze zwischen Bett und Wand steckte ein Stoffnilpferd. Ich muss es aus meinem Gedächtnis gelöscht haben, zusammen mit vielem aus diesem Vorher.

Ich setzte das Nilpferd auf die Fensterbank und überredete mich, die «Progressive Muskelentspannung» nach Jacobson auszuprobieren, die ich in der Klapse gelernt hatte. Schnell war klar geworden, dass es bei der Bewegungstherapie vor allem um innere Bewegung ging. In der ersten Stunde sollten wir mit einem Seil einen Kreis um uns legen, der den persönlichen Raum symbolisierte, den wir benötigten. So ein langes Seil gab es nicht.

Jeden Mittwoch übte ich am Ende der Stunde die Muskelentspannung. Ich und meine Co-Verrückten auf unseren Matten wie Kindergartenkinder beim Mittagsschlaf, die Bewegungstherapeutin auf ihrem Hocker wie die untervögelte Pädagogin, die sie war. Ihr Lispeln hatte jede Entspannung unmöglich gemacht, ihre Fäussste, Mussskeln, ihr etwasss.

Auf dem iPhone fand ich die Audio-Datei und schloss die Augen. «Winkeln Sie beide Arme im Ellbogen an, bilden Sie mit den Händen Fäuste, drücken Sie die Arme an Ihren Körper heran und ziehen die Schultern etwas in die Tiefe nach hinten. Jetzt! Halten Sie die Spannung einen Moment. Atmen Sie dabei ruhig weiter. Atmen Sie langsam wieder aus, lösen Sie die Verkrampfung an Händen, Unterarm und Oberarm und lockern Sie Ihre Muskeln. Achten Sie auf den Unterschied zwischen der Anspannung vorher –»

Ich war eingeschlafen, Schweiß hatte sich über meinen Brüsten gesammelt, bildete einen winzigen Teich, die Haare in meinem Nacken waren nass. Mit Mühe entzerrte ich meinen Kiefer. Im Zimmer über mir hörte jemand «My heart will go on».

Eine halbe Minute massierte ich meine Kaumuskeln, schaute aus dem Fenster, triggerte die schmerzenden Stellen, bis mir schwarz vor Augen wurde. Zu der hässlichen Beißschiene – «Sie knirschen nicht, Sie pressen. Das sehe ich hier ganz deutlich.» – hatte ich mich nie durchringen können.

Vor dem Fenster dieselbe Laterne, die Hauswand auf der anderen Seite, die Mülltonnen in ihren grauen Häuschen, die Depri-Hecke, dazu Céline Dion – es war 1998.

*

Neben der riesigen Kaktee an der Wohnungstür stand noch immer die schwarze Truhe. Unverrückt wohnte sie auf einem kleinen violetten Teppich und war mit einer Schicht Staub bedeckt. Auf der Kiste lag, wie damals, neben dem Kellerschlüssel ein kleines Klemmbrett aus rotem Samt, auf dem meine To-do-Liste notiert war. Den Ausdruck kannten wir damals vermutlich noch nicht, aber seit ich lesen konnte, fand ich auf dem Klemmbrett meine Aufgaben. In Varunas akkurater Schrift las ich:

4x Futter
Papiermüll
Glühbirne Badezimmer

War das die letzte Liste vor meiner Flucht? Oder hatte Varuna wieder damit begonnen, Aufgaben für mich zu sammeln? Ihre Art zu schreiben hat mich schon damals wütend gemacht, dich auch? So klein und aufrecht, irgendwie hatte sie etwas märtyrerhaftes, als wollte eine Handschrift in widrigen Umständen ihren Stolz bewahren – vermutlich projizierte ich, wer weiß. Ich nahm den Schlüssel, lief ins Bad: Eine der beiden Birnen des Deckenstrahlers war durchgebrannt.

*

Vor der Haustür zündete ich mir eine Zigarette an, zog den Rauch tief ein. Ich widerstand dem Impuls, sie auf meinem Unterarm auszudrücken, war trotz monatelanger Klapse noch zu stolz, offensichtlich geschädigt auszusehen.

Das iPhone lag oben, gerne hätte ich langsam durch Instagram gescrollt. Hier mal was gelikt, da mal mit Herzchen-Emoji kommentiert. Sozialversicherungsfachangestellte, die auf Beauty-Blogger umgeschult hatten. Influencer und die, die es werden wollten, «ihr wisst ja, Mädels, ich würde euch nie was vorstellen, was ich nicht selbst superduper finde. Heute hab ich wieder einen Rabattcode für euch.» Instafamous, alles hübsch, alles gut. Ich presste meine Fingernägel in meine Hände, achtete auf meine Atmung, versuchte zu spüren, wie der Rauch in meine Lunge gelangte, und bewusst auszuatmen.

Wie so oft, wenn ich das Gefühl hatte, dass ich nur auf mich drauf schaute, nicht in mir drinsteckte, hoffte ich auch in diesem Moment, dass jemand vorbeikommen und mir eine reinhauen, mich ficken, mich anschreien, mich schütteln würde. Einfach nur schütteln, bis sich irgendetwas löste, bis ich durch die Wattewände treten konnte und da war. Oder am besten nicht da, sondern in meinem echten Leben. Dem davor. Dem mit Altbauwohnung in Bilk, Influencer-Casting, Sushi-Abenden mit den Girls, Techno-Partys mit den Jungs.

Die dritte Steinplatte vor der Haustür hatte einen Sprung. In den Baumstamm davor war «J+M» geritzt, weil Jana dachte, dass Mohammed die Liebe ihres Lebens wäre. In dem Aushängekasten der Wohnungsgesellschaft wurde gemahnt, die Ruhezeiten einzuhalten. Außerdem sollten die Bewohner bitte daran denken, den Müll richtig zu trennen, hier noch einmal eine Anleitung. Ein glückliches Strichmännchen warf eine Handvoll Plastik – praktischerweise mit «Plastik» gekennzeichnet – in die gelbe Tonne. Ein unglückliches Strichmännchen warf es in die schwarze. Weil Müll falsch trennen ja so massiv unglücklich macht.

Mein Blick versuchte zu schweifen, aber er kam nicht weit. Alles war so nah, alles so geizig zugebaut – eine Architektur, die einen daran erinnerte, wohin man gehörte.

Ich habe mal etwas über einen Mann gesehen, der achtzehn Jahre zu Unrecht im Todestrakt gesessen hatte. Nach seiner Freilassung merkte er, dass er verlernt hatte, weit zu sehen. Einfach, weil seine Augen es so lange nicht konnten.

Zwei Hecken weiter hustete jemand. Ich drehte mich nach links und sah den schönsten Mann, den ich je gesehen hatte – zugegebenermaßen dachte ich das nicht zum ersten Mal. Ich straffte mein T-Shirt über den Brüsten, zog den Bauch ein und warf meine Haare über die Schulter. Dann saugte ich an der Zigarette, atmete geräuschvoll aus. Er hatte mich bemerkt, das sah ich an seiner Körperhaltung, schaute kurz zur mir herüber, ich schaute in die «Ferne». Der Mann unternahm nichts, schaute wieder auf den Boden, und ich fand, das war Anlass genug, hinüberzuschlendern.

«Hi», sagte ich, zog an der Zigarette und lehnte mich an das Mülltonnen-Häuschen neben ihm. Er guckte mich skeptisch an, sah unendlich erschöpft aus. Seine Augen waren fast schwarz, genau wie seine Haut. Er wirkte wie gemeißelt, Typ Mahershala Ali oder Virgil Abloh.

«Hi», antwortete er.

Er war irgendwie apathisch, hatte offenbar geweint. Die Traurigkeit stand ihm.

Ich legte den Kopf zur Seite.

«Wohnst du hier?», fragte ich, und er guckte irritiert hinter sich, als müsse er sich vergewissern, was «hier» bedeutete. Mit dem Kinn zeigte er Richtung Vermisstenposter an der Laterne vor uns. «Nee, ich bin Ashantis Vater. Die Kinder, die verschwunden sind –»

«Scheiße, sorry.» Verschwundene Kinder waren ein echter Stimmungskiller.

«Vielleicht musst du ein bisschen aufgemuntert werden», sagte ich.

Er schaute lange auf das Poster, dann kurz zu mir.

«Ich bin seit 'ner Woche da und hab dich noch nie gesehen.»

«Ich war auch über zehn Jahre nicht zu Hause. Ich bin hier aufgewachsen, zusammen mit der Mutter von Lara. Dem anderen Mädchen.»

Er nickte. Natürlich wusste er, wer Lara war, wusste wahrscheinlich mehr über sie, als ihm lieb war.

«Ich bin wegen meiner Großmutter zurückgekommen, die wohnt im Block und der geht's nicht gut.»

«Aha», sagte er. «Ich geh mal wieder rein.»

«Ich bin übrigens Arielle.» Halbherzig nahm er meine ausgestreckte Hand, murmelte: «John.» Ich hob seine Hand zum Mund und steckte den Zeigefinger zwischen meine Lippen.

John zog sie ruckartig zurück. «Kannst du bitte aufhören, mich anzumachen? Meine Tochter ist verschwunden, okay? Mein Leben ist gerade echt zu beschissen für Sex.» Er klang mehr erschöpft als wütend.

«Es ist nie zu beschissen für Sex», sagte ich, lächelte ihn an, schwang im Weggehen meinen Hintern und lief wieder Richtung Nummer 9.

Im Hausflur lagen Flyer mit den Fotos der Mädchen. Auf diesen Familienfotos sahen sie kindlicher aus. Lara stand neben einem Sofa und aß Eis, Ashanti saß auf einer Schaukel und lachte breit für die Kamera. Darunter der Aufruf:

SUCHTRUPP FÜR UNSERE MÄDCHEN
18.04., 06:00 Uhr, Suchtrupp. Nienhauser Park.
Treffpunkt: Eingang, Beginn vom Trimmdichpfad.
Jede Hilfe zählt!
Helft uns, unsere Mädchen nach Hause zu bringen!!!

Ich wusste nicht, dass wir so was in Deutschland machen, dachte, Search Partys wären eine amerikanische Erfindung. Tatkräftige Amis, die die Mistgabel schon in der Hand halten und heimlich darauf hoffen, 'nen Pädophilen aufzuspießen. Und warum so früh? Finden sich verschwundene Mädchen besser im Morgengrauen? Oder schlafen Kidnapper bekanntermaßen bis zehn und lassen sich morgens besser aufspüren?

*

Schwarze Jeans, enges schwarzes Top und puderrosa Bluse sollten genügen. Richtig? Was trägt man zu einer Search Party? Dazu meine Handtasche, ein bisschen dezenter Goldschmuck und Nude-Gloss. Wie damals, als Merve am Telefon gefragt hatte, welche Kleidung sie mir aus meiner Wohnung in die Klapse bringen sollte. Eher Businessschick, weil es etwas zu regeln gab, oder Freizeitlook, weil Psyche Privatleben ist? Ich entschied mich für einen Casual Look und wurde von meinen Mitpatienten überrascht, die in Jogginganzügen herumliefen, als wären sie zwischen den Feiertagen in einem Loch ohne Zeit und Konsequenzen versackt. Dress for the psyche you wanna have – ich blieb bei Jeans und Blusen.

Ich googelte «Kinder Kidnapping Überlebenschancen» und wunderte mich über mich selbst. Ich merke oft erst, worüber ich nachdenke, wenn ich es google. In den Wochen vor der Anstalt habe ich zum Beispiel nachts einmal «fasten sterben» gegoogelt und bin dabei auf Sterbefasten gestoßen. Einfach nicht mehr essen und trinken klang super, wie eine angenehme Art, nicht mehr zu sein. Ich habe also ein paar Videos geguckt, auch wenn das Konzept selbsterklärend ist: Man isst nicht, bis man nicht mehr ist. Trinken ist auch tabu, und das ist die echte Herausforderung. Als Merve mich drei Tage später fand, war ich schwach, aber leider immer noch lebendig. Ich weiß, dass das bescheuert klingt, aber ich glaube irgendwie nicht, dass ich wirklich depressiv war, ich wollte einfach nicht mehr leben. Das habe ich auch dem hübschen Arzt bei der Aufnahme gesagt, aber «nicht mehr leben wollen» ist wohl auch ein Krankheitsbild, und so musste ich in der Klinik bleiben. Google lügt nicht.

*

Ich war zu spät, der Trupp war schon losgelaufen. Ganz vorn auf der Wiese eine Reihe Moslems in Dschallabijas. Sie schritten langsam über den nebeligen Rasen, in den Händen hielten sie Gebetsketten, die sie mechanisch zwischen den Fingern weiterschoben. Die Männer standen bis zum Knie im Dunst, als würden sie schweben, als wären sie als islamische Wassernymphen aus dem Dampf erwachsen, von Gott persönlich gesandt. Nur die summenden Gebete dieser guten Geister waberten zu mir herüber, ansonsten war es still. Das Blaugrau des Himmels, das Blassgrün der Wiese, das Grau, Grau, Grau des Nebels, der Häuser, der Gewänder.

Ich blieb stehen, konnte meine Beine nicht bewegen. Das hier war das Schönste, was ich seit Langem gesehen hatte.

Vorwärts, komm schon. Einfach loslaufen und sich normal verhalten. Aber ich bewegte mich nicht, sah nur die Geister, sah sie wie auf einem Bildschirm, hätte gerne einen Screenshot gemacht und sie gepostet. Meine Übungen, ich musste meine Übungen machen, wie Doktor Ziegler es nach ihrem Vortrag über Depersonalisation vorgeschlagen hatte. Also: «Ich sehe Männer in langen Gewändern und Nebel», sagte ich zu mir. «Ich rieche Wiese und Kälte. Ich höre ein Knirschen unter meinen Schuhen und die Gebete. Ich fühle meine feuchten Finger. Ich schmecke Varunas widerliche Ingwer-Zahnpasta.»

Die Männer hatten die Wiese überquert. Ich wollte sie zurückschicken, wollte, dass sie für immer über diese vernebelte Wiese pendelten, hin und her. Hoffentlich gab es noch viele solcher Suchtrupps.

Eine Frau winkte mich heran. Unsicher ging ich auf sie zu. «Hi, schön, dich zu sehen. Toll, dass du gekommen bist.» Sie sprach leise, die Augen auf den Boden gerichtet. Sie schien etwas zu suchen. Ich folgte ihrem Blick, schaute auf die taubedeckte Wiese. Die Mädchen, klar, wir suchten die Mädchen.

«Ich bin Meryem, übrigens.» Meryem sah aus, wie ich sie mir vorgestellt hatte. Gute Deutsche, Mustermigrantin, Rucksack, ungefährlich. Ihr krauses Haar hatte sie zu einem Dutt gedreht, in ihrem Gesicht ein silberner Nasenring, ansonsten kein Schmuck, ungeschminkt. Jack-Wolfskin-Jacke, Ballonhose mit Ethnomuster, die nach Weltmusik und Lagerfeuer aussah. Ich starrte sie nun schon zu lange an, musste irgendetwas sagen.

«Meinst du, ihr macht das hier öfter? Schöne Atmosphäre», sagte ich also und tat, als würde ich mich auf den Boden konzentrieren – was suchten wir? In der sechsten Reihe suchte ich wohl kein Mädchen, das die ganzen Leute vor mir übersehen hatten.

«Ähm, nach den Mädchen suchen? Na ja, hoffentlich nicht. Aber wir machen es natürlich, bis sie gefunden sind.»

Natürlich.

«Woher kennst du Varuna?»

«Ich arbeite in einem Nachbarschaftstreff, in dem deine Großmutter Töpferkurse gibt.»

«Varuna gibt Kurse? Freiwillig?»

Meryem neigte den Kopf hin und her wie ein unsicherer Welpe. «Na ja, nicht direkt freiwillig, ich musste sie schon überreden. Wir versuchen, auch Anwohnerinnen zu erreichen, die ein wenig isoliert sind.»

Ich guckte noch immer in den Tau. Kam bei einer Search Party je irgendwas zum Vorschein? Warum sollten wir Sachen entdecken, die die Polizei nicht gefunden hatte?

«Warum hast du dich bei mir gemeldet? Also, ich bin jetzt hier, aber was ist der Plan?»

Meryem lächelte mich kurz an: «Anwesenheit, mehr nicht.»

Ich drehte mich um, weg von Meryems Grußkarten-Philosophie. Ein dumpfes Gefühl im Bauch, als ich Jana ein paar Reihen hinter mir entdeckte. Sie hatte sich einen gemütlichen Hintern mit den passenden Oberschenkeln angefressen, ansonsten sah sie ihrem einundzwanzigjährigen Ich erstaunlich ähnlich. Daneben Selma, weniger gut gealtert. Emine war auch dabei, jetzt mit Kopftuch, Caroline und Ebru – jetzt ohne Kopftuch – und ein paar Frauen, deren Namen ich vergessen hatte. Waren sie zum Suchen zurückgekehrt oder nie gegangen? Ich hielt Ausschau nach Magdalena, aber fand sie nicht. Vielleicht hatte sie es geschafft, war jetzt Hausfrau in Hamburg-Bergedorf oder so.

Schräg vor mir sah ich John und seinen muskulösen Nacken.

«Ich gehe mal Ashantis Vater trösten.»

Ich reihte mich neben ihm ein, starrte konzentriert ins Gras und sagte leise: «Hi Sexy.»

Er schaute mich kopfschüttelnd an, schien aus tiefer Konzentration gerissen. «Denkst du, dass hier ist ein Date? Was ist denn dein Problem? Ich suche hier mein Kind, okay?»

«Entspann dich mal. Ich suche hier auch dein Kind», antwortete ich und vertiefte mich wieder in die Wiese.

«Ich hab überhaupt keine Ahnung, was wir hier machen. Bringt das was?»

Er guckte zu mir, schien wirklich eine Antwort haben zu wollen.

«Vielleicht besser als Rumsitzen?» Das war das Tröstlichste, was mir einfiel.

«Ja, vielleicht. Keine Ahnung. Ich komme mir vor wie ein Idiot. Da vorn diese Hallamahallas, die denken, dass Gott irgendwas damit zu tun hat. Ich spucke auf Gott, wenn er irgendwas machen kann, es aber nicht tut. So eine Scheiße.»

Ich nickte.

«Sorry», sagte er, «hätte ich nicht sagen sollen. Ich kann es mir nicht leisten, Gott nicht auf meiner Seite zu haben.»

«Du glaubst, Gott ist auf deiner Seite?», fragte ich. «Also, dein Kind ist weg. Falls es Gott gibt, ist er nicht auf deiner Seite, oder?»

John schaute wieder hoch. «Was ist dein Problem? So was sagt man nicht, wenn einer seine Tochter sucht.» Er dachte nach, verzog sein perfektes Gesicht. «Ach, egal.»

Ich drehte mich um, sah, wie Meryem uns anstarrte und dann so tat, als würde sie sich umschauen.

«Lass mich mal, ja? Ich will nicht, dass Jessy denkt, ich flirte hier, statt Ashanti zu suchen.»

Er schaute auf eine Frau schräg vor sich, die leise mit einem der Männer in Dschallabija sprach. Praktische Jacke, blonder Pferdeschwanz, schlanke Figur in H&M-Jeans.

«Klar doch. Lass uns einfach später weiterflirten.» Ich zwinkerte ihm zu und ließ mich zurückfallen.

Ich weiß auch nicht so genau, warum ich das mache. Erinnerst du dich, dass du mit siebzehn ein paar Monate lang Tagebuch geschrieben hast? Ich habe es gelesen, ich hoffe, das ist okay. Seitdem fühle ich mich weniger komisch, glaube, du verstehst mich. Es geht um die Jagd, um das Spiel, auch um Sex, aber nicht vor allem. Es geht um Dinge, die man nicht haben kann, nicht haben wollen sollte, oder zumindest ging es früher darum, mittlerweile bin ich zum Glück raus aus der Phase, in der ich mich für mein Ego an verheiratete Männer rangemacht habe.

Wir liefen schweigend durch den Park. Ich fühlte mich wie das Mitglied einer Sekte, die still irgendetwas anklagt, den Verfall der Moral, das Vergessen, Lebensfreude oder so. Wie heißen diese Verrückten in den weißen Klamotten in The Leftovers noch mal? Als Herde durch den Park laufen, wie in der Anstalt. Als ich bei einem unserer wöchentlichen Ausflüge zum ersten Mal einen Baum mit extraweicher Rinde umarmte, wusste ich, dass mein Klinikaufenthalt bald ein Ende haben sollte, wollte ich mich je wieder ins normale Leben eingliedern. Menschen, die tagsüber Bäume umarmen, zahlen selten Miete und Steuern oder stellen pünktlich den Sperrmüll raus.

Jemand gab mir eine Tüte und einen weißen Plastikhandschuh. «Beweise bitte eintüten und nicht anfassen!» Was wohl die Polizei von dieser selbst gebastelten Suchaktion hielt? Wusste die das? Wollte sie das? War das hier eine Beschäftigungsmaßnahme, damit ihr die Assis nicht aufs Dach stiegen?

Ich schaute mich um, sah, dass meine Nachbarn bereits Snickers-Papier und Zigarettenschachteln eingetütet hatten – hatte die Müllabfuhr das hier angezettelt?

Jemand tippte mir auf die Schulter.

«Hallo, Frau Freytag, wie schön, Sie hier zu sehen.» Mein

ehemaliger Mathelehrer streckte mir eine Hand entgegen. «Becker mein Name, ich weiß nicht, ob Sie sich erinnern.»

Damals schien er ein bisschen zu viel Interesse an mir gehabt zu haben. Nicht so ein Interesse wie Herr Scholz, der Sportlehrer, der mir zuzwinkerte, wenn er beim Volleyball vom Baggern sprach und mir an den Arsch griff, um mich über den Bock zu heben, sondern ein väterliches Interesse, bei dem es um meine Gefühle und meine berufliche Zukunft ging, über die er reden wollte. Und über dich. Dann lieber angegrabscht werden.

Auf der Realschule war ich richtig gut in Mathe, weißt du das eigentlich? So gut, dass Herr Becker sich ein paar Wochen lang einredete, ich sei ein Wunderkind und müsse umgehend aufs Gymnasium versetzt werden. Als er dann mit meiner Englisch- und Deutschlehrerin gesprochen hatte, war er wieder auf dem Boden der Tatsachen angekommen, gab mir aber trotzdem Extra-Aufgaben, um mich aufs Gymnasium vorzubereiten, wo ich dann nach der Zehnten tatsächlich hin bin.

Ich nickte und bemühte mich zu lächeln. Dann fragte ich: «Was machen wir hier eigentlich? Ehrlich. Niemand glaubt ernsthaft, was zu finden, oder?»

Herr Becker schwieg eine Weile, wie es nur Lehrer können, und antwortete: «Sie erinnern sich ja sicher an den Selbstmord meines Kollegen Herrn Westermann im Jahr 2002.»

Ich erinnerte mich nicht, nickte aber bedächtig.

«Beim Schulgottesdienst haben Sie auch schon gefragt, was das bringen soll. Und ich habe Ihnen damals schon gesagt, dass Zusammenkommen und Erinnern eine Gemeinschaft kreiert, die man in schweren Zeiten dringender braucht und –»

«Sie glauben auch nicht, dass die beiden noch leben, oder?»

Er sah ertappt aus: «Ich hoffe natürlich, dass sie lebend gefunden werden.»

«Ja. Aber ich hoffe auch, dass ich mich auf 'nen 20er-BMI runterhungere. Das ist nicht unmöglich, aber eher unwahrscheinlich, ne?»

Er schaute mich traurig an – hatte er gehofft, ich wäre in den letzten Jahren «als Mensch gewachsen»?

«Lassen Sie uns an der Hoffnung festhalten. Statistisch gesehen mag es nicht gut aussehen, aber ich versuche das hier nicht als Mathematiklehrer, sondern als Vater und vor allem als, nun ja, Mensch zu fühlen.»

«Klingt vernünftig.» Als Mensch fühlen – haben wir eine andere Wahl?

«Sie können übrigens Wolfgang sagen, ich bin ja nicht mehr Ihr Lehrer. Wir sind beide erwachsen.» Er lächelte unsicher. «Ähm, falls Sie mal auf einen Kaffee vorbeikommen wollen, ich notiere Ihnen meine Adresse. Und meine Telefonnummer. Ich würde mich freuen zu hören, was aus Ihnen geworden ist. Ich hoffe, Sie finden das nicht merkwürdig.»

Wolfgang wirkte wie ein nervöser Teenager, kramte Zettel und Stift aus seiner Lehrer-Umhängetasche und schrieb, während wir weitergingen, umständlich seine Adresse und Telefonnummer auf.

«Okay, ich geh mal zurück zu meinen Freunden. Man sieht sich», sagte ich und nahm den Zettel.

«Hey, ich hau ab, ja? Ich glaube, ich habe meine Pflicht für heute erfüllt.» Ich war wieder bei Meryem, die noch immer hoch konzentriert auf die Wiese schaute und in ihrer Hose eher aussah, als würde sie sich in Gehmeditation üben als einen Suchtrupp unterstützen.

«Klar, wie du meinst. Wir treffen uns später mit ein paar Leuten im Treff Nord, falls du dazukommen willst. Du bist ja mit Melanie zur Schule gegangen, sie würde sich bestimmt freuen.»

Woher wusste sie das?

«Sorry. Ich muss zurück zu Varuna. Anwesend sein.»

Ich grinste auf eine Art, die mich bestimmt nicht sympathischer aussehen ließ, und ging über die Wiese davon.

Der Zigarettenrauch vermischte sich mit dem nebeligen Morgen. Ich wippte beim Gehen, schüttelte die freie Hand in der Kälte. An der nächsten Ecke sah ich das blaue Haus, mittlerweile fehlten ein paar Platten der Verkleidung, aber es stand noch immer da, als wäre nichts geschehen. Ich kehrte um, lief schneller, vorbei an meinem zweitliebsten Spielplatz – pro: eine große rote Wippe, contra: keine Schaukeln – und dem Parkplatz, auf dem damals manchmal ein Flohmarkt abgehalten wurde.

Der Flohmarkt war unser Möbelhaus, Secondhandladen und Spielzeuggeschäft in einem. Zuerst bekam ich immer ein Börek mit Schafskäse von einem Stand direkt neben der Parkuhr, an der ich mich mit Varuna nach einer Stunde wieder traf. Dann überreichte Varuna mir ein paar Mark aus ihrem kleinen blauen Samtportemonnaie. Das muss alles nach dir gewesen sein, zumindest konnte ich schon die Uhr lesen und erinnere mich nicht an dich, wenn ich an den Flohmarkt denke. Die nächste Stunde feilschte, bettelte und verhandelte ich, bis ich hatte, was ich begehrte.

Später zeigten wir uns gegenseitig unsere Schätze – Varuna hatte ein Katzenspielzeug, ein Buch über Pflanzen, einen Übertopf und einen Teppich erstanden, ich eine Barbie, der meine Vorbesitzerin bereits eine Igelfrisur verpasst hatte, ein Tamagotchi, das jemand mit Nagellack verziert hatte, eine Polly-Pocket-Muschel, bei der ein paar Teile fehlten.

Taschengeld war ein loses Konzept in unserem Haushalt. Während andere Kinder um Pfennig-Beträge stritten und nach Geburtstagen berichteten, dass sie nun wöchentlich drei Mark bekamen, bekam ich nur das Flohmarkt-Geld, was alle paar Wochen oder auch nur alle paar Monate passieren konnte. Ansonsten nahm ich Kleingeld aus Varunas Portemonnaie und kaufte bei Penny Süßigkeiten, was mir damals nicht wie Diebstahl vorkam, sondern eher wie ein natürliches Wiederherstellen der Taschengeld-Gerechtigkeit. Und wenn in ihrem Portemonnaie nichts zu holen war, klaute ich die Süßigkeiten eben.

Zwei oder drei Mal besuchte ich deine Oma in Mülheim. Varuna nannte ich damals schon bei ihrem selbst gewählten Vornamen, aber diese fremde alte Frau bestand darauf, dass ich sie Uromi nannte. Ich erinnere mich genau, wie sie in einem großen Auto an der Straßenecke parkte und ängstlich neben ihrem Wagen stand, als müsste sie ihn beschützen. Und wie die anderen Kinder guckten, als ich dort einstieg. Beim ersten Mal dachte ich, dass nun mein echtes Leben beginnen würde, und schaute mich mit vorschneller Nostalgie um. Deine Großmutter kann kaum älter gewesen sein als Varuna jetzt, aber damals schätzte ich sie auf hundert. Sie war winzig, selbst aus meiner Perspektive. Vielleicht war es auch das riesige Haus, das sie so klein aussehen ließ. Auf einem plüschigen Sofa in einem Raum, der nur zu existieren schien, um dieses riesige Sofa und einen Glastisch zu beherbergen, aßen wir Torte und tranken Tee, um uns herum Vitrinen mit kleinen Porzellanfiguren. Sie sprach vorsichtig mit mir, und intuitiv begriff ich, wie viel Macht ich besaß, wie verzweifelt diese alte Frau von mir gemocht werden wollte. «Hast du Geld?», fragte ich also, und meine Urgroßmutter errötete, flüsterte, dass man so etwas nie fragen dürfe, und führte mich dann in ihr Schlafzimmer, wo ich mir aus einer Porzellandose auf dem Schmucktisch einen Schein nehmen durfte. Ich erinnere mich genau, wie der Zwanzig-Mark-Schein in meiner Hand lag und ich mehr davon wollte. Man sagt, dass man Liebe nicht kaufen kann, aber aus Sicht einer Achtjährigen mit Cashflow-Problemen stimmt das nicht ganz.

Zu meiner Überraschung fuhr die neue Uromi mich jedes Mal gegen Einbruch der Dunkelheit wieder nach Essen-Katernberg. Warum die Uromi in einer Schule wohnte, wollte ich von Varuna wissen. Ein riesiges frei stehendes Haus für nur eine Person erschien mir unglaublich.

*

Unter lautem Summen gingen zwei ineinander verkeilte Bienen neben mir zu Boden. Auf dem Gehweg wälzten sie sich, hörten sich an wie ein überhitztes Elektrogerät. Je länger ich hinschaute, desto unsicherer wurde ich, ob ich Sex beobachtete. Umarmen und Erwürgen sind Verwandte, vielleicht handelte es sich hier um einen Mord, nicht um einen leidenschaftlichen Geschlechtsakt? Ich drückte meine Zigarette neben den lauten Bienen aus und schloss die Haustür auf.

Vermutlich haben alle Kinder Angst vorm Keller, aber meine ist enorm gewesen – erinnerst du dich? Als du noch da warst, sind wir manchmal zusammen runtergegangen, du hast Süßigkeiten auf der Kellertreppe verteilt und mir erzählt, dass eine gute Fee dort unten wohne und ich mir keine Sorgen machen müsse. Geholfen hat es wenig. Nach deinem Verschwinden habe ich mir beigebracht, an der obersten Stufe die Luft anzuhalten und es fast zu schaffen, ohne zu atmen, mit Katzenfutter zurückzukehren. Die Tür ließ ich meistens einfach offen, das sparte Zeit, und da Varuna bald nur noch mich schickte, fiel die geöffnete Kellertür nicht auf.

Inzwischen konnte ich atmend die Treppe hinabgehen und ging entspannt durch den schmalen Gang zur vorletzten Tür. Ein Drittel des Kellers war mit einem selbst gebauten Weinregal zugestellt, eines von Varunas skurrilen Heimwerkprojekten, wie das unfertige Gewächshaus, das in meiner Kindheit den halben Balkon versperrte, oder das aufwendige Pflanzenbewässerungssystem, das über Monate das Wohnzimmer einnahm und schließlich von den Katzen niedergerissen wurde. Varuna, die meiner Erinnerung nach selten Wein trank, nutzte das schulterhohe Regal, um in den wabenförmigen Öffnungen Katzenfutter zu lagern.

Blechdosen, Boxen mit Kakteendünger, Teile von alten Gewächshäusern, der Deckel eines Katzenklos, ein alter Staubsauger – im Grunde sah es hier unten auch nicht anders aus als im Hexenhaus, mit dem Vorteil, dass man auf Beton stehen durfte, nicht auf sich überlappenden Teppichen.

Im Karton neben dem Weinregal stand noch immer die Kiste mit dem Papiermüll, daneben das Altglas. Außerdem ein Stapel Bücher über Nacktkatzen. Vielleicht waren auch sie Müll, oder sie lagen herum, weil sie neben den Pflanzenbüchern im Wohnzimmer keinen Platz mehr fanden. Ich schlug eines auf – Alles über Sphynx-Erziehung – und blickte einer besonders erschrocken aussehenden Katze in die Augen. Dann blätterte ich zu Varunas Lesezeichen und las ein paar Sätze zum Thema «So trainierst du Alleinsein».

Ich legte das Buch zurück auf *Haarlose Feliden – Herkunft, Rassen, Haltung*, nahm vier Dosen Katzenfutter aus dem Weinregal und zog die Kellertür hinter mir zu. Ich schloss nicht ab.

*

«Ich habe Blut und Wasser geschwitzt. Wo warst du?» Varuna stand an dem runden Tisch im Flur und trug ein knielanges dunkles Gewand, irgendwas zwischen Kaftan und Kittelschürze. Ein Großteil ihrer Alltagskleidung sah nach Nachthemd aus, und so konnte ich nicht erkennen, ob sie schon umgezogen oder gerade erst aufgewacht war.

«Ich war tote Mädchen suchen.» Ich lief in die Küche, holte Möhrensticks und Crème fraîche aus dem Kühlschrank.

«Ein Zettel wäre nett gewesen. Ich wusste nicht, wo du bist.» Der weinerliche Tonfall, der Soundtrack meiner Jugend, vielleicht auch schon deiner. Ich setzte mich ihr gegenüber an den Tisch.

«Du wusstest das komplette letzte Jahrzehnt nicht, wo ich war.»

«Ich habe mich stets um dich gesorgt.» Sie blickte auf ihre Hände, räusperte sich. «Nun denn – wie arm sind die, die nicht Geduld besitzen.» Langsam, wie eine Krone, zog Varuna ihren Seidenturban vom Kopf und schaute mich an. Mit ihrem fusseligen grauen Haar sah sie sofort zehn Jahre älter aus.

«Wie wär's mit Anrufen gewesen?», fragte ich.

«Du hättest nicht abgenommen.»

Ich nickte kauend. «So, Großmama. Was nun? Hier bin ich. Was jetzt?»

«Du bist ungebeten gekommen.» Während sie sprach,

stand sie auf und legte mit geübten Bewegungen den Turban wieder an. Eine Erleichterung.

«Okay. Was machst du denn sonst so? Wenn du hier allein bist?» Ich bemühte mich, die Karotte gleichmäßig links und rechts zu kauen, laut Merve führt asymmetrische Gesichtsbelastung zu asymmetrischem Altern, und wenn man zu lange einseitig kaut, ist man am Ende nicht nur alt, sondern auch noch irgendwie schief.

«Ich töpfere, kümmere mich um die Katzen und Kakteen, gehe in den Garten, gebe immer dienstags einen Kurs und gehe donnerstags zum Generationenfrühstück – guck nicht so.» Sie nahm eine Traube aus der Obstschale auf dem Tisch und begann, sie mit ihren Fingernägeln zu häuten. «Ansonsten lese ich, pflege meine verschiedenen Gebrechen und gucke Dokumentarfilme im Fernsehen.»

«Was für Gebrechen?», fragte ich, stand auf und ging einen Schritt auf Varuna zu, die sich humpelnd entfernte. Ich ging weiter, und so liefen wir langsam um den Tisch.

«Die üblichen Gebrechen. Alterserscheinungen.» Die Traube war nun nackt, sah aus wie etwas Neugeborenes.

«Was genau?»

«Nun ja, neben dem Offensichtlichen», sie deutete auf ihre Hüfte, «vor allem die Schulter. Das muss in der Familie liegen. Deine Mutter hatte dort auch Probleme.» Varuna blieb stehen, hielt mir die Traube hin wie ein Almosen. Auch ich blieb stehen, hatte Angst davor, was passieren würde, wenn ich sie berührte. Ich nahm die Traube vorsichtig aus ihrer offenen Hand, steckte sie mir in den Mund und spürte die kühle glatte Oberfläche auf meiner Zunge.

«Rita war total gesund.» Warst du doch, oder? Ich würde mich erinnern, wenn du etwas an der Schulter gehabt hättest, wenn du mich nicht aufs Klettergerüst hättest heben oder eine Räuberleiter machen können, um nach Ende der Öffnungszeiten umsonst ins Schwimmbad zu kommen.

«Das Ei will klüger sein als die Henne. Du warst zu klein, du erinnerst dich nicht.»

All die Jahre später kämpften wir noch immer um die Erinnerung an dich, wie zwei Straßenhunde um ein lächerliches Stück Aas. Es war alles, was übrig blieb.

«Sie war vierundzwanzig als sie verschwunden ist. Das ist viel jünger, als ich jetzt bin. Mit vierundzwanzig hat man keine chronischen Schmerzen.»

«Mein Spatz», sie schaute mich schmunzelnd an, «tust du weiterhin so, als wäre sie verschwunden? Rita ist nicht verschwunden. Sie hat uns verlassen.»

Ich schloss die Augen, wollte mich wegbeamen, wollte in mein Leben zurück, ein Jahr in die Vergangenheit, nicht zwanzig. Ich öffnete die Augen und ging, ohne zu antworten, in mein Zimmer.

*

Schweiß sammelte sich auf meiner Stirn, meinem Nasenrücken, über meiner Oberlippe, meine Fingerspitzen kribbelten. Ich legte mich auf den Boden – weiche Matratzen fühlen sich in solchen Momenten an wie Ertrinken – und versuchte, mich auf die Atmung zu konzentrieren. Ein und aus. Ging doch. Ging es denn? Meine Atmung wurde wieder schneller, kürzer. Ich schnappte nach Luft. Was machte ich hier? Ich konnte so nicht leben. Ich konnte nicht leben, nicht atmen.

«Okay. Beruhig dich. Einatmen. Ausatmen. Siehst du, du stirbst ja gar nicht. Einfach noch mal machen. Einatmen. Gut so. Ausatmen. Geht doch. Noch mal. Einatmen. Gut.

Ausatmen. Und jetzt machen wir das zwanzigmal. Mit Zählen. Sehr gut. Gut gemacht.»

Ich holte den Kaschmirpulli aus dem Koffer und legte mein Gesicht hinein. Durch den Stoff streichelte ich meine Wangen, meine Stirn. Bei Appelrath Cüpper, wo ich zusammen mit Jana meinen ersten Job als Falterin hatte – direkter Kundenkontakt war uns untersagt, wir waren zum Falten angestellt, und Falten war alles, was wir tun durften –, habe ich Stoffe gestreichelt, an ihnen gerochen, bis man mich rausgeworfen hat.

Mit Jana zusammen habe ich auch Brautjungfer gespielt. Ganze Samstage lang Kleider anprobiert, teure Spitze und echte Seide auf meiner Haut gespürt. Bis Jana klar wurde, dass jedes Kleid an mir umwerfend aussah, weil ich umwerfend aussah, und sie die Lust verlor. Allein machte es weniger Spaß.

Ich streckte mich ein bisschen, machte dreißig Squats und ein paar Lockerungsübungen für die Schultern. Dann nahm ich einen Schluck aus meinem Flachmann – ein Geschenk von meiner Freundin Miral zum Fünfundzwanzigsten – und steckte ihn wieder in meine Handtasche. Bis vor wenigen Monaten hatte ich ein Leben, in dem ich immer wusste, was zu tun war, in dem es immer etwas zu tun gab. Wirklich, Mama, das da gerade war nicht mein echtes Leben, das war ich eigentlich nicht. In meinem echten Leben mussten Rechnungen bezahlt, musste immer gerade irgendein Geburtstag vorbereitet oder ein Pitch weitergedacht werden, der Mini musste aus der Werkstatt geholt, die Urlaubsplanung mit den Mädels abgeschlossen und der Spediteur mit dem neuen Sofa in die Wohnung gelassen werden. Ich war busy, Mama, ein Jahrzehnt ohne Langeweile, ich schwöre. Das gerade war ein Fehler, ein Bug. Manchmal passiert das ja, dass erfolgreiche Leute kurz falsch abbiegen und irgendwie aus der Spur laufen, frag mal die Köpfe hinter der Coral-Kampagne oder Kendall Jenners Pepsi-Spot.

*

Ich lief die lange Straße entlang Richtung Katernberger Markt, der Laufsteg meiner Jugend. Hier waren wir entlangstolziert, aufrecht und überschminkt, mit Plateau-Buffalos und ausgestopften BHs, hatten lasziv an Lollis gelutscht, an der Straßenecke rumgelungert und auf irgendwas, irgendwen gewartet.

Dönerladen, Kiosk, Internetcafé, Spielhalle, türkische Brautmode, Altgold-Ankauf, noch ein Kiosk, noch ein Dönerladen, eine Trinkhalle (inklusive Stauder-Leuchtreklame). An einer Seitenstraße ein Haufen Sperrmüll, daneben ein kleinerer Haufen Restmüll. Griechischer Imbiss, ein Bäcker, arabischer Juwelier, noch ein Kiosk (mehr Stauder, außerdem Coffee to go und Prepaid-Karten). Aldi, Tedi, Handyshop, ein Sonnenstudio, noch ein Internetcafé, ein Friseursalon, die Diakonie, eine Reinigung, noch eine Spielhalle, noch ein Dönerladen. Ich wusste gar nicht, dass es noch Internetcafés gibt, dachte, sie wären mit der Erfindung des Smartphones verschwunden.

Unser Viertel hat sich kaum verändert. Auf der Bank da vorne haben wir gemischte Tüten von der Bude gegessen, erinnerst du dich? Du das Lakritz, ich die Cola-Kracher und den Rest. Während wir hier spazieren gingen, hast du mir pfeifen beigebracht und wie man Kaugummiblasen macht. Im Sommer hast du dir hier draußen die Nägel lackiert und mir die Haare geflochten. Manchmal hingen wir mit deinen Freundinnen herum. Voll die Hübsche, sagten sie über mich, und ich sonnte mich in ihrer Aufmerksamkeit und ließ mich mit Eis füttern. Am liebsten Minimilk, das mit Erdbeer.

Immer mittwochs hielt, wo früher Penny war, der Grillhähnchenwagen. Dann kauften wir ein halbes Hähnchen und aßen es im Gehen, weißt du noch? Du hast das Fleisch zerrupft und mir in den Mund gesteckt, wie eine Vogelmutter. Wenn ich «piep, piep» gemacht habe, habe ich mehr bekommen. Eigentlich haben wir außer Essen und Rumlaufen nicht viel erlebt. Es waren die glücklichsten Tage meines Lebens. Penny ist jetzt ein geschlossenes Reisebüro, an dem «Zu vermieten» steht.

Davor lag ein Haufen Müll. Ein halbes Regal, ein alter Kühlschrank, ein Sessel, der gerade von zwei Männern begutachtet wurde. Dazwischen die Überreste eines Kinderfahrrads, etwas, das nach einer Drahtrolle aussah, und ein Regenschirm.

Die kleine Straße, die zu meinem alten Kindergarten führt: Hier habe ich Yasemin in die Hagebutten geschubst, weil sie einen neuen Rucksack hatte und mein vierjähriges Ego das nicht verkraften konnte. Hier habe ich meine selbst gebastelte Weihnachtskugel – einen kleinen, in Wachs getunkten Pappmachéball – fallen lassen, nachdem ein paar Jugendliche mich erschreckt hatten. Hier drückte ich später selbst kleinen Kindern blöde Sprüche rein und erschreckte sie bis zum Pappmachéball-fallen-lassen – Wutkette und so.

Ich bog in den Pfad ein, Richtung Spielplatz. An der vorderen Tischtennisplatte, der Platte meines ersten Zungenkusses, lehnte John mit geschlossenen Augen und sah aus, als könnte er sich nur mit Mühe aufrecht halten. Und als wäre er unglaublich weit weg. Ich überlegte kurz, ob ich einfach vorbeilaufen sollte, konnte mir aber die Chance nicht entgehen lassen. Die unentschlossene Sonne schien auf meinen Hinterkopf – aus seiner Perspektive sah es vielleicht ein bisschen so aus, als wäre ich erleuchtet. Ich ging auf ihn zu, er öffnete die Augen, sah weder erfreut noch verwundert aus und sagte nichts, als ich mich auf die Platte setzte. Dann hielt ich ihm meine geöffnete Zigarettenschachtel hin.

«Ich hab aufgehört. Für Ashanti», sagte er und schaute in die Schachtel. «Das weiß sie noch nicht.»

«Ich hoffe, du wirst es ihr sagen können», sagte ich und hoffte es wirklich, kam mir aber zugleich wie eine Heuchlerin vor. «Was machst du hier? Als erwachsener Mann auf 'nem Spielplatz rumhängen ist kein guter Look.»

Er schien mich nicht zu hören, schien in einem anderen Gedanken festzuhängen.

«Ich dachte, ich hätte irgendwie mehr Zeit», sagte er und starrte auf den Boden, wie ein Schüler bei einer Standpauke. «Ich weiß, das ist Schwachsinn. Und ich weiß ja auch, dass ohne Vater aufzuwachsen scheiße ist. Ich dachte, dass ich halt mein Leben in den Griff kriegen muss, bevor ich für sie da sein kann, weißt du? 'n Job finden mit normalen Arbeitszeiten und richtig Geld und 'ne richtige Wohnung, keine WG, und 'n Auto und mit dem Rauchen und dem Kiffen aufhören und 'n paar Tausend Euro sparen und halt 'n richtiger Vater sein, der auch mal was kaufen kann und einen mit zur Arbeit nehmen und so. Scheiße. Scheiße, Scheiße, Scheiße.»

John schlug mit der Faust auf die Tischtennisplatte. Seine Wut machte mich an, ich spürte, wie ich feucht wurde. Ich stellte mich vor ihn, führte meine Lippen an sein Ohr. «Das tut mir leid», flüsterte ich und saugte an seinem Ohrläppchen. Er sagte nichts, ließ seinen Kopf auf meine Schulter fallen. Ich streichelte seinen Nacken, nahm seine Hand und zog ihn weg von der Platte, führte ihn hinter das Holzhäuschen beim Klettergerüst. Ich lehnte ihn gegen das rissige Holz und öffnete seine Hose. Er hielt mich nicht auf. Erleichtert holte ich seinen steifen Penis aus seinen Shorts und nahm ihn in den Mund. Seit einer Weile schon war Sex irgendwie nicht mehr sexy, mehr so was, was ich aus Gewohnheit oder fürs Selbstbild machte. Bei Erik war es mir zuerst aufgefallen, bei den Typen danach dann auch.

Ich leckte an Johns Penis wie an dem Minimilk meiner Kindheit, genau vor dieser Hecke, an diesem Häuschen. Das hatte ich lange nicht gemacht. Fremden Männern an öffentlichen Orten einen blasen. Auch ein Minimilk hatte ich lange nicht gegessen.

Zusammen sind wir über diesen Spielplatz geschlendert, ganze Wochenenden lang. Mittlerweile glaube ich, du wolltest einfach nicht nach Hause, hattest aber auch kein Geld, um etwas mit mir zu unternehmen. Süßigkeiten und drei Stunden Schaukeln. Zum Pinkeln sind wir in den Busch da vorne gegangen, aber immer zu zweit, damit eine Schmiere stehen konnte. Vorher hast du den Boden fein säuberlich nach Spritzen abgesucht, sie in einer leeren Taschentuchpackung verstaut und weggeschmissen.

Ich war immer noch in Gedanken bei dir, als er kam. Er kam schnell und leise, und ich schluckte, packte seinen Penis wieder ein, schloss seine Hose und stand auf.

Wir gingen zurück zur Tischtennisplatte. John holte einen Joint aus seiner Jackentasche und fragte mich nach Feuer.

«Ich dachte, du hast aufgehört.»

«Ich wollte auch aufhören zu kiffen, aber Zigaretten sind ja ein Anfang. Ist kaum Tabak drin.»

Ich zog den Rauch tief ein, legte mich auf die Platte, atmete aus. John legte sich neben mich, schaute lange zu mir herüber.

«Du bist sehr schön», sagte er, und es hörte sich an, als würde ihn das noch trauriger machen.

Ich schaute in den Himmel. Die eine Wolke sah aus wie ein Corgi. Du hast diese hässlichen Hunde mit ihren plüschigen Hintern geliebt, weißt du noch? Wegen der Katzen durften wir keinen Hund haben, aber wir hatten Bilder von Hunden. Manchmal haben wir gespielt, du wärst die englische Königin und ich Prinzessin. Dann haben wir uns Tee gemacht und mit Handschuhen Kekse hineingetunkt. Wir haben gesprochen, wie königliche Menschen unserer Vorstellung nach sprachen, und über unsere Corgis geredet. «Wussten Sie schon, dass mein Corgi Mary geworfen hat?», hast du gefragt, und ich gab mein Bestes, mir Namen für die Welpen auszudenken.

«Du siehst irgendwie nicht aus, als würdest du hierhingehören», sagte John.

«Danke», antwortete ich und schaute ihn an. Seine Haut sah nach teuren Facials und südkoreanischen Sheet Masks aus, aber vermutlich hatte er einfach Glück. Auch bei genauem Hinsehen konnte man kaum Poren erkennen, alles war smooth – hatte Ashanti seine perfekte Haut geerbt?

«Ich hab dich noch nie mit deiner Großmutter gesehen. Warum bist du wirklich hier?»

Was wollte er hören? Warum war ich «wirklich» hier? «Ich bin eine gelangweilte Verrückte und immer auf der Suche nach einem Drama, das größer ist als mein eigenes. Da kam mir deine verschwundene Tochter ganz recht.» Das sagte ich nicht, sondern schwieg und nahm John den Joint hab.

Der Geschmack von Gras und Wichse. Dieser Nachmittag war wie vor dem Internet. Mit den Jungs rumhängen. Unstrukturiert. Unangenehmes Schweigen. Steinchen treten und Lippenstift nachziehen. Irgendwann vielleicht Rumknutschen, vielleicht auch mehr. Dann wieder peinlicher Smalltalk. Danach wieder Stille. Später, wenn es wirklich nichts mehr zu sagen gab und die Alkopops leer waren, ging man breit nach Hause und schaute bis in die frühen Morgenstunden Actionfilme, Softpornos und Verkaufsfernsehen.

«Ich bin kein Arsch, okay?», sagte John langsam. «Ich wollte es wirklich besser machen, ja? Und das hab ich irgendwie auch. Ich hatte Ashanti mindestens einmal im Monat. Und ich hatte einen Urlaub für uns gebucht, für die Sommerferien. Ich –»

«Du musst dich vor mir nicht rechtfertigen. Ich bin überhaupt nicht besser als du.»

Er nickte und wir schwiegen. Ich wollte noch nicht nach Hause.

«Weißt du, wo dieses Nachbarschaftszentrum ist, in dem alle rumhängen?», fragte ich möglichst gleichgültig und schaute weiter auf corgiförmige Wolken.

«Ja. Die Polizei hat sich da mit den ganzen Nachbarn getroffen, um alle zu beruhigen, auch wenn ich nicht gecheckt habe, warum man sich beruhigen soll. Meryem arbeitet da, ne?»

«Woher kennst du sie?» Kurz überlegte ich, ob Meryem ihm auch ab und zu aus Mitleid einen blies. Vielleicht war das für sie so eine Art Dienst an der Öffentlichkeit.

«Sie ist 'ne Freundin von Jessy und hat sich mit um Ashanti gekümmert. Sie ist echt in Ordnung.»

Ich richtete mich auf, ließ wie früher meine Beine von der Platte baumeln und fühlte mich kleiner als eins achtundsechzig. Damals hast du mich runtergehoben, weil ich so klein war. Ich erinnere mich, dass ich mich habe herunterfallen lassen, nachdem du weg warst. Einfach um mir deine Abwesenheit zu beweisen. Guck, hier liege ich Waisenkind auf dem Boden.

«Du musst da vorne an der Bude die Straße runter und die Erste rechts rein, und dann ist das da direkt. Steht glaub ich ‹Treff› oder so dran.» Er zog an dem Joint, hielt ihn mir hin, aber ich schüttelte den Kopf. John legte sich zurück auf die Platte.

«Okay. Morgen selbe Zeit, selber Ort?»

Er reagierte nicht und guckte mich nicht an. Schämte er sich? War das wichtig?

Ich hob seinen Hoodie hoch, küsste seinen Bauch und ging Richtung Nachbarschaftszentrum.

*

In der Scheibe eines Wettbüros kontrollierte ich mein Outfit, als wäre es nicht scheißegal, was ich für einen Bürgertreff anzog. Ich trug, was ich meistens trage, wenn ich auf Nummer sicher gehen will: enge Kleidung, neutrale Farben, klare Linien.

Mein Outfit erinnerte mich an meinen ersten Tag als PR-Volontärin bei United Health Consulting: tief ausgeschnittene Bluse in Mauve, enger schwarzer Pencil Skirt und zarter Goldschmuck. Davor hatte ich das ganze Wochenende darüber nachgedacht, was ich anziehen würde, hatte noch einmal *Der Teufel trägt Prada* geschaut und Samanthas Outfits in *Sex and the City* im Internetcafé gegoogelt – es waren meine einzigen Referenzen zum Thema PR-Welt.

In dem wenig glamourösen Gebäude im unspektakulären Teil der Königsallee hatte Fridolin mir die Tür geöffnet. Er passte zum Haus, trug ein ungebügeltes schwarzes Hemd, das ein wenig über seinem Bauch spannte, und hielt eine Tasse mit Schwarztee, die aussah, als hätte er sie über Monate nur notdürftig ausgespült. Seine kleinen Augen besaßen die Stumpfheit von jemandem, der sich keine Illusionen mehr macht. Wie ein jüngerer Philip Seymour Hoffman sah er aus, auch wenn ich den damals noch nicht kannte. Abgeranzte Typen mit Dad Bod mochte ich schon immer. So Typen, die sich schon in ihren Dreißigern nur mit einem Ächzen aus Sesseln erheben und, seit sie zwanzig sind, wirken, als wären sie «mittleren Alters».

In der Mittagspause nahm Fridolin mich mit zum Koreaner seiner Wahl. Ich aß mein erstes Bibimbap und kam mir dabei sehr mondän vor.

«Es ist, wie in einen Eimer voll Scheiße zu packen. Man glaubt, die Herausforderung würde darin bestehen, sich zu überwinden, die eigenen Hände bis zu den Ellenbogen in den stinkenden, warmen Inhalt zu stecken.»

Ich hatte gefragt, wie er den Job in einem Satz zusammenfassen würde, weil ich das als Icebreaker unter den Karrieretipps in der *Cosmopolitan* vom Vormonat entdeckt hatte.

«In Wirklichkeit besteht die Herausforderung darin, sie wieder herauszuziehen, ohne selbst voll Scheiße zu sein.»

Ich war nicht sicher, ob das ein Witz sein sollte, oder ob er tatsächlich fand, sein Job als Juniorberater in der PR-Agentur sei wie in Exkrementen zu wühlen, also lachte ich nervös und zwinkerte die Tränen weg, die die großzügig gefüllte Gabel Kimchi hervorgerufen hatte.

«Es sollte nur für ein Jahr sein. Nach meinem Abschluss – vergleichende Religionswissenschaften und Soziologie – hab ich das PR-Volontariat hier begonnen, saß in meiner ersten Mittagspause vielleicht sogar genau da, wo du gerade sitzt, und dann wollte ich wechseln, für 'ne NGO oder Kulturinstitution arbeiten. Das ist sechs Jahre her, und jeder Tag ist ein kleiner Tod.»

Er schien es ernst zu meinen, aber ich lachte trotzdem.

«Ich weiß, es klingt pathetisch, aber du musst auf deine Seele aufpassen, Arielle. Man kann so einen Job schon machen, aber es muss einem klar sein, dass es darum geht, beim großen Brettspiel ‹Kapitalismus› mitzuspielen und am Ende eines Tages damit aufzuhören und in sein echtes Leben zurückzukehren.» Fridolin erklärte, dass der Job, der als «Volontariat in der Gesundheits-PR» ausgeschrieben war, im Grunde darin bestand, einer narzisstischen Schönheitschirurgin und einem bipolaren Hautarzt Auftritte in Trash-Formaten und der Boulevardpresse zu vermitteln und dem koksenden Boss – der sich von uns tatsächlich «Boss» nennen ließ – Honig um den Mund zu schmieren.

Jahre später, als ich es als Senior Social-Media-Managerin in schickere Gebäude geschafft hatte, wo die Männer nur ungebügelte Hemden trugen, die von japanischen Labeln produziert wurden und dreihundert Euro kosteten, dachte ich manchmal an Fridolins Worte. Wenn ich um 23 Uhr den gläsernen Fahrstuhl betrat und so müde war, dass die leuchtenden Zahlen auf der Schalttafel des Aufzugs vor meinen Augen verschwammen, sagte ich mir leise, dass das Spiel für heute vorbei war.

Ich hielt Fridolin für schwul, weil er nicht versuchte, mit mir zu schlafen. Dann, am dritten Tag bei UHC, nahm er mich mit nach Hause und stellte mich seiner Freundin vor, die irgendwie gar nicht wie der Typ für 'nen Dreier aussah, aber meiner Erfahrung nach sind es manchmal genau die, stille Wasser und so. Anna war fast zehn Jahre älter als ich, sah in ihrem harmlosen Studentinnen-Look aber mädchenhaft aus. Statt Handtasche lief sie mit einem Jutebeutel rum, auf dem «Irgendwas mit Medien» stand. In Wirklichkeit machte sie nichts mit Medien, sondern war unerklärlicherweise mit achtundzwanzig noch Studentin. Ich mochte sie vor allem, weil Fridolin ihr so treu ergeben war.

Keiner von beiden machte den Anfang, auch nicht nach zwei Flaschen Wein, und nach der dritten fragte Anna, ob sie mir das Sofa ausziehen solle, weil ich ja vielleicht nicht mehr nach Hause fahren wollte.

Am nächsten Morgen weckte Fridolin mich mit einer Tasse Kaffee. «Komm, wir gehen Gott spielen», sagte er.

«Was?», fragte ich verschlafen und strich halbherzig meine Bluse glatt. Eine Stunde später, im Meeting mit dem Manager von Oliver Costa, verstand ich.

«Er kriegt keine Nase umsonst, wenn er nicht auch die Lovehandle-Absaugung filmen lässt», sagte Fridolin entschieden.

«Sie müssen unseren Klienten auch verstehen. Wir wollen Oliver wieder mehr sexy positionieren und ihn vielleicht trotz seines Alters in Dating-Formaten platzieren. Das passt nicht zu Hüftgold. Nase können wir filmen lassen, aber Hüfte ist unsexy.»

Der Manager kippte den dritten Espresso hinunter und hämmerte mit einem goldenen Kugelschreiber auf seinen Notizblock, als würde er auf einen Gesetzestext pochen, nicht auf ein Stück Papier, auf dem im Wesentlichen nur stehen konnte: «Lass Olli bitte ins Fernsehen, er will doch so gerne ins Fernsehen.»

«Versuchen Sie, das mit dem Sender zu klären. Mir hat die Produzentin klar gesagt, dass sie den Eingriff nur medial begleiten, wenn sie auch die Hüfte zeigen können. ‹Oliver Costa kriegt neue Nase› verkauft sich nicht, dafür ist er gerade nicht fame genug.»

An diesem Tisch entschieden wir darüber, ob und wie echte Körper geformt würden. Wer für genug Publicity sorgte, bekam eine teure Nase (immerhin Doktor Riemers Spezialität) umsonst, wenn er dafür von entsprechenden Fernsehsendern (oder wenigstens der Gala oder Bild der Frau) «medial begleitet» wurde. Wer erst oder wieder berühmt werden wollte, musste OPs nehmen, die durch ihren peinlichen Beigeschmack für Medienecho sorgten.

Auf dem Weg zurück in die Agentur meckerte Fridolin am Handy eine Redakteurin an, die gegen unsere ausdrückliche Bitte in einem Artikel über Stefanie Merkles (ihres Zeichens Promi-Big-Brother-Finalistin der vorletzten Staffel und Sportlergattin) neue Nase das Wort «Leiche» verwendet hatte, während wir doch ausdrücklich darum gebeten hatten, zu schreiben, dass «Muskelhaut eines Gewebespenders» verwendet worden sei, oder am besten, die Leichen ganz außen vor zu lassen und nur darüber zu berichten, wie erleichtert der Rennfahrer-Ehemann von Frau Merkle sich gezeigt habe, dass alles gut gegangen war. Drei Fotos, zwei Zitate der Chirurgin, die Fridolin sich gestern ausgedacht hatte, und fertig war der Artikel.

Fridolin und Anna nahmen mich mit in Bars, in denen ich hoffnungslos overdressed war, und in Kunstkinos, in denen wir Filme schauten, die ich so deprimierend und langweilig fand, dass ich sie für den Schlaf nutzte, der mir fehlte. Allein war ich nachts oft in anderen Bars, ließ mir von Investment-Beratern und Managern auf Durchreise Drinks spendieren und ging mit auf Hotelzimmer, die so groß wie das Hexenhaus waren.

Bei UHC lernte ich, mir blitzschnell glaubwürdige Zitate von Ärzten auszudenken und die Klatschpresse mit den abwegigsten Ideen so lange zu nerven, bis der *Düsseldorfer Express* aus unserer Pressemitteilung zum Thema «Finanzkrise wegspritzen – warum immer mehr Investoren auf eine Jawline-Unterspritzung setzen» zitierte und mir auch sonst für nichts zu schade zu sein.

Während des gesamten Volontariats fütterten Anna und Fridolin mich durch – mein Gehalt reichte kaum für meine winzige Dachgeschosswohnung in Düsseldorf-Flingern –, luden mich zu Pizza oder Pasta ein und nahmen mich mit zu den Geburtstagsfeiern ihrer farblosen Freunde.

Dann, eines Morgens gegen Ende meines ersten Jahres bei UHC, saßen wir in einem besonders beschissenen Team-Meeting. Doktor Riemer war im Begriff, der diesjährigen Dschungelcamp-Gewinnerin mit einem Aquafilling den Po zu vergrößern. Da weder Frau Doktor noch UHC bereit waren, Sabrina Obering-Schröder – von der Presse SOS genannt – ein Hotelzimmer zu zahlen, musste nun entschieden werden, wie SOS wieder zurück nach Dresden kommen sollte.

«Sie darf nicht sitzen, ich denke ein Hotelzimmer ist die einzige Möglichkeit, es muss ja kein teures sein», sagte Fridolin und spielte mit der Schnur seines Teebeutels.

«Nee, wenn SOS das nicht selbst zahlen will, hat sie Pech. Wir legen sie einfach auf die Rückbank eines Autos, das müsste doch funktionieren», schlug Seniorberaterin Marianne vor.

«Und wer soll das Auto fahren, ihr Genies?» Der Boss trommelte auf den Tisch. «Sie kriegt ’nen Zugticket und fertig. Da kann sie sich ja dann an die Tür stellen und blühende Landschaften genießen.»

«Die Zugfahrt dauert sieben Stunden oder so. Arielle kann Doktor Riemer fragen, ob man nach ’nem Aquafilling so lange stehen darf», schlug Fridolin vor, und ich machte mir eine Notiz.

«Nix da. Wenn sie nicht stehen kann, soll sie sich halt in den Zug legen. Ich will davon jetzt nichts mehr wissen, langweilt mich. Und bloß nicht Frau Doktor mit dem Scheiß nerven, die hat heute den Dreh zur Liposuktion an den Oberarmen vom Malle-Marvin, da muss sie sich nicht mit euren Logistikproblemchen rumärgern.»

Danach saß ich mit Fridolin beim Koreaner und hörte ihm zwanzig Minuten lang zu, wie er über den Boss schimpfte, mir mal wieder seine Scheiße-Metapher vorbetete und dabei zwei Portionen Kimchi-Pancakes aß.

«Mach doch was anderes, wenn du das alles so beschissen findest. Du kannst das hier nicht machen und dir einreden, dass du eigentlich was Besseres bist.» Schon seit einer Weile fand ich Fridolin eher deprimierend als erfrischend ehrlich, eher trotzig als mutig. «Ich mag den Job, egal ob du mich verurteilst oder nicht, und wenn du denkst, dass das hier alles so ein Müll ist, dann hör doch damit auf, anstatt alle mit deiner Laune runterzuziehen.»

Fridolin schluckte geräuschvoll und starrte eine Weile auf die verregnete Kreuzung.

«Du hast recht, Arielle.»

Zurück in der Agentur lief er direkt in das Büro vom Boss und schloss die Tür hinter sich. Vier Minuten später öffnete er sie wieder, und ich schwöre – auch wenn du mir das vielleicht nicht glaubst –, er sah leichter aus, als hätte er zehn Kilo verloren, nicht nur sein Einkommen.

Danach sind Anna und er ziemlich schnell weggezogen, in die Nähe ihrer Familie ans Meer. Ab und zu sehe ich ihn auf Facebook mit seinen zwei Kindern, wie sie als fleischgewordenes Cover des *Ostsee Magazins* in Funktionskleidung im Sand stehen. Fridolin baut jetzt Vans für Berliner Hipster um, dengelt denen da Betten und Plumpsklos rein, damit die sich einreden können, ihr Leben sei asketischer, als ihr Kontostand und ihre Zweihundert-Euro-Kopfhörer vermuten lassen. In meinen Augen ist das auch nur «das Kapitalismusspiel mitspielen», aber anscheinend fühlt es sich für Fridolin weniger nach In-Scheiße-Wühlen an als sein Leben davor.

Nach Fridolins Kündigung wurde ich Junior-Beraterin.

*

Ich stand eine Weile vor der Tür vom Treff Nord, wusste nicht, was ich sagen sollte. So was wie: «Mir ist langweilig, kann ich mitspielen?»

Mit Schwung ging die Tür auf. «Hey, schön, dass du gekommen bist.» Meryem schien sich ehrlich zu freuen, oder sie war eine gute Schauspielerin. «Melanie ist vor zwei Stunden weg, aber hier ist gerade Mädchenpower-Gruppe, komm rein.»

Ich weiß nicht, warum, aber so Gutmenschen haben mich schon immer wütend gemacht. Vielleicht fühle ich mich im Vergleich besonders ungut.

«Ich wollte nur mal gucken, wo Varuna so rumhängt», sagte ich, und Meryem lachte. «Möchtest du Tee?», fragte sie, während ich ihr über den Linoleumboden in einen blassgelb gestrichenen Raum folgte.

Warum waren diese Orte immer gelb? Alle Kindertherapiepraxen mit Kassenzulassung, alle Jugendtreffs und Sozialeinrichtungen meiner Kindheit waren in diesem halbherzigen Gelb gestrichen. Gab es dafür irgendwelche

Waldorf-Farblehre-Gründe? Oder war urinfarben einfach am günstigsten, weil das sonst keiner wollte?

Meryem stellte zwei Teegläser neben der Kanne auf dem Sideboard ab. «Zucker?», fragte sie und warf selbst drei Würfel in ihr Glas.

«Nein, danke, ich esse keinen Zucker.»

«Aus medizinischen Gründen?», fragte Meryem und rührte mit einem kleinen Löffel energisch ihren Tee um.

«Aus Eitelkeit», antwortete ich, und um das ein wenig abzumildern: «Aber habt ihr vielleicht Milch?»

«Meistens bin nur ich hier, und ich lebe vegan.» Sie pustete in ihren Tee und schaute mich durch beschlagene Brillengläser an.

«Weil du niemandem ‹wehtun› möchtest?» Ich hackte Anführungszeichen in die Luft.

Meryem drehte sich um und winkte mich hinter sich her. Wir setzten uns zu ein paar Mädchen auf zu kleine Stühle. Der Tisch war übersät von grüner Papierwiese, Eiern aus Filz, pinkfarbenen Aufklebern und braunen Papphasen. Ich trank Tee und schaute mich um.

«Vielfalt verbindet», stand in selbst gebastelten Lettern an der Wand, darunter ein heller Abdruck, wo offenbar ein Sofa gestanden hatte.

An der nächsten Wand Hausfrauenkunst – ein Blumenstrauß, ein Sonnenuntergang, ein Hund. Eine Wand voller Basteleien von Kindern. Über dem Teeschrank eine riesige Pinnwand, an der oben stand: «Darauf bin ich stolz!» Ich ging hinüber, schaute mir Babyfotos und Hochzeitskarten an. Außerdem die Kopie eines IHK-Zertifikats, ein paar Gruppenbilder und ein Foto von einem Auto.

«Du kannst gerne was dranhängen», rief Meryem durch das Geschnatter.

Was denn? Meinen Kontostand? Meine Maße?

«Pack hier mal mit an, ja», sagte Meryem, und ich lief zurück und setzte mich neben ein Mädchen, das versuchte, kleine Filzeier in einem Osternest aus Ton festzukleben, ohne das Gras zu zerreißen.

«Ich kann das nicht, weil ich so Speckfinger hab», sagte das Mädchen und lachte mich mit ihren Zahnlücken an. Zusammen mit ihrer Sitznachbarin stimmte sie einen Klassiker meiner Kindheit an: «Es regnet, es regnet, die Erde wird nass. Mach mich nicht nass, mach dich nicht nass, mach nur die dicke Özlem nass.»

Özlem und ihre Freundin hielten sich ihre Bäuche vor Lachen und sahen aus wie zahnlose Großmütter, nicht wie zahnlose Grundschülerinnen.

«Hey, wir reden hier nicht so über uns. Und dick sagen wir schon mal gar nicht, auch wenn es lustig gemeint ist. Wir hören uns ja auch selbst zu, versteht ihr? Und wir wollen uns behandeln, wie wir eine Freundin behandeln würden, und deswegen nennen wir uns nicht dick oder dumm oder, oder, oder.»

Ich dachte darüber nach, wie ich manche meiner Freundinnen im Laufe der Jahre behandelt hatte, und hoffte, dass ich mich nie wie eine Freundin behandeln würde.

Der Kleber rollte sich zu kleinen Kugeln zusammen, die wie Popel an meinen langen blassrosa Kunstnägeln klebten. Kurz schaute ich auf Meryems kurze Nägel mit dem abblätternden dunkelblauen Nagellack.

«Willst du dir mal die Hände waschen? Ich glaube, so wird das nichts», sagte ich und zeigte auf Özlems Finger.

Özlem schaute mich an, stand auf und sagte: «Komm mit!»

Zusammen gingen wir zu dem kleinen Bad, vorbei an einem Abstellraum voll billiger Holzmöbel. Sorgfältig kratzte ich den Kleber von Özlems Fingern.

«Es ist noch ziemlich früh, oder? Warum seid ihr nicht in der Schule?», fragte ich.

«Osterferien. Keine Schule.»

«Buraya gel!», schrie Özlems Freundin, und Özlem rannte Richtung Tisch.

«Deutsch reden, damit alle alles verstehen, ja?», rief Meryem, und aus Protest fing Özlem an, ein türkisches Lied zu singen.

Wir nahmen einen neuen Anlauf, und langsam gelang es uns, die Eier sicher ins Nest zu bringen. Vierzehn Filzeier klebten wir auf die «Wiese», und am Ende sah das Nest ganz ansehnlich aus.

«Schön, ne?», sagte Özlem, und ich nickte, war erstaunlich entspannt. Vielleicht hätte ich in der Klapse mehr basteln sollen?

«Hast du das Nest selbst getöpfert?», fragte ich und hob das vollendete Werk an.

«Ja, Varuna hat es mir beigebracht», antwortete Özlem.

Ich spürte, wie mein Handgelenk schwach wurde, und stellte das Nest schnell wieder auf den Tisch. Varuna als nette Großmutter aus dem Viertel, als helfende Hand, als töpfernde Omi?

«Du bist voll schön», sagte Özlem und strich mit ihrer klebrigen Hand durch mein geglättetes schwarzes Haar. Ich ließ sie gewähren.

Meryem schaute uns an. Bestimmt lief in ihrem Kopf die ganze Zeit ein pädagogisch wertvoller Film, in dem oberflächliche Agenturmenschen auf freche Unterschichtenkinder trafen und voneinander lernten, und so wurde ich dann ein besserer Mensch und Özlem entpuppte sich als

Wunderkind und in der letzten Szene saß ich mit Tränen in den Augen im gefüllten Konzertsaal und hörte Özlem beim Geigen zu.

«So, Mädchenpower-Treff ist wieder nächsten Donnerstag, ja? Alle gründlich die Hände waschen gehen, und dann sind wir für heute fertig.» Meryem klatschte laut, stand auf und schob Stühle durch den Raum, delegierte Mädchen Richtung Bad, stöpselte den Wasserkocher aus, trug etwas in eine Liste ein und sah auch sonst aus wie eine Frau, die wusste, was zu tun war. Ich vermisste dieses Gefühl.

«Sandra, Zainab und Kalinda kommen mit mir. Gifti, Özlem und Julia werden abgeholt – eure Mama oder Schwester wartet schon draußen, ja?»

Vor der Tür verabschiedete Özlem sich von mir mit einer großen Umarmung. «Kann ich dich Pocahontas nennen?», fragte sie, und ich fühlte mich geschmeichelter, als ich je zugeben würde.

«Klar», sagte ich und kniff ihr in die Wange.

Meryem verabschiedete die Mädchen, die abgeholt wurden, rannte noch einmal zurück, weil eines seinen Rucksack vergessen hatte. «Cool, dass du da warst. Das nächste Treffen ist Montag, komm wieder, wenn du magst», sagte sie und umarmte mich kurz. «Die Mädels mochten dich, und das nicht nur, weil du so hübsch bist.» Meryem zwinkerte mir zu.

*

An jeder Laterne, vielen Hauswänden, an Stromkästen und in Schaufenstern Vermisstenposter. Ich schämte mich, aber manchmal wünschte ich mir, du wärst tot. Bist du wahrscheinlich auch, aber ich meine so ganz amtlich, bestätigt. Mit Leiche und Grabstein und Traueranzeige und allem

Drum und Dran. Ich sehe den RTL-*Explosiv*-Aufmacher schon vor mir: «Mysteriöses Verschwinden junger Mutter nach vierundzwanzig Jahren geklärt.»

Nicht zu wissen, was passiert ist, ist schlimmer als jede Wahrheit. Eine Weile, in den Monaten bevor es für mich in die Klapse ging, war ich besessen von Dokus über verschwundene Personen. Ich weiß nicht, wie die Angehörigen von ganz offiziell Toten aussehen, aber die Leute, die auf einen Vermissten warteten, sahen allesamt beschissen aus. Als hätten die Fragezeichen tiefe Furchen unter ihre Augen und in ihre Wangen gegraben. Kettenrauchend saßen sie an Küchentischen, schauten ins Leere und waren nur Hülle, nur Stillstand. Geschichten brauchen ein Ende, deswegen halte ich Infos über die Unendlichkeit des Weltalls auch nicht gut aus. Wenn die Dinge nicht enden, wird man wahnsinnig.

Bei den Leuten, bei denen eigentlich klar ist, was passiert ist (bei manchen vermissten Frauen: Der Partner war's. Bei manchen vermissten Männern: Die haben sich umgebracht, weil sie Geldprobleme hatten), tun mir die Angehörigen weniger leid, die wollen einfach die Realität nicht anerkennen. Aber die anderen, die, die ehrlich keine Ahnung haben, die ihr gesamtes Erspartes für Wahrsager und Privatdetektive rauswerfen und sich nicht trauen, wegzuziehen oder ihre Telefonnummern zu ändern, die nicht wissen, wohin mit den Klamotten ihrer Vermissten, und die das Gesicht jedes Fremden mit ihrer Person abgleichen, das sind Zombies. Zombies wie ich.

*

«#führen» stand auf dem Bundeswehr-Plakat, und darunter: «Folge deiner Berufung». In meinem Job habe ich beides getan, war ehrlich richtig gut, Mama. Ich würde dir gerne davon erzählen, erzählen, wie es sich anfühlt, wenn die Kampagne, die man sich ausgedacht hat, viral geht, die Engagement-Zahlen durch die Decke schießen, man einen Niemand zu einem Jemand mit Aktivierungsstärke macht, der zu User-Generated-Content animiert und der Agentur und der Brand richtig viel Kohle einbringt. Gott spielen. Aber du kennst keine Shitstorms, keine Hashtags, kein Social Media, nicht mal Smartphones. Mein Job muss in deinen Ohren so viel Sinn ergeben wie der Beruf des Automechanikers für Leute, die noch Kutsche gefahren sind.

Erinnerst du dich an Dörte? Sie war immer meine liebste unter deinen Freundinnen. Nach deinem Verschwinden gingen wir spazieren, saßen mit gemischter Tüte auf einer Schaukel und schauten uns Wolken an. Sie hat behauptet, immer wenn ich eine Wolke sehe, die mir gefällt, sitzt du darauf und blickst auf mich herab. Ich halte das für sehr unwahrscheinlich, aber wer weiß: Vielleicht siehst du mir auch seit vierundzwanzig Jahren zu und weißt so viel über Social-Media-Marketing wie ich. Bist du da oben eigentlich vierundzwanzig oder einundfünfzig? Man muss seine Zielgruppe kennen, wie kann man sonst eine Geschichte erzählen? Oder hast du gar kein Alter, bist die Essenz-Mutter, die allwissend und allgütig über den Dingen schwebt, der ich überhaupt nichts erklären muss, weil sie schon Bescheid weiß?

Als ich bei UHC anfing, war Facebook jung, YouTube auch, Instagram gab es noch gar nicht. Im Grunde war ich nur zur richtigen Zeit am richtigen Ort. Jung, hungrig, online und geldgeil. Doktor Riemer war einer der ersten deutschen Ärzte mit Facebook-Account, hatte dank mir einen YouTube-Kanal, noch bevor es Vlogs gab, und tauchte in der Presse als «Schönheits-Doc für die Generation Internet» auf, als Mittvierziger wie der Boss gerade lernten, Engagement-Rate richtig auszusprechen.

Jahrelang war ich der jüngste Mensch in fast allen Räumen, in denen ich mich aufhielt. Wie der Enkel, den die Oma für ein Computergenie hält, wenn er «Neustart» drückt, wurde ich einfach für eine Expertin gehalten und hoffte, nicht enttarnt zu werden.

Nach der Zeit bei UHC habe ich eine Weile bei MILK gearbeitet, einer echten Werbeagentur. Dort war alles ein bisschen weniger Trash, hier und da wurde sogar 'ne Kampagne für den guten Zweck gemacht, auch wenn ich mich schon damals gefragt habe, ob man dem guten Zweck überhaupt dient, wenn man eine staubige Print-Kampagne oder 'nen Fernsehspot macht, während meine Generation ja eh nur noch im Internet rumhängt. Mit der Erfindung von Instagram und den ersten Influencerinnen bin ich dann zu Moonwalkers gewechselt, einer Social-Media-Agentur, die «Talents» mit Brands zusammenbringt und sich um alles von Strategie bis Posts kümmert – «Talents» tatsächlich in Gänsefüßchen, was erahnen lässt, für wie talentiert wir unsere Talente hielten. Dort half ich bis zur Klapse Unternehmen, ihre Core Values mit Hilfe von Influencern zu kommunizieren, und schrieb Posts für Frauen, die aussahen wie ich, nach unserer Regie Diätshakes in die Kamera hielten und ihre Follower fragten, was sie eigentlich morgens am liebsten tranken. Vor allem in den ersten Jahren habe ich ständig irgendwelchen Uwes und Dirks erklärt, dass 'n Hashtag, das viral geht, mehr wert ist als eine teure Printkampagne, und dass sie ihr Geld lieber neunzehnjährigen Abiturientinnen mit vierzigtausend Followern geben sollten als 'ner Werbeagentur, die sich einen schmissigen Slogan ausdenkt.

Ab und zu dachte ich damals noch an Fridolin. Wenn ich mir Posts zu schicken Leggings überlegte, auch wenn ich genau wusste, dass teure Chirurgen, 'ne Nulldiät und Timo mit seinen Photoshop-Skills dafür gesorgt hatten, dass das Mädel so aussah, wie es aussah. Wenn ich der grünen Kampagne für Deutschlands zweitgrößten Abnehmer von Rindfleisch mit Influencern auf die Sprünge half, die die neuen nachhaltigen Verpackungen der Burger posteten, oder 'nem Autokonzern witzige Insta-Storys gepitcht hatte, dachte ich an seine Scheiße-Metapher und fragte mich hier und da, ob ich mich schlecht fühlen sollte.

Ich wünschte, es wäre deeper, Mama, aber die Wahrheit ist: Ich wollte Geld haben, weil sich das richtig gut anfühlt. Und deswegen habe ich mir keinen Ostseetraum gekauft und mich in Gummistiefeln in den Sand gestellt, sondern bin auf Louboutins zu meinem Mini gelaufen, habe auf den Dachterrassen gläserner Hochhäuser Cocktails getrunken und mir samstags für hundertfünfzig Euro mit einem kleinen Staubsauger die Poren reinigen lassen. Ich habe mich mit schönen Menschen umgeben, mir schöne Kleidung gekauft und bin mit meinen Freundinnen für Wellness-Wochenenden nach Monaco geflogen, anstatt wie meine ehemaligen Klassenkameradinnen in verlausten WGs für Anglistik-Klausuren zu büffeln.

Einziger Nachteil meines Lifestyles: Wenn man den ganzen Tag mit Leuten zu tun hat, die aussehen, wie unsereins eben aussieht, kommen einem gewöhnliche Leute brutal unsexy vor.

Speaking of: Vor der Hecke sah ich Melanie, die auf ein Vermisstenposter ihrer Tochter starrte und dabei rauchte. In der Grundschule war ich gemein zu ihr. Als sie in der vierten Klasse gemobbt wurde, weil sie in den zu großen

Hosen ihres älteren Bruders zur Schule kam, entschied ich, dass wir sie lieber mobben sollten, weil sie nicht richtig schreiben konnte. Als die anderen Kinder sie schwul nannten, weil sie zum Osterfrühstück eine Packung ungekochter Spaghetti mitbrachte, entschied ich, dass wir sie lieber «Dreckkopf» nennen sollten, weil sie oft ungewaschen war. Wir hatten mehr gemeinsam, als mir lieb war, und das durfte wirklich niemand anderem auffallen: Melanie hatte ihre trinkende Mutter, ich hatte Varuna, wir hatten beide die falschen Klamotten, die falschen Spielsachen, feierten beide keine Kindergeburtstage und saßen beim vorweihnachtlichen Familienbasteln in der Grundschule allein an chaotischen Arbeitsplätzen, mussten auf selbstgerechte Hausfrauen hoffen, die sich wortwörtlich dazu herabließen, sich auf einen Kinderstuhl zu hocken und den armen Assis zu helfen, eine Nikolausmütze aus dem roten Karton auszuschneiden.

Die echten Sozialfälle waren meistens die Deutschen. Kinder «mit Migrationshintergrund» schafften vielleicht nicht den Hauptschulabschluss und hatten im Alter von fünfundzwanzig Jahren vier Kinder. Aber sie hatten morgens etwas gegessen, und wenn sie sich das Knie aufgeschlagen hatten, war jemand zum Pusten da, und es gab große Geschwister, die sie bis zu Karies und darüber hinaus mit Süßigkeiten vollstopften. Stimmt natürlich so nicht ganz, Ümit hat bei einer Pflegefamilie gewohnt, bei der der Kühlschrank abgeschlossen und das Essen rationiert wurde. Und Faride weigerte sich, zum Schwimmen das Shirt auszuziehen, und zeigte die blauen Flecken vom Vater nur, als Frau Clemens mit einem Anruf zu Hause drohte.

Trotzdem: Die, die morgens zum Frühstück eine Dose Thunfisch dabeihatten und mit neun Jahren nicht allein auf

Toilette gehen konnten, das waren Calvin und Chantal, das waren Melanie und ich, nicht Emre und Fatma.

«Hey», rief Melanie mir zu. Ich zündete mir auch eine Zigarette an und schaute gemeinsam mit Melanie auf ihr verschwundenes Kind.

«Was machst du heute Abend?», fragte sie.

Bevor ich antworten konnte, redete sie weiter: «Donnerstags hab ich mit Lara immer *Galileo* geguckt. Ich weiß nicht, vielleicht hast du Lust?»

«Warum nicht», sagte ich möglichst gleichgültig.

Melanie nickte. «Es ist voll komisch, das alleine zu gucken.»

Gar nicht gucken schien keine Option.

«Kommst du um sieben rüber? Wir wohnen in der 13.»

*

Vorsichtig schloss ich die Tür auf. Das Mauzen der Katzen verriet, dass Varuna nicht da war. Enttäuscht guckten sie mich mit ihren riesigen Augen an.

Die Wohnung ist wie eine Sonne geschnitten, zumindest habe ich versucht, sie mir als Kind auf diese Weise schönzureden. Erinnerst du dich? Von der Tür aus fällt man in einen runden Flur, in dem ein runder Esstisch steht. Davon gehen drei kleine Zimmer, die Küche und das Bad ab.

Ich setzte mich an den Tisch, biss in einen Apfel. Wie komisch die Zeit verging. So, wie sie nur hier vergehen konnte. Wie im Urlaub. Man schaut sich um und hängt ein bisschen rum, schlendert mal an den Pool, blättert in 'ner Zeitschrift, ist zu früh betrunken, warum auch nicht, und dann ist es fünf und man ist beschwipst und faul und zufrieden und gelangweilt. So, nur minus alles, was Spaß macht, verging die Zeit hier. Die Zeit von Arbeitslosen und Hausfrauen,

Kindern in den Ferien und Rentnern. Zeit, die mühsam gestückelt werden, der man irgendeine Struktur aufdrücken muss, um nicht völlig aus ihr herauszufallen.

*

Melanies Wohnung war weniger rosa, als ich gedacht hatte. Ich hatte eine Schrankwand erwartet und ein Plüschsofa. Stattdessen war alles stählern und grau. Eher so, wie ich mir die Wohnung eines dreißigjährigen Maschinenbau-Bachelors vorgestellt hätte. Nur die weißen Blumen, die an die Fenster geklebt waren, und der starke Vanillegeruch, der durch die Wohnung waberte, als wäre sie eine Douglas-Filiale, verrieten, dass hier Frauen wohnten.

«Wohnt ihr hier zu zweit?», fragte ich und setzte mich auf das schwarze Ledersofa. «Ja, bleibt auch so. Mir kommt kein Mann ins Haus, zumindest nicht, solange Lara klein ist.» Es klang, als müsste Melanie die Männer regelrecht von der Tür wegfegen, damit auch ja kein Verehrer es wagte, hier einzuziehen.

«Willst du was essen? Ich hab Pommes mit Chicken Nuggets gemacht. Und ich hab Sangria, wenn du willst.»

Chicken Nuggets, Currywurst, Fischstäbchen – das hatte ich alles lange nicht mehr gegessen. Manchmal, wenn ich einen Film gucke, in dem eine italienische Mama in einem großen Topf rührt, muss ich an deine Sonntagsessen denken, bei denen ein großer Topf Currywurst auf dem Herd stand, dazu Pommes im Ofen. Es war nicht so, als hättest du dich dagegen entschieden, mich gesund zu ernähren. Du hast mich einfach ernährt, mir das zu essen gegeben, was du gegessen hast, und mir ab und zu einen Apfel in so 'nem Zickackmuster aufgeschnitten, ich glaube, wir haben Zauberapfel dazu gesagt. Ansonsten gab es Brathähnchen,

Döner, Pommes, Kartoffelbrei und Spinat, mal ein Brot mit Spiegelei oder Gyros oder so was.

«Mach mal den Fernseher an, ja?»

Ich nahm die Fernbedienung, schaltete den Flachbildschirm an und suchte Pro7. Melanie trug zwei volle Teller ins Wohnzimmer, ging in die Küche, brachte eine große Flasche Sangria und zwei Wassergläser mit.

«Mir ist voll wichtig, mit der Lara so wissenschaftliche Sendungen zu gucken, nicht nur so Assi-Zeug.»

Ich nickte und schaute zu, wie ein Oktopus den Arsch einer heißen Taucherin betastete. «Achtung, machen Sie jetzt mal das, was Sie sonst nicht dürfen: Nämlich dieser Dame auf den Hintern gucken.»

Zu Beginn der ersten Werbepause schaltete ich weg, sah noch die ersten Sekunden des neuen KFC-Spots. Den Pitch hatten wir verloren, obwohl die ganze Unit drei Wochenenden am Stück durchgearbeitet hatte und unser Konzept mindestens so gelungen war wie das der Gewinner. Ich widerstand der Versuchung, mir den KFC-Instagram-Account anzugucken, um zu checken, was deren Social-Media-Team sich überlegt hatte.

Auf dem Weg zum Klo kam ich an Laras Zimmer vorbei. Es war bunt, an den Wänden neonfarbene Ponys und Poster von Miley Cyrus in verschiedenen Phasen ihrer Karriere.

Wie lange bewahrt man ein Kinderzimmer ohne Kind? Eine Woche auf jeden Fall, einen Monat selbstverständlich, bestimmt auch ein Jahr. Und danach? Lässt man es mit der verschwundenen Tochter mitwachsen? Dekoriert man um? Hängt Poster von Bands an die Wand, die sie nicht kennen kann und stellt Fotos von Freundinnen auf, auf denen sie nicht mehr zu sehen ist? Oder macht man es, wie Varuna es gemacht hat, lässt das Zimmer so, wie es ist, und redet sich ein, dass die Frau, die zurückkommt, das Zimmer lieben wird, das sie als Kind verlassen hat? Dass sie sich wohlfühlen wird in einem Bett, in das sie nicht mehr passt, mit Bildern von Pferden an der Wand, die sie nicht mehr interessieren?

Dein Zimmer war das Wohnzimmer, dort haben wir einfach weiter gewohnt, konnten uns den Luxus nicht leisten, es zu einem Museum zu machen. Und deine Sachen, deine Kleidung? Varuna muss sie weggeben haben, aber ich erinnere mich nicht daran. Irgendwo in meinem Kinderzimmer war eine kleine Box mit Dingen von dir, ansonsten war außer dem Foto auf meinem Nachttisch nichts übrig.

Galileos Foodtrend Checker besuchte eine Sober Party, sprach von Ginger Shots und fitnessbewussten Hipstern, die jede Menge Superfood zu sich nahmen.

«Denken die eigentlich, sie sind was Besonderes, weil die ständig Wörter sagen, die keiner kennt?» Melanie, mittlerweile angetrunken, schien Anglizismen persönlich zu nehmen. Wie bei vielen Menschen in unserer Heimat weckten Dinge, die sie nicht verstand, Wut statt Neugier.

Ich hingegen vermisste die Sprache der Modelscouts und Creative Directors. Vermisste Leute, die nach vier Espressi ins Meeting rennen und schreien: «Wir müssen das Lifestyle-Feeling pushen.» Ich vermisste sogar meinen Chef, der auf der letzten Weihnachtsfeier verkündet hatte: «Jetzt ficken wir die ganze Branche.» Ich vermisste es, von attraktiven Menschen mit Gottkomplex umgeben zu sein, die alles geil finden, die fast ohne Zweifel funktionieren.

Bei *Galileo* ging es noch immer um alkoholfreie Partys. Eine Blondine mit perfekten Augenbrauen sagte: «Das Schöne ist, jeder kann sich am nächsten Morgen daran erinnern.»

«Prost», sagte Melanie und hob ihr Glas. Wir tranken weiter, um zu vergessen.

An dem Tag, an dem du «beerdigt» wurdest und wir in Varunas Schrebergarten um das «Grab» herumstanden, trank ich zum ersten Mal Rotwein. Ich hielt ihn für Traubensaft, nahm drei große Schlucke. Alles in mir zog sich zusammen – war das mein erster Orgasmus? –, es schüttelte mich ein bisschen, ekelte mich ein bisschen. Mein kleiner Körper war im Schockzustand. Danach: Ruhe. Wie eine schwere Decke, die sich auf meine hibbeligen Glieder, meinen unruhigen Geist legte, und auf einmal war alles okay.

Am Ende der Sendung erfuhren wir noch, dass der Ausdruck «blutjung» von Blüte kommt. «Seitdem wird der Ausdruck benutzt, um anzudeuten, dass jemand noch sehr jung ist, sich sozusagen in der blühenden Phase des Lebens befindet.» Ich schaltete aus.

«Ich bin so wütend», sagte Melanie in die Stille. «Ich weiß, ich sollte irgendwie nur traurig sein und Hoffnung haben oder so was, aber ich bin so scheißwütend. Ich will was anzünden, am besten den Typen, der Lara hat. Ich hab das Gefühl, dass ich versage. Ich hab mich gestern mit Jessy getroffen, der Mutter von Ashanti, und die meinte, dass ihr Fokus bei ihrer Tochter ist und sie gar nicht über den Typen nachdenkt, der unsere Mädchen hat. Und ich will natürlich auch nur, dass Lara nach Hause kommt. Aber ich will ihn auch umbringen.»

Sie hievte sich vom Sofa, lief in die Küche und goss Sangria nach.

«Ich will ihn umbringen. Ich will ihn umbringen und foltern. Die Polizisten sagen, dass sie ihn fassen, und dann? Dann sitzt er in 'nem kleinen Raum in 'nem Gefängnis und kriegt Essen und hat 'nen Fernseher und kriegt wahrscheinlich sogar 'ne Ausbildung und 'nen Seelenklempner und so. Wir haben ja nicht mal die Todesstrafe. Ich will eigentlich gar nicht, dass sie ihn fassen. Ich will ihn finden und töten, so richtig langsam, mit Schmerzen. Ich will 'nen Loch in seinen Kopf bohren, ihm den Schwanz abschneiden, so richtig kranken Horrorfilm-Scheiß mit ihm machen.»

«Würde ich auch machen wollen, wenn ich du wäre. Scheiß auf Jessy und ihren Fokus. Wenn es dir irgendwie hilft, Rachefantasien zu haben und dir vorzustellen, wie du das Schwein kastrierst, dann steigere dich halt rein. Whatever works!»

Ich hob das Glas, und wir prosteten uns zu. Ich wollte nachgießen, aber aus der getönten Flasche tröpfelte nur noch ein Rest.

«Hast du noch eine?»

«Nee, ich sollte langsam mal pennen. Ich muss morgen früh raus zur Arbeit», sagte Melanie und stand auf.

«Du arbeitest?»

«Watt soll ich sonst machen? Mich auf mein Aussehen verlassen?» Sie lachte und nahm ihren leeren und meinen halb vollen Teller vom Couchtisch.

«Bei Lidl an der Kasse in Stoppenberg. Nur zwanzig Stunden die Woche, aber ist besser als nichts, ne? Und dann geh ich noch putzen, aber schwarz.»

Ich dachte an die Agentur, in der manche Kollegen wegen Burnouts oft monatelang fehlten. «Musst du arbeiten gehen, auch wenn alle wissen, dass Lara weg ist? Ist doch komisch, oder?»

«Ist schon komisch, weil halt alle wissen, dass ich die Mutter von Lara bin. Ich war ja auch ein paar Mal in der Zeitung», sagte Melanie, nicht ganz ohne Stolz. «Aber ich kann hier auch nicht den ganzen Tag rumsitzen, bringt ja nichts.

Und wenn Lara wiederkommt, hat sie ja auch nichts davon, wenn ich arbeitslos bin.»

Wenn Lara wiederkam. Dank meiner Google-Recherche wusste ich, dass die meisten Kinder, die entführt werden, nach drei Stunden tot sind.

Melanie schlurfte Richtung Küche und stolperte über meine Schuhe, die ich erst im Wohnzimmer ausgezogen hatte. Sie kam hart auf den Fliesen auf, die Teller zerbrachen. Statt sich aufzurichten, blieb sie zwischen den Scherben und Currywurststücken liegen und begann laut zu weinen.

Ich war noch nie gut in solchen Situationen, bin keine Meryem, die dann intuitiv weiß, was zu tun ist. In der Anstalt war Renate in meiner Gruppe, eine Sachbearbeiterin, deren Nervenzusammenbruch darauf zurückzuführen war, dass sie das neue Computersystem in ihrer Firma nicht verstanden hatte und deshalb depressiv geworden war. Jeden zweiten Satz begann sie mit: «Da musste ich erst mal 'nen Ströphchen weinen», woraufhin sie in Tränen ausbrach.

Ich setzte mich vorsichtig neben Melanie, wischte ein bisschen Currysauce von ihrem Unterarm, streichelte unbeholfen ihre Schulter, als würde ich ein fremdes Tier besänftigen wollen.

«Als meine Mutter damals verschwunden ist, also, das war auch nicht leicht, da kann ich mir vorstellen, wie –», fing ich an, aber Melanie fiel mir ins Wort. «Nein.» Sie stemmte sich mit den Armen hoch auf ihre Knie, rutschte in der Sauce aus und versuchte es noch einmal. «Sorry. Aber wenn dein Kind verschwindet, dann ist das wie nichts anderes. Mein einziger Job auf dieser Welt war, dass sie sicher ist. Das war das einzig Wichtige. Dass es ihr gut geht. Kennst du das im Internet, wenn man so ein Foto sieht, wo was witzig schiefgeht? Wie jemand zum Beispiel so im Supermarkt was falsch aufbaut und man sieht, dass das dann gleich umfällt oder so. Und dann steht da drüber: ‹Du hattest einen Job!› Ich hatte einen Job. Und ich habe es verkackt.» Sie schluchzte, machte ein Geräusch wie Varunas Katzen, wenn man ihnen auf den Schwanz trat. Melanie saß vierzig Zentimeter von mir entfernt und schrie mir ins Gesicht: «Ich hatte einen Job.»

*

Ich googelte «Arielle Freytag», überflog mein LinkedIn-Profil, las wieder den Artikel über die Moonwalkers im *Düsseldorfer Express* und betrachtete das Foto von mir, das neben den schwarzen Blockbuchstaben platziert worden war. Dann googelte ich Varuna Freytag und fand nichts. Ich musste an Melanie denken, die vielleicht noch immer heulend auf dem Küchenboden saß. Ich weiß nicht, ob Varuna eine einzige Träne vergossen hat, als du verschwunden bist.

Ich streckte meine Hände aus, strich über den Stoffhimmel, die Baumwolle weich unter meinen Fingern. Für eine arbeitslose Depressive hatte ich einen langen Tag gehabt. Ich rechnete nach, war vor neunzehn Stunden aufgestanden. Einer der Schmetterlinge fiel vom Himmel und lag nun auf meinem Gesicht wie ein gegen die Scheibe geflogener Vogel.

Ich habe dich so geliebt, Mama, das reicht für eine ganze Familie. Auch wenn Varuna als Mutter ein Totalausfall gewesen sein muss, du wurdest geliebt, ja? Umgekehrt gilt das auch. Du hast mich so sehr geliebt, das reicht für mein ganzes Leben.

*

«Ich krieg ständig Anfragen von Zeitungen und so Fernsehleuten. Die wollen mich interviewen, manche wollen mir sogar Geld geben. Glaubst du, das bringt was? Also glaubst du, dass der Mensch, der Ashanti hat, das anguckt? Der wusste ja vorher, dass die Mädchen Eltern haben, oder? Dem fällt ja nicht plötzlich ein, dass es nicht so nett ist, Kinder zu kidnappen, nur weil er mein Gesicht sieht.»

Ich ging mit John über den Spielplatz, er hatte Redebedarf und erzählte seit einer halben Stunde von Ashanti.

«Aber andererseits bleibt der Fall so vielleicht mehr in der Öffentlichkeit, und die Leute, die denken, dass wir Eltern was damit zu tun haben, halten endlich die Fresse.»

In der fünften Klasse sollten wir Sätze vervollständigen. «Meine Eltern sind ...» begann der erste, und ich musste lange überlegen. «Meine Mama ist ...» hätte Schulhefte füllen können. Selbst «Mein Papa ist ...» konnte immerhin mit abwesend/ein Rätsel/höchstwahrscheinlich schwarzhaarig beantwortet werden.

«Menschen» hatte ich letztendlich entschieden. «Meine Eltern sind Menschen», soviel war sicher. Das Wort «Eltern» ergab keinen Sinn für mich, nie war es logisch, es zu sagen, oder über mich selbst als jemand mit Eltern nachzudenken. Meine Eltern waren Menschen, das war der einzig wahre Satz über euch, und wann benutzte man den schon. Seitdem macht es mich immer neidisch, wenn Menschen beiläufig das Wort Eltern sagen, als wäre nichts dabei.

«Mach es auf keinen Fall. Der Durchschnittsdeutsche hat eh kein Vertrauen in schwarze Männer, gib ihnen nicht noch mehr Futter. Arschlöcher im Internet überzeugt man nicht. Und am Ende hockt irgend so 'ne Profilerin in 'ner RTL-Sendung und analysiert deine Körpersprache, und ein Psychologe, der dich nie gesehen hat, sagt so was wie: ‹Auch wenn ich Herrn X nie persönlich behandelt habe, weist er doch die Charakteristiken eines klassischen Psychopathen auf.› Ehrlich, du kannst nur verlieren.»

Wie bei einer der Pro-Bono-Kampagnen der Agentur, war es mir wichtig, ihn gut zu beraten. Hier ging es um was, schönes Gefühl, großes Gefühl. «Die Presse ist nicht dein Freund, John. Schick lieber Jessy. Die Leute mögen blonde Mütter, und sie wirkt so, als würde sie vor der Kamera gut rüberkommen.»

«Okay, danke. Ich bin Koch, ich hab keine Ahnung von so was. Danke, echt.»

Wir setzten uns auf die Tischtennisplatte, John begann, einen Joint zu drehen. Als Strafe dafür, dass ich kurz «unsere Tischtennisplatte» dachte, drückte ich einen Fingernagel in meinen Unterarm.

«Wo kommst du her?», fragte ich und beobachtete ihn, wie er sorgfältig Gras auf den Tabak krümelte.

«Wo in Deutschland oder wo auf der Welt?»

«Beides, wenn du willst.» Ich drehte mich auf den Bauch, legte meinen Kopf auf den Arm, alle Körperspannung verließ mich.

«Gelsenkirchen und Jamaika. Und du?» Er nahm den ersten Zug, ich lehnte ab und drehte mich wieder auf den Rücken, starrte in den Himmel.

«Keine Ahnung.»

Verschmelzen. Das war es. Nicht umbringen, Blut fließen lassen, einen Knoten binden oder in fünfzehn verschiedenen Apotheken Paracetamol kaufen, einfach wegschmelzen. In diese Platte sinken, Teil von ihr werden, nicht mehr sein.

«Lass uns rumlaufen. Magst du Lakritz?» Ich stemmte mich hoch, musste mich jetzt bewegen oder für immer liegen.

«Ich liebe Lakritz», antwortete er.

«Eine gemischte Tüte, bitte», sagte ich zu dem Verkäufer, wunderte mich kurz, was mich davon ausgehen ließ, dass es gemischte Tüten noch gab, aber natürlich gibt es die noch.

Ich reichte ihm eine Lakritz-Schnecke, aß selbst einen Cola-Kracher.

«Erzähl mir was von dir, ja? Ich muss mal kurz an was anderes denken.» John kaute an der Schnecke, lehnte sich an eine schulterhohe Mauer. «Bitte», fügte er hinzu, als ich nicht reagierte.

«Komm, weiterlaufen.» Ich suchte und fand eine saure Pommes. Lange überlegte ich, blätterte in meinem Sortiment an Geheimnissen, Vergehen und Dingen, die nicht ausgesprochen werden konnten.

«Vor fünfzehn Jahren oder so hätte ich mir nicht erlaubt, im Gehen zu essen. Ich hatte so Listen in meinem Handy, und da hab ich aufgeschrieben, wie reiche Leute sich benehmen.»

John grinste. «Ich könnte 'nen paar Tipps gebrauchen.»

«Also, zum Beispiel habe ich aufgeschrieben, dass reiche Leute nicht auf der Straße essen und nicht mit offenem Mund. Und die lachen nicht grölend, sondern mehr so ‹ha, ha, ha›. Bescheuert, ne?»

John lachte, zum ersten Mal sah ich ihn lachen.

«Bitte, erzähl mir mehr!»

«Also, ganz, ganz wichtig: Reiche Leute stellen ihren Müll nicht einfach auf die Straße, sondern rufen den Sperrmüll. Oh, und reiche Leute haben keine Locken, seit dieser Erkenntnis glätte ich jeden Morgen meine Haare.»

«Okay, bei den Locken kann ich nichts tun, aber das mit dem Müll merke ich mir. Ich brauch mehr.»

«Ganz klar: Reiche Leute ziehen sich nicht an, wie arme Leute glauben, dass reiche Leute sich anziehen. So Sachen, von denen Leute meinen, sie würden nach Geld aussehen, sehen in Wirklichkeit einfach billig aus. Also arme Leute denken, wenn sie falsches Gold tragen und falsche blonde

Haare und Tiermuster, dann sähe das irgendwie nach Geld aus, aber so funktioniert's nicht. Es sei denn, man ist Shakira.»

«Du hast da echt viel drüber nachgedacht, oder? Scheint ja geklappt zu haben.»

Er schaute an mir auf und ab, mein glattes dunkles Haar, meine teure einfarbige Kleidung. Wir liefen auf unsere Trauerweide zu. Du mochtest diesen Baum, weißt du noch, hier haben wir einmal einen toten Spatz begraben, der gegen unser Küchenfenster geflogen war. An dir liebte ich alle Pailletten, alle Muster und alles falsche Gold. Pinke Lippen, blondes Haar mit Dauerwelle, Miniröcke und immer bauchfrei – du hast billig und perfekt ausgesehen.

Johns Hand streifte meine, streifte sie wieder. Er wollte Händchen halten provozieren, wollte hieraus ein Date machen. Schnell presste ich ihn gegen den Baum, fing an, ihn zu küssen, spürte seinen Penis durch die Hose drücken.

Ein Stöhnen, es kam aus der falschen Richtung. Wir drehten uns um und sahen Melanie auf uns zu rennen. Wie bei einer Hüpfburg war alles an ihr in Bewegung. Sie blieb vor uns stehen, ihr Körper bebte nach. Mit aufgerissenen Augen sagte sie: «Warum gehst du nicht an dein Scheiß-Handy, John? Jessy sucht dich überall. Sie haben Ashanti gefunden.»

Zwei

Endlich launchte Kims neue Beauty-Line KKW Beauty, Khloé wollte mit Tristan zusammenziehen, fand aber kein Haus. Kris weigerte sich, ihr zu helfen, war aber eigentlich damit beschäftigt, Tristan dabei zu unterstützen, Khloés Geburtstagsparty zu planen – die Überraschung gelang, die Party war ein voller Erfolg.

Kim verwandelte ihr Haus in einen Showroom, lud Beauty-Vlogger ein, lobte Kanye für seinen Input, sagte: «Every room had to be an instagrammable moment.»

*

Vor lauter Arbeit hatte ich in den letzten Jahren die wichtigen Dinge im Leben schleifen lassen, hing bei *Keeping Up with the Kardashians* hinterher. Die vergangenen Tage hatte ich genutzt, um wenigstens die Staffeln elf bis sechzehn zu schauen, aber ich hatte noch einige vor mir.

Ich nahm einen weiteren Schluck Belvedere, musterte meine frisch lackierten Zehennägel. Alles, was ich wusste, wusste ich aus der Zeitung. Ashanti lebte, mehr Infos gab es nicht.

Varuna und ich bewegten uns wie Mönche eines Schweigeklosters durch das Hexenhaus. Manchmal bat sie mich, Katzenfutter aus dem Keller zu holen oder auf einen Stuhl zu steigen und die Kakteen auf den Regalen zu gießen. Ansonsten hatten wir unsere Koexistenz nach vierzehn Jahren Pause nahtlos wieder aufgenommen. Sie wollte mich nicht hier haben, konnte mich aber nicht rauswerfen, gefiel sich zu sehr in der Rolle der Verlassenen, wollte Opfer sein, nicht Täterin.

Oft sah ich sie am Tisch im Flur sitzen, vor sich Bücher über Pflanzenkunde, die sie nicht aufschlug. Varuna bewegte sich keinen Zentimeter. War das eine Art Performance? Würde sie auch dort sitzen, wenn ich nicht da wäre? Saß sie für mich, für sich selbst, für ihre Rolle als tragische Alte? Andere Leute sind depressiv, Varuna war DEPRESSIV. Der ultimative Egoismus, so eine Depression. Nach drei Monaten Klapse weiß ich, dass das nicht die Lehrmeinung ist, aber: Wie wichtig muss man sich eigentlich nehmen, um die ganze Zeit darüber nachzudenken, wie hoffnungslos man ist? Wenn ich mich umbringen würde, dann weniger egomanisch, ohne vorher jahrelang zu quengeln und Freunde, Fremde und Therapeuten mit meinem Geleier zu nerven.

Ich lehnte im Türrahmen meines Zimmers, schaute auf ihren faltigen Nacken, ihre knochigen Handgelenke und fühlte beinahe so etwas wie Mitleid. Kurz überlegte ich, mich zu ihr zu setzen oder ihr immerhin eine Hand auf die Schulter zu legen. Sie war meine einzige Familie, meine einzig mir bekannte Verwandte, das musste doch etwas bedeuten. Gerade wollte ich auf sie zugehen, da sprang eine der Katzen auf den Tisch und rieb schnurrend ihr nacktes Gesicht an Varunas Unterarm.

Ich schloss die Tür, legte mich auf den Bauch, streckte alle Gliedmaßen von mir und genoss das betrunkene Dröhnen in meinem Kopf. Bis zu deinem Verschwinden teilten wir uns ein Bett, weißt du noch? Du nanntest mich «oller Seestern», weil ich so viel Platz einnahm. Ich erinnere mich nicht, was ich daran so lustig fand, aber damals war es für mich das Witzigste, was ich je gehört hatte.

Meine Zehen gruben sich in die Ritze zwischen Bettgestell und Matratze. Der linke große Zeh blieb an etwas Spitzem hängen. Er spielte mit dem Gegenstand, strich über die harte Kante. Ich drehte mich um, richtete mich auf und beobachtete für einen Moment, wie sich alles drehte. Back to basics. Laufen, trinken, alles eine kleine Herausforderung. Zähneputzen ein Sieg, ausziehen ein Erfolg, sprechen ein Triumph. Aus der Ritze zog ich eine rote Haarspange. Außerdem ein Kaugummi-Papier.

Ich lag auf dem Rücken, schaute auf den Himmel mit den Schmetterlingen, bemühte mich um Luft. Mit dreiunddreißig Jahren hoffte ich noch immer, dass das Jugendamt intervenieren, dass jemand mich befreien und zu meiner richtigen Familie bringen würde, in mein richtiges Leben.

*

An der Ecke, wo es früher eine Apotheke und einen kleinen türkischen Supermarkt gab und wo nun eine Apotheke und ein Billig-Bäcker sind, rauchte ich die letzte Zigarette der Schachtel und lauschte dem Rauschen der Kreuzung. Mich neben Verkehrslärm stellen, um die eigenen Gedanken zu übertönen – das hatte ich ewig nicht gemacht.

Vor mir hielt ein dicker Audi. Eine Frau mit langem schwarzem Haar und einer Louis-Vuitton-Handtasche, die echt aussah oder immerhin gut gefälscht, stieg aus, hob ein schlafendes Kleinkind vom Kindersitz auf der Rückbank, öffnete die andere Tür einem circa sechsjährigen Jungen und lief Richtung Bäckerei.

«Arielle, Süße? Bist du es? O mein Gott, wie schön dich zu sehen, gut siehst du aus.»

Alanoud begrüßte mich mit drei Wangenküssen. In der Scheibe schaute ich mein Spiegelbild an, strich über den Bund meines Sport-BHs.

«Hi du, nices Auto.»

«Ja, du weißt ja, ich wollte schon immer ’nen Audi, und als der A8 rauskam, wussten wir, dass wir den unbedingt haben wollen.»

«Bist du noch mit Mahmud zusammen?»

«Klar, wir haben ein Jahr nach dem Abi geheiratet.»

Hyaluronsäure in ihren Lippen, die Wangen unterspritzt, ihre Augenlider waren vielleicht auch gemacht. Alanoud sah gut aus, ich hätte sie sofort als Mommy-Influencerin gebucht. In der Schule hatten die Lehrer uns manchmal verwechselt, wir sahen uns noch immer ähnlich.

«Habt ihr zwei Kinder oder mehr?»

«Mahmud will noch eins oder zwei, aber das Auto ist voll, und ich will das nicht abgeben», sagte Alanoud im Ernst. «Was machst du so?»

«Immer noch Werbung in Düsseldorf, und du?» Sobald ich sie ausgesprochen hatte, war mir die Frage unangenehm. Obwohl ich bei ein paar Kampagnen mitgemacht hatte, in denen das Hausfrauendasein als Job im Management angepriesen wurde (beziehungsweise das Öko-Waschmittel oder das Elektroauto angepriesen wurde, das diese Vollblutmamis nutzten), bin ich immer noch peinlich berührt, wenn ich eine dieser Business-Frauen im echten Leben treffe.

«Ich bin Mama, das ist das Einzige, was ich wirklich machen will. Ich habe aber den BWL-Bachelor noch fertig gemacht, weil meinen Eltern das voll wichtig war.»

Mama sein. Ein paarmal, bei dritten oder vierten Dates, hatten Männer wissen wollen, ob ich Kinder will. Zuletzt Erik, der sich nie ganz entscheiden konnte, ob ich eine sexy Affäre war oder vielleicht doch besser die Liebe seines Lebens (wir entschieden uns gemeinsam für Ersteres). «Nein», war meine Pauschalantwort, aber die Wahrheit ist komplizierter. Ich bin nicht bereit, Mutter zu werden, werde es nie sein und will es nicht versuchen. Vater werden ist eine ganz andere Nummer. Gäbe es diese Option für mich, wäre ich bereit, jetzt und auch schon vor Jahren. Als Vater ist man bei einigermaßen solidem Einsatz ein Held und bei einem Mindestmaß an Kümmern ein Heiliger, niemand würde mir vorwerfen, Vollzeit zu arbeiten, allein zu verreisen oder mich einmal im Monat komplett volllaufen zu lassen, das würde ich hinkriegen.

«Ich muss los, wie schön dich zu sehen», sagte ich lächelnd.

«Lass mal schreiben, ich hab dich ja auf Insta. Mach's gut, Schatz», sagte sie.

Ich küsste sie auf die Wangen, roch Mania von Armani in Alanouds schwarzem Haar, wuschelte dem Jungen unentschlossen durch sein zurückgegeltes Haar und lief davon.

Am nächsten Kiosk drückte ich auf die kleine Klingel unter dem «Bitte klingeln»-Schild, nahm den Zwanziger aus meinem BH. Ich überlegte, ob ich mir ein Bounty gönnen sollte, und schaute auf die Illustrierten-Reihe. Laut Klatschpresse hatten Harry und Meghan jetzt 'nen Instagram-Account, «der alle Rekorde bricht – aber bricht er auch das Herz der Queen?» So weit war es gekommen, nehmt das, Dirks und Uwes: In der analogen Welt wurde über Social Media berichtet, nicht andersrum.

Ich blätterte durch das Heft, sah mir Fotos von Meghan in

ungünstigem Winkel an, blätterte weiter, sah ein Foto von Harry und seinem Bruder.

William und Harry, P. Diddy, Madonna, Paul McCartney, 50 Cent, Bono. Alle Ehrenmitglieder im CtM. Den «Club der toten Mütter» gründeten Jana und ich mit zwölf. Im ersten Jahr der Realschule ignorierten wir uns, weil die Klassenlehrerin uns in der zweiten Schulwoche gebeten hatte, nach der letzten Stunde noch zu bleiben. Bedeutungsschwanger legte sie jeder eine Hand auf die Schulter und erzählte von unserem gemeinsamen Schicksal. Janas Mutter war im Winter zuvor an Brustkrebs gestorben, du warst, na ja, das wusste Frau Fischer auch nicht so genau, aber auf jeden Fall warst du nicht da. Frau Fischers pädagogischer Geniestreich führte dazu, dass ich Jana mied, als hätte sie eitrige Beulen – auf keinen Fall wollte ich ein Sonderling sein, wie die Kinder, die noch immer mit einem 4YOU rumliefen, statt wie Menschen mit Selbstachtung einen Eastpak zu tragen.

Im darauffolgenden Jahr lief ich mit meinem Gefolge über den Schulhof, als Dilara, Alanoud und ihre Truppe aus der 6b Jana und ihren Freundinnen gerade erklärten, dass Janas Vater ein Perverser sei, weil Dilara ihn mit Jana in der Unterwäscheabteilung bei H&M gesehen hatte. Mir wurde übel vor Neid bei dem Gedanken, dass Dilara und vermutlich auch alle anderen Mädchen ihre ersten Bustiers mit ihren Müttern kauften, und so schubste ich Dilara auf den Boden und schrie, dass es bei Jana immerhin ’nen Grund gebe, einen BH zu kaufen, weil sie nicht so flach wie ein Brett sei.

Wenig später gründeten wir den CtM. Aus offensichtlichen Gründen durfte keine meiner anderen Freundinnen an unseren superwichtigen Clubmeetings teilnehmen, auch die Clubjacken, die wir mit CtM bestickten, durften nur wir tragen. Um ein Haar hätten wir Eva aufgenommen, aber alle wussten, dass ihre Mutter in der Klapse war und damit bewiesenermaßen nicht tot. Nach einem langen Clubmeeting hinter der Turnhalle wurde eine einstimmige Entscheidung gegen Eva getroffen.

Ich kaufte eine Packung Marlboro Red, ein Feuerzeug und statt Bounty eine Packung Kaugummi.

*

Meryem saß allein an dem großen Tisch in der Mitte des Treffs Nord, flocht ihr schulterlanges lockiges Haar zu kleinen Zöpfen und las dabei die WAZ.

«Hi», sagte ich, zog meinen Bauch ein und fühlte, wie sich der BH über meinen Brüsten straffte. In der Vitrine sah ich meinen Hintern, die Rundung, meine Oberschenkel, die Nike ZoomX Vaporfly in Pink. «Ich wollte eigentlich gerade joggen gehen. Varuna glaubt, dass sie ihre Uhr nach dem Töpferkurs hier vergessen hat, kann ich kurz gucken?»

«Willkommen zur Sozialsprechstunde.» Mit einer weiten Geste zeigte Meryem auf die leeren Stühle. «Wie du siehst, ist meine Fachkenntnis mal wieder total gefragt.»

«Sozialsprechstunde?»

Ich machte Tee, Meryem flocht weiter, nun am nächsten Zopf. «Eigentlich ist die Idee, dass Leute mit Amtsangelegenheiten kommen, Formularen und Anträgen und so was, und sich von mir helfen lassen, aber kaum jemand nimmt das Angebot wahr, obwohl ich ständig von Leuten gefragt werde, ob ich ihnen bei solchen Sachen helfen kann.»

Mit zwei Gläsern Tee kam ich zurück, stellte Meryem ungefragt eines hin.

«Danke. Sag mal, du siehst aus, als würdest du viel über Aussehen und so nachdenken.»

Ich nickte, nippte, wartete.

«Ich will irgendwas mit meinen Haaren machen, weiß aber nicht was. Und da ich hier ja seit vierzig Minuten Zeit habe, darüber nachzudenken, kommt mir diese Frage plötzlich total wichtig vor.»

Expertin zu sein fühlte sich gut an.

«Das mit den Zöpfen sieht doch super aus. Vielleicht Rastas. Oder ganz dünne Dreads?»

Ich öffnete ein Päckchen Kondensmilch – hatte Meryem sie für mich gekauft? – und stellte Meryem den Zucker hin.

«Über Dreads habe ich auch schon nachgedacht, das finde ich schön, aber irgendwie traue ich mich nicht wegen kultureller Aneignung und so.»

Ich nickte, ohne ganz sicher zu sein, was das war.

Ich rührte meinen zuckerfreien Tee, beobachte mein wippendes linkes Bein, fühlte zu wenig. Atmen, atmen, einfach ein und aus. Einfach hier sein, in diesem Raum, mit dieser Frau, in dieser Stadt. War doch keine große Sache, war doch nichts dabei.

Ich roch Schwarztee. Ich schmeckte Schwarztee. Ich hörte Kirchenglocken, eine Alarmanlage, vielleicht eine Straßenbahn. Ich fühlte das glatte heiße Glas. Ich sah den blassrosa Nagel meines linken Zeigefingers. Lang und matt und perfekt, nur an der obersten rechten Ecke ein winziger Kratzer.

«Kultureller was?» Einfach am Gespräch teilhaben, sagte ich mir. War doch nichts dabei.

«Sich sozusagen als andere Kultur zu verkleiden.» Meryem wirkte sehr ernst, als würde wegen ihrer Aneignung jemand verhungern. Ihr Ton erinnerte mich daran, warum ich eigentlich nicht mit Lehrern und Sozialarbeitern befreundet bin.

«Ja, zu lange hat die türkische Frau die Welt unterdrückt. Damit muss jetzt mal Schluss sein.»

Meryem lächelte müde, rührte noch ein Stück Zucker in ihren Tee. Ich sah sie an, sah ihre angeeigneten Zöpfe, ihr großes, schönes Gesicht.

«Hast du nicht manchmal Bock, so richtig einen drauf zu machen? Schwarzen Flüchtlingen Ecstasy abzukaufen und dann die heiße ungarische Nutte, die du für den Abend bezahlst, zu ’nem blutigen Steak einzuladen und auf dem Heimweg ’nen Obdachlosen zu bespucken, der euch als Lesben beschimpft? Und später wirfst du dir dann deine Dreadlocks aus dem Gesicht, um mit der Ungarin rumzumachen!»

Meryem wurde rot, röter als ich bei ihrem Hautton für möglich gehalten hätte. «Denkst du, ich bin lesbisch?»

«Bist du nicht?»

«Ich glaube nicht. Na ja, also, vielleicht bi.»

Ich merke an meinem Verhalten, ob jemand auf Frauen steht oder nicht. An meiner Reaktion auf Hetero-Männer und Homo-Frauen, an Brust raus, Bauch rein, der Art, wie ich mein Haar über meine Schultern werfe, daran, ob ich darüber nachdenke, wie ich esse, lache und so weiter. In der Klapse wollten sie mir einreden, dass das ein Problem sei, aber ich denke, das ist eher Evolutionsbiologie, oder nicht? Gewollt werden wollen ist menschlich. Bei Meryem war ich ziemlich sicher. Ich wollte nicht mit ihr schlafen oder so. Ich wollte nur, dass sie mit mir schlafen wollte.

Die Idee einer Superlinken, die sich nicht eingestehen kann, dass sie lesbisch ist, gefiel mir. Gerade wollte ich zu einer «It’s okay to be gay»-Rede ansetzen, die sonst bestimmt Meryems Job war, als die Tür aufging.

Eine hagere Frau stand vor uns, kratzte sich schnell mit einer Hand am Unterarm, wirkte ein bisschen verwirrt, ein bisschen wütend, vielleicht auf Drogen. Sie trug eine Jeans, die ihre dürren Beine betonte, und eine breite Glitzergürtelschnalle zu einem grünen Strasstop. Sie schien zu den Menschen zu gehören, die nie gelernt haben, die einfachsten sozialen Situationen zu meistern, tastete ihre Hosentaschen ab, fuhr sich mit den Fingern durchs Haar, wischte einen unsichtbaren Fussel von ihrem Unterarm, als wäre sie ein Kolibri und würde versuchen, ihre Arme unter genügend Tempo unsichtbar zu machen. Ich hatte schon immer was gegen Frauen mit nervöser Gestik, die aussehen, als würden sie sich für ihre Hände entschuldigen wollen, als wäre es ihnen peinlich, wie viel Raum ihre Körper einnehmen.

Sie wurde erst ruhiger, als Meryem sie bat, sich zu setzen.

«Frau Schneider, schön, Sie zu sehen. Sind Sie wegen dem Wohngeldantrag hier?» Meryem wirkte zu euphorisch in Anbetracht einer so deprimierenden Person. Frau Schneider schüttelte den Kopf, legte die Hände auf den Tisch. Es sah aus, als hätte sie das geübt, als hätte sie sich vorbereitet, um zu sagen: «Die Schwatte soll reden. Was ist denn falsch mit der, dass die nicht spricht? Geht ja nicht nur um sie!»

Endlich hatte es jemand ausgesprochen. Ich hatte ohnehin Probleme zu glauben, dass das ganze Viertel farbenblind geworden war, dass nicht ein paar Herberts und Uschis und Kerstins insgeheim dachten, dass das falsche Mädchen wiederaufgetaucht war.

«Frau Schneider, ich kann gut verstehen, dass Sie sich um Ihre Enkelin sorgen. Das ist völlig verständlich. Aber was Ashanti jetzt braucht, ist Zeit. Und zwar so viel, wie sie benötigt. Und sobald sie kann, wird sie sprechen und alles erzählen, was sie zu Lara weiß.»

«Ist nicht okay. Meine Lara ist verschwunden, und die Einzigste, die was weiß, kriegt das Maul nicht auf. Ist nicht okay. Melanie heult den ganzen Tag und ist völlig fertig, und die Göre redet einfach nicht. Ich verstehe halt nicht, wieso die Polizei sie nicht zum Sprechen bringen kann. Ich bin sicher, dass Sie da was tun können. Ich sehe Sie ja oft mit der Mutter.»

Meryem sah überfordert aus, nahm einen Schluck Tee, schaute kurz zu mir.

«Sie sind Melanies Mutter? Ich war mit ihr auf der Schule, vielleicht erinnern Sie sich», sagte ich und guckte in ihre blassblauen Augen. Frau Schneiders Gesicht sah aus, als wäre sie siebzig, ihre Kleidung, als wäre sie dreißig, die Wahrheit lag wahrscheinlich ungefähr in der Mitte. Würdest du leben, wärst du wohl so alt wie sie.

Seit Jahren bin ich älter als du. An meinem vierundzwanzigsten Geburtstag habe ich erwartet, vom Blitz getroffen zu werden, konnte mir nicht vorstellen, weiterzuleben, wo du aufgehört hast. Aber natürlich ging es weiter, immer weiter. Das meiste, wovon man denkt, man könne es nicht aushalten, bringt einen ja leider nicht um, und nun habe ich dich schon um Jahre überlebt und denke über Dinge nach, die dir egal sein können: Wie lange ich den Punkt noch hinauszögern kann, bevor ich «gut für mein Alter» aussehe. Wie ich später in Würde altern kann und – Hinweis von Almeira, der einzigen Chefin, die ich je hatte – wie man von etwas Begehrenswertem zu etwas wird, das begehrt, laut Almeira die einzige Chance, aufrecht in die Jahre zu kommen.

Frau Schneider musterte mich, als würde sie erst jetzt merken, dass ich auch im Raum war. Ihr Gesicht verzog sich zu einem Lächeln.

«Ja, ich kenn ja Varuna.»

Sie sagte es so, als müsste ich das wissen. Frau Schneider kratzte sich am Ellenbogen, schnalzte mit der Zunge.

«Und Rita kannte ich auch. ‹Lovely Rita›, kennst du das Lied?»

Ich schüttelte den Kopf, mir wurde übel.

«Rita, die Matratze, haben wir sie genannt. Die hat echt keinen ausgelassen, hat auch mal was mit Harald gehabt, aber dann hab ich das der schon klargemacht, dass das meiner ist.» Sie kam einen Schritt auf mich zu. «Rita hat sich durchs Viertel gevögelt und dann deine arme Oma mit 'nem Bastard sitzen lassen. Da haste echt nichts verpasst, glaub mir. Die hat dir 'nen Gefallen getan.»

Ich war sehr weit weg. Ihre Worte hatten mich auf den Mond geschossen, ich war allein in einer feindseligen Landschaft, in der nichts leben konnte. Unten, in der Ferne, sah ich mich sitzen, betrachtete mein glänzendes Haar, dachte kurz darüber nach, ob die Leggings mich fett aussehen ließ, fragte mich, was ich in diesem schäbigen gelben Raum, in diesem schäbigen grauen Viertel verloren hatte. Ich kam nicht zurück, wusste nicht, wie ich es wieder nach unten schaffen sollte, in meinen Körper.

Ich wollte aufstehen, stolperte, meine Knie knickten weg, ich schüttele Meryem ab. Vor der Tür stützte ich mich kurz auf meinen Oberschenkeln ab, dann rannte ich los.

*

Wer vier Liter Wasser am Tag trinkt, kann sich durchschlafen nicht leisten. Ich musste pinkeln, aber einen Moment zögerte ich es noch heraus, schaute mir die Page von J.Lo an. Ich wusste ja selbst, dass die Bilder bearbeitet waren, aber trotzdem: Was für ein Körper!

Ich war mal kurz mit 'nem Typen zusammen, der irgendwas mit Kunst, Kunstgeschichte oder so gemacht hat und mit mir ins Museum wollte. Wir standen dann im K21 vor so einem riesigen Mikado-Haufen, und ich sollte dazu was fühlen. «Die Disziplin, die Stärke», sagte er und zeigte auf die Stäbe, als wäre er ein fleischgewordenes Meme zum Thema Mansplaining.

«Sorry, lässt mich kalt», sagte ich und schlug einen starken, disziplinierten Wodka Martini vor. Na ja, bei Jennifer Lopez fühle ich, glaube ich, was er bei riesigen Holzstäben fühlt. Das hat etwas mit Anmut und purer Willenskraft zu tun. Ihr Sixpack, aber auch der Rest ihres Lebens. Wie sie sich ohne einen Funken Gesangstalent zu einem der größten Popstars der Welt gemacht hat, einfach, weil sie es unbedingt wollte. Aus der Bronx aufs *Vogue*-Cover, weil sie härter gearbeitet hat, immer geglaubt hat, dass sie jedes Penthouse und jeden Pelz und jeden Dollar verdient. Vielleicht sollte ich dem Kunsttypen schreiben, ihm sagen, dass ich doch etwas fühle, sollte J.Los Posts rahmen, mich mit ihm davorstellen und mit großen Armbewegungen auf ihre Bauchmuskeln zeigen. «Die Disziplin, die Stärke!»

Ich stand auf, sah, dass im Badezimmer Licht brannte. Durch das Milchglasfenster in der Tür konnte ich erkennen, dass Varuna vor der Wanne kniete. Sie sah aus, als würde sie beten. Ich klopfte.

«Ich brauche noch einen Moment.» Es klang, als würde sie mit zusammengepressten Zähnen sprechen. Im Grunde lebte Varuna ihr ganzes Leben mit zusammengepressten Zähnen. Sie bewegte sich nicht.

«Ich komme jetzt rein», sagte ich und drückte die Klinke herunter. Sie hatte sich ein wenig Wasser in die Wanne eingelassen, saß nackt und mit gebeugtem Kopf auf der Fußmatte davor. Hatte sie geweint? Kam sie nicht mehr hoch? Ich fühlte mich wie einmal nachts in der Straßenbahn, als ein Obdachloser umgefallen war und außer mir nur ein paar betrunkene Teenies im Abteil waren: angeekelt und verantwortlich. Ohne zu fragen, nahm ich einen Waschlappen aus dem vergilbten Badezimmerschrank, tauchte ihn in das Wasser. Vorsichtig strich ich mit dem Lappen über ihren Rücken. Ihre Haut bewegte sich, ich zog sie mit mir, hatte Sorge, ich könnte sie zerreißen. Ich tauchte den Waschlappen wieder in das Wasser, leise schluchzte Varuna unter meiner Hand. Ich wusch ihr den Nacken, hielt mit der freien Hand ihre wenigen grauen Strähnen hoch. Sie waren zu weich, mehr Flaum als Haar. Als wäre sie am Anfang ihres Lebens, nackt und hilflos, ohne Sprache, ohne Körperspannung. Vorsichtig hob ich ihren Arm, wusch unter der Achsel, hob dann den anderen. Varuna roch streng. Nicht nach Schweiß, sondern irgendwie feucht und modrig, mehr nach Keller als nach Mensch. Ich zog sie hoch, sie war federleicht und hielt sich jetzt an meinen Schultern fest. Ich tauchte den Lappen noch einmal in das lauwarme Wasser, wusch behutsam ihre haarige Scheide, konzentrierte mich ganz auf die Aufgabe, schaute nicht hoch, dachte nichts. Mit einer Hand nahm ich ein Handtuch von der Stange, tupfte sie trocken, nahm ihr Nachthemd vom Toilettensitz und zog es ihr über den Kopf. Dann hakte sie sich bei mir ein, ich sah Tränen auf die Fliesen tropfen, und langsam gingen wir aus dem Bad. Ich brachte sie zur Tür ihres Zimmers, kurz drückte sie meine Hand, wie zum Abschied.

Dann duschte ich kalt, als wollte ich mich schockgefrieren, versuchte die Enge über meinen Rippen loszuwerden. Ich senkte den Kopf, ließ das Wasser auf meinen Nacken laufen, erstickte fast an meinen Tränen und meinem Rotz.

*

Drei Tage lag ich reglos auf meinem Bett, tat gar nicht mehr so, als würde ich mich beschäftigen wollen. Ich scrollte durch den Instagram-Account meiner Agentur. Team 1 posierte vor einem riesigen Plakat, auf dem ein Einhorn einen Regenbogen kotzte: #agencylife #einbisschenspassmusssein #moonwalkers. Stephan hatte eine neue Frisur, so was zwischen Hitler und Hipster. Die Agenturhunde hatten Osterhasenohren auf, jemand hielt das #ersteeisdesjahres vor das Agenturlogo, Tina zeigte mit ihren perfekt manikürten Nägeln auf ihren Bauch: #agenturbaby. Auch in meinem Bauch tat sich etwas, er zog sich zusammen, wie damals beim Sterbefasten.

Tina wollte wissen, was passiert war, aber so funktionierte das nicht. Eher wie mit dem Fass, das durch den einen entscheidenden Tropfen zum Überlaufen gebracht wird, oder dem Stein, den über Jahre hinweg das Meer aushöhlt, oder mit irgendeiner anderen abgedroschenen Wassermetapher. Es war nichts passiert, deswegen konnte ich auch nicht zurückschreiben, was passiert war. Und es war zu viel passiert, um es einfach so zu schreiben. Ich hätte viel früher anfangen müssen, mit meinem Leben davor, über das ich nicht redete. Mit dir hätte ich anfangen müssen, damit, wie dein Verschwinden mich ausgehöhlt hat und ständig weiter aushöhlte. Bis, ohne Grund, ohne dass «etwas passiert» wäre, einfach nach all dem Aushöhlen zu wenig von mir übrig geblieben war, um noch zu funktionieren. Das war passiert.

Die Klingel schien von sehr weit weg zu kommen. Ich lauschte, aber hörte Varuna nicht, hörte keine Schritte, nur ein Mauzen. Es klingelte noch einmal.

Wo war sie, wenn sie nicht hier war? Ich habe Varuna so selten mit anderen Menschen gesehen, dass ich mich in den letzten zwölf Jahren manchmal gefragt habe, ob ich sie mir nur einbildete. In meiner Erinnerung ist sie immer allein, meistens zu Hause, verlässt die Wohnung selten und wenn, dann ohne mich, um im Garten zu arbeiten. Was hat sie in den Tagen meiner Kindheit gemacht? Wovon haben wir gelebt? Wie hält man vierundsiebzig Jahre Einsamkeit aus?

Aber sie muss doch mit mir draußen gewesen sein – zu Arztterminen, zur Anmeldung für die Schule, zum Anziehsachen kaufen? Abgesehen von den Flohmarkt-Besuchen erinnere ich mich nicht daran, Varuna je unter freiem Himmel gesehen zu haben.

War ich verrückt genug, mir eine Großmutter einzubilden, die in einer düsteren Wohnung im Ruhrgebiet auf mich wartete? Ich hatte in der Klapse irgendwann gelesen, dass ich aus der Schizophrenie-Gefahrenzone war. Wenn man bis Mitte zwanzig nicht schizophren wird, wird man es wahrscheinlich nicht mehr. Ich brauche dich auch deswegen, Mama. Als Gegenüber, als Zeugin des Lebens im Hexenhaus.

Beim dritten Klingeln richtete ich mich mühsam auf.

John stand vor der Tür, sah noch trauriger aus als vor zehn Tagen, sagte nichts.

«Willst du mich fragen, ob ich zum Spielen rauskommen kann?»

Er grinste müde.

«Ich komm gleich runter.» Ich schloss die Tür, betrachtete mich in dem schmalen Spiegel, der an die Wohnungstür genagelt war: ungewaschen, ungeschminkt, die Unterhose von gestern, das Shirt, in dem ich geschlafen hatte, sonst nichts. Schnell lief ich ins Bad, duschte, band meine Haare zu einem strengen Pferdeschwanz zurück und trug ein wenig Make-up auf.

Zwanzig Minuten später verließ ich das Haus, und wir gingen wortlos zu unserer Tischtennisplatte – war hier Spielstopp? Konnten wir hier erst reden?

«Ich hab keinen Bock auf Sex», sagte ich.

«Schön für dich, ich auch nicht.»

Wir schwiegen, während John einen Joint drehte. Die Sonne fühlte sich gut an auf meiner Haut. Sie war endlich stark genug, ich konnte sie auf meinem Gesicht, auf meinen Unterarmen spüren.

«Ashanti spricht nicht. Und lässt sich nicht anfassen, von Männern schon gar nicht. Ich darf sie nicht in den Arm nehmen, sie reagiert, als hätte ich ihr was angetan. Alles, was ich machen kann, ist diese bescheuerte Pony-Serie mit ihr schauen und für sie kochen.»

Sperma, Worte, Schläge. Bei Männern müssen Dinge manchmal einfach raus. Auch wenn's unelegant wird. Irgendwie muss das alles rausgelassen werden, sonst platzen sie. Frauen sind geübt darin, sich zusammenzureißen. Oder haben immerhin gesündere Ventile, sehen weniger aus wie überforderte Kleinkinder, wenn sie ein Gefühl überkommt.

«Ich hab ihr heute Morgen Ackee und Saltfish gemacht, so was Jamaikanisches. Ich hab's ins Krankenhaus gebracht, und Jessy meint, dass sie es gegessen hat. Das einzige Wort, das sie bis jetzt gesagt hat, ist ‹Mama›. Ich hab mich in meinem ganzen Leben noch nie so überflüssig gefühlt.»

Ich nickte. Was sagte man dazu? Sorry? Ich entschied mich für: «Auch wenn du mit Ashanti immer zusammengewohnt hättest, würde sie Männer jetzt nicht aushalten, nach dem, was passiert ist.»

Bedeuten verschwundene Mädchen vergewaltigte Mädchen? Gibt es andere Gründe, ein Kind zu klauen? Weil man eins haben will und selbst keine kriegen kann? Aber dann klaut man ein Baby. Grundschulkinder kidnappt man, um sie zu vergewaltigen.

«Keine Ahnung. Sie macht wieder ins Bett. Sie kann nicht alleine schlafen und muss gefüttert werden. Dieses Arschloch hat sie zu einem Säugling gemacht.»

Ich nickte.

«Sie überlebt, oder?»

«Ja.»

Ist Überleben der Best Case? Es gibt schlimmere Dinge, als zu sterben.

«Ich glaube, sie erinnert sich an kaum was. Sie ist voll der People Pleaser. Wenn sie was wüsste, würde sie was sagen. Die Ärzte haben Schlafmittel in ihrem Blut gefunden.»

Ich schloss die Augen, fühlte die Sonne durch die geschlossenen Lider.

«Sie hat genickt, als sie gefragt wurde, ob Lara lebt, aber sag es nicht weiter, ja?»

Ich wollte wissen, wie sie sich befreit hatte. Bei wem sie war. Und wo. Und warum Lara nicht auch frei war. Aber John drehte weiter in Slow Motion seinen Joint. Ich schaute ihm zu, mochte das Ritual, die Choreografie.

Als er fertig war, zündete er das überstehende Stück Blättchen an, die Flamme rannte den Joint entlang, bildete eine perfekte Naht. Wir lagen in der Sonne, vielleicht fünfzehn Minuten, vielleicht eine Stunde. Ich war zu taub für Langeweile.

«Ich muss gleich wieder los, wir haben um fünf einen Termin mit der Kinderpsychologin. War schön, dich zu sehen.»

Ein Termin. Manchmal schloss ich die Augen und erinnerte mich an die Tage davor. Die Tage, an denen es ein Problem gewesen wäre, nachmittags bekifft auf einer Tischtennisplatte zu liegen. Tage, an denen ich Punkt 6 Uhr 30 das Haus zum Joggen verließ, um Punkt 9 Uhr auf der Arbeit zu sein, Tage mit Terminen, Meetings, Jour Fixes und Telefonkonferenzen und abends einer Verabredung genau um 21 Uhr, damit man vorm Kino noch etwas trinken gehen konnte.

Ich war aus der Zeit gefallen.

John küsste mich fest und unerwartet, stand auf. Ich blieb auf der Platte liegen, schmeckte das Gras und sah in den Himmel. Er war bewölkt, aber es waren nicht unsere corgiförmigen Wolken, sondern unentschlossene, halbherzige.

*

Ich holte den Flachmann aus meiner Tasche, nahm einen großzügigen Schluck Belvedere. Und noch einen. Zwei kreischende Kinder mit grünen Körbchen rannten vorbei. Verdarb ich die Jugend? Ich nahm noch einen Schluck und legte mich wieder auf die sich drehende Tischtennisplatte. Es kamen mehr Kinder, plattfüßig knallten sie ihre Schuhe auf den Asphalt. Dahinter die Mutterelefanten, die ihre Gruppe zusammenhielten und große Kinderwagen vor sich herschoben. Du warst besser als das. Keine Mamagruppen, kein Mutter-Kind-Turnen, keine Bespaßung, die deine Seele hätte einschlafen lassen. Stattdessen einfach nur wir beide. Du hast mich ständig getragen, zumindest erinnere ich es so. In den Partykeller, zum Bulli, in dem wir zusammen mit deinen Freundinnen in den Campingurlaub nach Holland gefahren sind. Zu Friseurbesuchen oder Diskoabenden, an denen du mit mir in irgendjemandes Auto gesessen hast, bis ich eingeschlafen war. «Meine Mama ist besser als deine», nuschelte ich drei brüllenden Jungs zu. Es war Zeit zu gehen.

Auf Autopilot schlurfte ich Richtung Spielplatz, vorbei an

der Kirche, bog in eine der schöneren Straßen des Viertels ein, eine mit Zechenhäusern und kleinen Gärten, ich glaube, Dörte wohnte damals in dieser Straße. Ich ging weiter, über die Eisenbahnbrücke, an den Glascontainern vorbei, die unverändert dort stehen, vorbei an der Backsteinruine und der Getränkehalle, die jetzt ein Supermarkt ist. Aus dem Supermarkt kamen zwei überschminkte Sechzehnjährige. Die eine sagte zu ihrer Freundin: «Der hat zwar ein Gesicht wie Sondermüll, aber ich lieb den halt.» Ich bog rechts ab, dann links, noch mal links und lief lange geradeaus, bis ich vor der Kleingartensiedlung stand. Erinnerst du dich? Früher waren hier auf der einen Seite die deutschen Gärten, mit Gartenzwergen und manikürten Rasen, auf der anderen die türkischen, mit Wellblech, Holzhütten und Gemüsebeeten.

Meine Füße trugen mich zielstrebig einen Weg entlang, an den ich mich kaum erinnerte, liefen durch das Kleingartenlabyrinth, bis ich vor Varunas Garten stand.

Von außen sah ich «dein» Beet, das mit orangelackierten Steinen ummauerte, einen Quadratmeter große Stück Erde, auf dem nichts wächst, außer ein bisschen knotiges Unkraut. Die selbst getöpferten «Stacheln», die die Gartenmauer beschützen und sich so gut abbrechen lassen.

Ich wollte mich über die Mauer stemmen, überlegte kurz, wie ich es anstellen sollte. Linkes Bein zuerst, oder mit Schwung beide? Aber mein Körper erinnerte sich, wusste, was zu tun war. Noch bevor ich etwas entscheiden konnte, war ich auf der anderen Seite, stand mit den Schuhen im hohen Gras, dem Unkraut und den Blumen. Varuna nannte es Wildgarten, ich ahnte schon früh, dass das der Code für Verwahrlosung war. Den Schlüssel zu dem gusseisernen Tor hatte nur Varuna, auch damals musste ich hier einbrechen, um zu deinem «Grab» zu kommen.

Eine Person für tot erklären zu lassen, ist schwierig in Deutschland. Und weil du knapp unter fünfundzwanzig warst, war es in deinem Fall unmöglich, auch nachdem du schon mehr als zehn Jahre «verschollen» warst. Komisches Wort, oder? Verschollen: Als wärst du vor dreihundert Jahren zur See gefahren, um einen Kontinent zu entdecken oder Zimt und Pfeffer zu besorgen.

Es war Varunas Idee gewesen – oder waren es deine Freundinnen? –, eine informelle Beerdigung zu veranstalten und im Schrebergarten ein Grab zu errichten.

Zur Beerdigung durfte ich keine Freunde einladen. Mir wurde nichts erklärt. Ich stand einfach da, vor dem «Grab» meiner Mutter. Ich glaube, es waren außer Varuna und mir auch andere Menschen gekommen, aber ich erinnere mich nicht genau.

Ganz nach Varuna-Manier ist das Grab eigenwillig gestaltet: der Grabstein selbst getöpfert und königsblau. Darauf in welliger orangefarbener Schrift: Rita. Von der Birke über dem Stein hängt ein Sonnenschirm, der deinem Grab ein Dach gibt.

Statt Erika oder Stiefmütterchen wachsen auf diesem Grab Pilze. Erntete Varuna sie? Aß sie sie? Und war das geschmacklos?

Sie hat gar nicht richtig gesucht. In den Monaten nach deinem Verschwinden war das der Gedanke, der mich nachts wachhielt: Varuna hat gar nicht richtig gesucht. Ich erinnere mich nicht an Poster, an Spürhunde, an Hundertschaften, an Suchtrupps. Es hat keine weinerlichen Gesuche im Fernsehen gegeben, keine Ermittlungen, keine schlaflosen Nächte und heulenden Freunde, die am Küchentisch Krisensitzungen abhielten. Und wenn es sie gegeben hat, dann nicht mit Varuna, nicht in unserer Küche.

Ich holte ein Feuchttuch aus meiner Handtasche, wischte den lackierten Stein sauber. «Only the Good Die Young» – fand ich immer schon zum Kotzen. Wortwörtlich. Mir kommt es hoch, wenn ich diesen Spruch irgendwo lese, höre, wie eine aufgedonnerte Tussi ihn morgens um vier in schlechtem Englisch ihren Mädels zuprostet, bevor sie den sechsten Shot Tequila hinunterkippt.

Du hättest mich nicht alleingelassen. Noch ein Mantra, das mich damals nachts wach hielt. Wenn ich mir bei irgendetwas sicher bin, dann ist es deine Liebe für mich. Auch Jahre mit Varunas Bemerkungen, ihren Andeutungen, ihren Beschuldigungen konnten nichts daran ändern, dass ich mir bis heute sicher bin: Würdest du leben, hättest du einen Weg zu mir zurückgefunden. Da du das nicht getan hast, lebst du nicht mehr, so einfach. Du brauchtest keine «Zeit für dich», du warst nicht einfach «zu jung schwanger geworden», und dir war das Ganze nicht «über den Kopf gewachsen». Du hast auch nicht «jemanden kennengelernt» oder dir «irgendwo anders ein neues Leben aufgebaut», oder was für ein Zeug sich die Herren vom Revier ausgedacht hatten, die ich mit siebzehn und nach monatelangem Briefeschreiben endlich zu einem Gespräch zwingen konnte. Du wärst bei mir geblieben, immer.

Ich versuchte, in die Gartenlaube einzubrechen, aber das Schloss erforderte eine Zange oder bestenfalls den Schlüssel, und so hockte ich mich an die Wand des Häuschens und schaute auf dein Grab.

Als ich aufwachte, war es Nachmittag. An meiner gesamten linken Körperhälfte klebte Gras, mein linker Arm war eingeschlafen. Ich trank den Flachmann aus, richtete mich auf und gab mir Mühe, weniger wie eine Obdachlose auszusehen: Ich klopfte die Wiese ab, kontrollierte in meinem

Taschenspiegel mein notdürftiges Make-up, zog meinen Lipliner nach, suchte nach einem Tic Tac.

Mit Mühe stemmte ich mich wieder über die Mauer und taumelte den Weg zurück.

*

Ein gutes Gefühl, blau und breit zu sein, wenn das Hirn die Gedanken nicht festhalten kann. Wie Meditation, nur geiler. Als hätte man mich in Sicherheitsfolie gewickelt, alles kam nur gedämpft an. Popp, popp, popp. Ab und zu platzte ein bisschen Folie, aber sie war zu dick, um Schaden zu nehmen – meine Gedanken konnten mir nicht gefährlich werden. Mit meiner durch achtzehn Lagen Folie verzerrten Visage grinste ich die Erinnerungen an: Hier hatten wir mit Kreide Felder zum Hüpfen auf den Boden gemalt, dort hatte ich mir beim Rollschuhfahren das Knie aufgeschlagen. Fickt euch alle, rief ich ihnen zu. Ich musste das gerade nicht aushalten. Als wäre ich in einem Nintendo-Spiel, wich ich den Erinnerungsbällen einfach aus, und falls sie mich berührten, verlor ich ein Leben. Aber ich hatte Tausende. No worries. Alles cool hier.

Wie Inlineskaten auf Sneakers glitt ich um Kurven, verlor kurz die Balance, fing mich wieder. I got this.

«Hallo, Sie auch hier.» Wolfgang stand vor mir. Ich brauchte einen Moment, um ihn einzuordnen. Wolfgang, ja, Lehrer. Hier. Gartenzwerge. Kioskland. Currywurst. Fußball. Kleine Welt, enge Welt, meine Welt.

Ich musste mich durch ein paar Schichten Folie kämpfen, um reagieren zu können.

«Oh. Hi.»

«Und das hier ist Jack, seltsamer Name, ich weiß. Ein Geschenk zum Hochzeitstag, Karin wollte ihn unbedingt so nennen.»

Ich verstand «Karim» und stellte mir Wolfgangs feingliedrigen arabischen Gatten vor, der mit einem langen Zeigefinger die Bücherreihen im Regal abfuhr und sanft lächelnd einen schmalen Band syrischer Gedichte hervorzog. Eine Hetero-Karin war wahrscheinlicher. Ich schaute lange auf den kleinen Hund.

«Was ist an Jack so bescheuert?» Ich wollte das hier nicht, wollte mich wieder einwickeln, weiterskaten.

«Nun ja, weil es ein Jack Russell ist. Das ist, als würden Sie ‹Mensch› mit Vornamen heißen.»

«Aha», sagte ich. «Ich dachte, wir duzen uns. So ganz auf Augenhöhe.»

«Selbstverständlich, bitte entschuldige.»

Ich beugte mich zu Jack hinunter, weil normale Menschen so etwas machen.

Er schnappte nach meiner Hand, bellte hysterisch und fiepend, mehr wie eine ertrinkende Katze als ein wütender Hund. Die Art Hund, die Männer zum Vierzigsten statt Vasektomie bekamen.

«Er hat nur ein Ohr, das andere hat seine Mutter ihm nach der Geburt abgebissen. Das macht es natürlich schwer, Grundvertrauen zu haben.» Wolfgang lächelte mich mitleidig an, als wäre auch mir ein Ohr abgebissen worden, und fragte: «Warst du, also, warst du hier spazieren?»

HaltdieFresseHaltdieFresseHaltdieFresseHaltdieFresse.

«Ich war in Varunas Garten, am Pseudograb für meine Mutter.» Ich lehnte mich an den Zaun, zündete mir eine Zigarette an.

«Arielle, wenn ich mir erlauben darf ... das ist nicht gut für dich, also, für deine Lunge», sagte Wolfgang.

«Es ist meine Lunge», sagte ich, saugte tief an der Zigarette. Das bleierne Gefühl von Rauch half.

«Entschuldigung.» Er schaute sich um, schien nachzudenken. «Ich hatte immer das Gefühl, dass Schüler vor allem rauchen, um in unangenehmen Situationen etwas zu tun zu haben, sie zu überspielen. Deswegen beobachte ich auch interessiert, dass Rauchen abnimmt, seit es Smartphones gibt. In Facebook oder ein anderes Programm zu flüchten, ist als Übersprunghandlung ja noch viel effektiver, als sich durch Rauchen abzulenken.»

Ich sagte nichts, pustete Rauchringe Richtung Hund. Wolfgang trat von einem Bein aufs andere.

«Ich erinnere mich, es gab damals eine Art Beerdigung», sagte er und räusperte sich.

«Warst du da, oder was?»

«Nein, nein. Sie, also du, du hättest mich ja gesehen.»

«Oh, sorry, meine Mutter war gerade verschwunden – da war ich wohl ein bisschen abgelenkt.»

Er nickte bedächtig, spielte mit den Fingern seiner freien Hand an der blauen Leine.

«Deine Mutter und ich hatten ein paar gemeinsame Bekannte, wir waren ja nicht so weit entfernt, also, was das Alter angeht. Deswegen weiß ich, dass es eine Beerdigung gab, und auch, dass du mit Ritas Freundinnen ein Beet angelegt hast.»

«Ist nichts draus geworden. Die Geste zählt, ne?»

Ich richtete mich auf, und gemeinsam liefen wir den Weg entlang. Auf einmal war ich unendlich traurig, hatte Angst, vor Wolfgang in Tränen auszubrechen. Er gehörte bestimmt zu den Leuten, die beim Wort Seelsorge einen Steifen kriegen und so richtig, richtig gerne mit mutterlosen Kindern über Gefühle sprechen.

«Ich wollte da immer Alpenrosen anpflanzen, meine Mutter hatte so ein Tattoo davon am Bein. Aber nachdem wir diese kleine Mauer gebaut hatten, ist Varuna die Lust vergangen, und sie wollte ja eh niemanden mehr in den Garten lassen, und so habe ich meiner Mutter jetzt anscheinend ein bisschen eingemauertes Unkraut gewidmet.»

«Gentiana Clusii», sagte Wolfgang.

«Was?»

«Das ist der Fachbegriff.»

Ich überlegte, ob ich ihm ein Sternchen für sein Hausaufgabenheft anbieten sollte, verabschiedete mich aber stattdessen und lief in die falsche Richtung davon.

*

Halbe Gardinen auf dünnen Plastikschienen. Gestecke aus Kunstblumen. Porzellankatzen und eine echte. Lange vergessene Weihnachtsdekoration neben einer Deutschlandfahne. Die verklebten Fenster einer Spielhalle, rosa Strampler im Secondhand-Kindergeschäft. Bestattungsinstitut, Eckkneipe mit Buntglasfenster, Risse in den Fassaden. Die letzte Zeche hatte ein paar Monate zuvor in Bottrop den Betrieb eingestellt, endlich schaffte es das Ruhrgebiet mal bis in die Tagesschau, aber die ganzen absackenden Häuser sahen immer noch so aus wie in den Sechzigern. Abgesehen von einer Handvoll Holland-Fahrten ist das hier alles, was du gekannt hast, oder? Diese Nachkriegsblocks und Vorkriegszechenhäuser, diese gedrungenen Straßenzüge in Grau, Braun, Grau, das ist deine ganze Welt gewesen.

Ich hätte dich überallhin mitgenommen, Mama. Wir hätten Kurztrips nach Paris gemacht, nach London, wir hätten uns einen Sommer freigenommen und Rom erkundet. Ich hätte deine Welt größer gemacht, versprochen.

«Denken Sie über Ihre Trauer als Ballon nach, der in Ihnen wohnt», hatte Doktor Ziegler gesagt.

Ich musste an den aufblasbaren Buttplug denken, auf den Erik bestanden hatte, bevor er ein nettes Mädchen vom Finanzamt kennenlernte und mit ihr in ein Reihenhaus in die Vorstadt zog, wo er jetzt bestimmt zwischen einem grauen Plastikzaun und verstreutem Kinderspielzeug herumläuft und sie anfleht, den ferngesteuerten Ballon noch ein kleines bisschen aufzublasen.

«Der Ballon ist prall gefüllt mit Ihrer Trauer, und immer, wenn Sie über Ihre Mutter reden, wird ein bisschen Luft herausgelassen.» Doktor Ziegler hatte mich über ihre Brillengläser hinweg angeguckt und etwas in ihr Moleskine-Notizheft notiert. «Über Ihre Mutter reden, ermöglicht mehr Raum für anderes, Frau Freytag.»

*

Ich öffnete die Wohnungstür. Lasssienichtdasein Lasssienichtdasein, aber Mantras funktionierten nicht, und so saß Varuna am Tisch im Flur und versuchte, ein verknäultes Katzenspielzeug zu entwirren.

«Werte Enkelin, Meryem war hier, du hast sie gerade verpasst.» Sie schaute kurz auf, dann zurück zu dem roten Knäuel. «Sie hat mich gebeten, dich zu meinem Töpferkurs am Dienstag einzuladen. Sie denkt, es würde unserer Beziehung guttun.» Varuna lachte tonlos.

Irgendwo habe ich mal gehört, dass rangniedrige Schimpansen ihre ranghöheren Gruppenmitglieder als Beschwichtigungsgeste anlachen. Hatte ich gerade die Oberhand?

«Meryem mit ihrem Helfersyndrom soll mal ’n bisschen zurückschrauben.»

Varuna nickte, immerhin in diesem Punkt schienen wir uns einig zu sein. «Sie kommt später noch einmal vorbei.»

Ich sagte nichts, nahm einen Apfel aus der Obstschale.

«Du scheinst vor Frau Schneider eine Szene gemacht zu haben. Du brauchst eine dickere Haut, mein Spatz, das habe ich dir immer schon gesagt.»

Ich biss in den Apfel, wusste, wie nervös es Varuna machte, dass ich ihn mit ungewaschenen Händen aß.

«Papageienhaft, diese Frau Schneider.» Varuna ließ von ihrem Stoffknäuel ab und lächelte mich kurz an. «Aber mit Spatzenhirn. Sie ist deiner nicht würdig, Arielle. Hohle Töpfe haben den lautesten Klang, das musst du nun wirklich nicht an dich heranlassen.»

Ich schaute auf das Schleierkraut, das auf dem Tisch stand und dort seit Anfang des Jahrtausends einstaubte. Varuna folgte meinem Blick.

«Töpferkurs also», sagte ich und strich über den Lack der krummen blauen Vase.

«Mach dich nur lustig. Du kannst lediglich nicht aushalten, dass ich gebraucht werde.»

Ich seufzte, setzte mich auf einen der Stühle und ließ die dunkelste Katze, die einzige, die mich nicht hasste, um meine Beine schlängeln.

«Nur weil du mich nicht lieben kannst, heißt das nicht, dass es niemand kann, Arielle.»

So war es immer mit uns, schon in meiner Jugend, es gab nur schwere Geschütze. Bei anderen Teenies und ihren Erziehungsberechtigten ging es darum, wann sie zu Hause sein mussten und wie viel Taschengeld sie bekamen. Bei Varuna und mir ging es um Liebe und Verrat, um Leben und Tod.

Ich war zu müde, um zu kämpfen. «Irgendwo lernt man so was halt. Mit sechs hatte ich nicht mehr das Gefühl, geliebt zu werden.» Tränen schossen mir in die Augen, ich zwinkerte sie wütend weg.

«Arielle, der sterbende Schwan.» Mir wurde heiß, ich hielt mich an dem Apfel fest, konzentrierte mich auf das Gefühl der nackten Katzenhaut an meiner Wade, auf den Apfelgeschmack. Varuna hatte das Spielzeug wieder in seine Ursprungsform gebracht, hielt es einer Katze hin, die sofort begann, es wieder zu verknäulen. «Ruhig Blut, mein Spatz.»

«Weißt du, Varuna, manchmal weiß ich nicht, warum ich ruhig sein soll.» Ich fühlte Tränen auf meinen Wangen. «Du hättest mich doch weggeben können, nachdem Mama gestorben war. Du hättest mich doch nicht behalten müssen und dann ignorieren. Das ist doch vollkommen absurd, wie so ein krankes Experiment: Mit wie wenig Zuneigung kann ein Kind aufwachsen, ohne wahnsinnig zu werden?» Meine Stimme brach, ich atmete tief ein und wieder aus.

«Am Baum des Schweigens hängt seine Frucht, der Friede.» Varuna verschränkte die Hände im Schoß, lehnte sich zurück.

«Bitte keine Zurückhaltung. Sag, was du zu sagen hast, Varuna.»

«Nun denn», sie machte eine Spannungspause. «Du gefällst dir doch gut in deiner Rolle. Die arme verlassene Arielle, ungeliebt und auf der hoffnungslosen Mission, die Liebe, die ihre Rabengroßmutter ihr vorenthalten hat, in fremden Schlafzimmern zu finden.»

Hass. Ich weiß, Varuna würde behaupten, ich wäre dramatisch, aber ich fühlte Hass. Etwas Weißes, Heißes auf Brusthöhe, das sich einen Weg bahnen wollte. Ich hielt den Apfel fest, hatte Angst, was ich mit leeren Händen tun würde.

«Hat deine Oma sich nicht genug gekümmert? Musstest du eine Schlampe werden, damit du endlich ein bisschen Zuneigung bekommst?»

Ich fixierte sie, wusste nicht, dass sie das Wort Schlampe im Repertoire hatte, und auch nicht, dass sie mich so sah. Mit zitternden Knien stand ich auf.

*

Ich nahm drei große Schlucke Wodka, machte dreißig Squats, sechzig Russian Twists, dann vierzig Crunches, hielt eine Plank für drei Minuten. Ein kurzer Schrei, als ich den Blick hob und eine der Katzen unter meinem Bett entdeckte. Sie erschreckte sich mehr als ich, rannte kreischend gegen die Tür.

In der Handtasche fand ich meine Zigaretten – ich weiß nicht, was der Knigge dazu sagt, glaube aber, wenn die Gastgeberin dich als Schlampe beschimpft, musst du dich nicht mehr ans Rauchverbot halten –, trank noch einen großen Schluck und zündete mir eine an.

An der Wand hing ein Foto von Jana und mir, Arm in Arm, wir müssen so fünfzehn gewesen sein. Ich weiß nicht, wie sie sich daran erinnert, aber dass wir nun Fremde sind, ist kein Zufall, wir haben uns nicht einfach aus den Augen verloren oder so. Ich wollte nichts mehr zu tun haben mit meinem alten Leben, habe nur noch sporadisch auf Janas Nachrichten reagiert, bin nicht ans Telefon gegangen und habe irgendwann meine Nummer geändert, ohne Bescheid zu geben. Ich wollte nicht weniger als eine Häutung, musste das alles auslöschen – das Viertel, Varuna, das blaue Haus und irgendwie auch dich –, um mein neues Leben zu leben. Vielleicht hätte ich auch beides zusammenbringen können, überlegen, was aus meinem alten Leben mir guttun und wie das zum neuen passen würde, aber die Energie hatte ich nicht oder wollte sie lieber in Partys und Typen stecken, keine Ahnung. Mein letzter echter Kontakt «nach Hause» war ein Besuch von Emine und Jana. Ich hatte gerade so 'nen BWLer aus meiner Wohnung geschmissen, das Make-up von gestern mit ein bisschen neuer Mascara und 'nem Feuchttuch zum Make-up von heute gemacht, da klingelten sie und hielten eine Topfpflanze in Cellophan in der Hand, als kämen sie zum Schrottwichteln eines Katernberger Kegelclubs. Irgendwie war ab dem ersten Moment alles falsch. Emine und Jana saßen auf meinem Samtsofa, schlugen die Beine übereinander, als wären sie bei einem Vorstellungsgespräch, und wirkten so entschlossen höflich, dass es sich überhaupt nicht nach Freundschaft anfühlte.

Die beiden machten gemeinsam eine Ausbildung zur Verwaltungsfachangestellten bei der Stadt, erzählten von der Prüfung in öffentlichem Finanzwesen und den Hausaufgaben in Dienstrecht. Ich gähnte, sagte: «Ihr habt doch noch euer ganzes Leben, um alt zu sein.» Sie lächelten milde, als wäre meine jugendliche Naivität es nicht mal wert, sich beleidigt zu fühlen.

«Ich mach mal 'nen Sekt auf.» Ich ging zum Kühlschrank, den ich mit gelben und pinken Blumenstickern beklebt hatte.

«Ich trinke nicht mehr», sagte Emine, also goss ich nur mir und Jana ein.

«Und ich trinke eigentlich nicht um elf Uhr morgens, aber dann gibt es heute ein Sektfrühstück», sagte Jana, die Sekt um elf anscheinend für ein Leben am Limit hielt, als hätten wir uns nicht wenige Jahre zuvor um fünf Uhr morgens die letzten Schlucke geklauten Ramazotti auf dem Heimweg geteilt. Ich hatte es zwischen Agentur, Bar und dem BWLer nicht geschafft, Frühstück einzukaufen, und stellte den beiden Joghurt und Kaffee ohne Milch hin. Emine erzählte, dass sie jetzt öfter in der Moschee sei und 'n bisschen mehr

Allah und weniger «na ja, weniger so Sachen, die eigentlich nicht gut sind» machen wolle. Jana erzählte von Tobias und davon, dass sein Chef ihm schon zugesagt habe, ihn nach der Ausbildung zu übernehmen, woraufhin sie dann endlich zusammenziehen würden. Ich goss mir mein drittes Glas ein.

Erinnerst du dich an diese Kindershow 1, 2 oder 3? Wir haben sie zusammen im Wohnzimmer geguckt, sind auf dem Sofa rumgesprungen, während die Kinder sich für eine Antwort entscheiden und vor die richtige Tür stellen mussten.

Frage: Wie sieht das richtige Leben mit Anfang zwanzig aus?

1: Kopfüber ins deutsche Spießertum! Den erstbesten Tobias heiraten und auf zweikommafünf Kinder und eine Doppelhaushälfte hinarbeiten, in der man dann in einem konsequent graurosa Wohnzimmer Babypartys veranstalten kann.

2: Work hard, play harder! Alles mitnehmen, alles ausprobieren, alles schlucken, keine Rücksicht auf Verluste. Vollgas, bis man umfällt.

3: Gute Tochter! Sich für die Ehe aufheben, Papa stolz machen, was Ordentliches lernen und erst ausziehen, wenn man einen von Mama abgesegneten Jungen aus demselben Dorf getroffen hat.

1, 2 oder 3: letzte Chance, vorbei!

Ob ihr wirklich richtig steht, seht ihr, wenn das Licht angeht.

Ich wollte Licht, ich wollte, dass Funken von der Decke sprühten und das Publikum kreischend applaudierte. Ich wollte, dass Jana und Emine links und rechts von mir beschämt im Halbdunkel standen und einsehen mussten, dass nur ich verstanden hatte, wie man es machte, wie man mit einundzwanzig sein sollte.

«Und wie geht's bei dir so?», fragte Emine, was mir vorkam, als wäre sie eine vierzigjährige Schulpsychologin und ich das Problemkind.

«Gut. Ich arbeite mich halb tot und hab ansonsten das Ziel, dieses Jahr zweiundfünfzig Typen zu ficken, jede Woche einen neuen.» Das stimmte nicht ganz, aber ich hielt ihre selbstgefälligen Gesichter nicht länger aus.

Emine und Jana schauten sich kurz an, verabschiedeten sich wenig später und kamen nie wieder.

Ich drückte die Zigarette auf der äußeren Fensterbank aus, leerte den Flachmann und nahm mein iPhone vom Ladekabel.

Mira war trinken an der Mosel, #mädelstrip, Kylie Jenner war mittlerweile mehr schwarz als weiß, Zeinab postete apropos of nothing ihr Müsli in drei verschiedenen Shots, Franka postete #blessed die Füße ihres Babys, als hätten ich und ihre anderen Follower kein Anrecht auf das Gesicht, nachdem sie uns jahrelang erst mit ihrer Beziehung/Verlobung/Hochzeit gelangweilt und dann monatelang jedes Detail ihrer Schwangerschaft mitgeteilt hatte. Chrissy Teigen kochte, Influencer influencten – alles war in Ordnung.

Es klingelte, kurz darauf hörte ich Meryem mit Varuna reden. Ich hatte sie eher auf meinem Smartphone als in der Wohnung erwartet. Wie in den Neunzigern hier – ständig klingelten Leute und standen plötzlich im Raum, anstatt wie normale Leute zu schreiben. «Tut mir leid, dass ich mich nicht gemeldet habe», sagte Meryem, die verlegen im Türrahmen stand, und dann: «Schön hast du es hier.» Grinsend guckte sie sich in meinem Teenagerzimmer um.

«Kein Problem», sagte ich und scrollte nebenbei weiter durch Instagram.

«Geht's dir gut?» Sie legte ihren Jutebeutel ab und setzte sich auf meine Bettkante, als wäre ich ein krankes Kind.

«Was machst heute noch?», fragte ich und stand auf.

«Warum? Also, ich habe keine Pläne. Ich muss nur um sieben wieder im Treff Nord sein.»

«Perfekt, wir gehen shoppen. Ich hab nichts mehr zum Anziehen.»

*

Wir stiegen in eine volle Straßenbahn, in der eine Gruppe Jugendlicher mit zwei Lehrerinnen saß. Außerdem Angestellte in schlecht sitzenden Hosenanzügen und billigen Pumps auf dem Weg in die Mittagspause.

«Alle so voll übertrieben angezogen, ne, Frau Sawatzki?», sagte ein circa vierzehnjähriger Junge laut zu seiner Lehrerin und guckte an seiner Jogginghose und Bauchtasche hinab auf seine riesigen weißen Sneakers.

«Ach, das sind nur so Bürofutzis», sagte Frau Sawatzki leise. Nichts Schlimmeres als Lehrer, die sich anbiedern. Jugendsprech, alles fresh hier. Die Reli-Lehrerin, die in der ersten Stunde verkündete, dass sie Eminem hörte, der Sportlehrer, der ein paar Schimpfwörter benutzte, wenn er über Schalke sprach.

«Haben Sie Bürofotzen gesagt?», rief der Schüler laut. «Yo, Momo. Frau Sawatzki hat zu denen hier Bürofotzen gesagt», schrie er durch die Bahn und zeigte auf die beiden Angestellten. Frau Sawatzki wurde rot. Die Bürofotzen sahen schockiert aus. Ich riss mich noch einen Moment zusammen, sah dann Meryem an, die breit grinste, und lachte laut los.

Am Berliner Platz stiegen wir aus, fuhren mit der Rolltreppe hoch, und kurz glaubte ich, wir hätten uns vertan, wären irgendwo falsch abgebogen. Der Platz war völlig verändert. Früher gab's hier Nutten, und manchmal kam der Zirkus, jetzt stand auf dem Platz ein schickes Neubaugebiet, das aussah, als wäre es erst kürzlich hier gelandet. Für wen ist das gebaut worden? Für Professoren von außerhalb, die nicht wissen, wo sie sich hier ansiedeln? Das ist die ärmste Postleitzahl Deutschlands, von hier aus werden keine Kinder zum Fechten gefahren.

Wir liefen durch einen Parcours aus Gänsescheiße, um zu einem Eiscafé zu kommen, das laut Meryem auch vegane Sorten hatte. Sie erzählte irgendwas von rohem Kakao und Schokoeis, und ich fragte mich, wie man wohl durchs Leben geht, wenn man immer alles richtigmacht. Wie lebt es sich, wenn man im Recht ist und wertvolle moralische Entscheidungen trifft, durch die niemand zu Schaden kommt?

Auf dem Spielplatz schrien die Kinder sich auf Arabisch und in irgendwas Osteuropäischem an, auf den Bänken saßen Mamas mit Kopftüchern und wickelten Börek aus Alufolie, auf der Wiese lagen ein paar Trinker oben ohne.

Wir setzten uns an einen freien Tisch in die Sonne. Die Kellnerin war gerade noch jung genug, um mich nicht zu deprimieren, aber ihre Uhr tickte laut. Die Hosenbeine waren zu kurz, die Bluse zu eng und ungebügelt, das Haar zu einem zotteligen Pferdeschwanz gebunden. Der Körper und das Gesicht waren eigentlich hübsch, sie hätte viel besser aussehen können. «Schön, dass ihr hier seid. Was kann ich für euch tun?»

Auf der Karte fand ich Zitronensorbet, das in Sekt schwamm, und überredete Meryem, Sekteis mit mir zu trinken.

«Kommt sofort.»

Was kam, war ein Kübel Sekt, in dem die Kugel Sorbet kaum einen Unterschied machte. Meryem lallte schon nach der Hälfte, ich merkte den Alkohol erst mit den letzten Schlucken.

Mit glasigen Augen beugte Meryem sich zu mir, versuchte zu flüstern, sagte dann aber in normaler Lautstärke: «Guck dir mal die ganzen Leute um uns herum an.» Sie zeigte auf ein Rentnerpaar am Nachbartisch, das Eis aus riesigen Gläsern in sich hineinschaufelte.

«Oder die da.» Meryem deutete auf eine Familie: Mutter und Vater guckten auf ihre Smartphones, davor liefen zwei kleine Kinder, die sich um einen Ball stritten.

«Wir sind ein total reiches Land voller depressiver Menschen. Mein Papa sagt das immer, und meistens sag ich, er soll nicht so pessimistisch sein, aber ehrlich, guck dich mal um. Guck mal in die Gesichter der Leute, die vorbeilaufen. Die Menschen sind irgendwie hart, als hätte das Leben ihnen Sachen angetan, die sich richtig in die Stirn und in die Mundwinkel eingebrannt haben. Stimmt ja vielleicht auch. Also, dass deren Leben sich scheiße anfühlt.» Meryem kippte den letzten Schluck Sekt runter und zeigte nun unverhohlen auf das Paar am Nachbartisch. Die beiden schoben sich weiter wie Kröten Eislöffel in ihre großen hängenden Münder und schienen uns nicht zu bemerken. Ich versuchte, mir Meryems Vater vorzustellen, stellte mir einen kleinen Türken mit runder Intellektuellenbrille vor, der irgendeinem praktischen Job nachging, in Wahrheit aber ein Dichter und Denker war und unter anderen Umständen Literaturprofessor und nicht Elektro-Installateur geworden wäre. Aber ich war auch besoffen, vielleicht war Meryems Vater ja Literaturprofessor oder ein saufender Analphabet ohne einen Funken Weisheit oder was weiß ich.

Nach deinem Verschwinden habe ich viel über meinen Vater nachgedacht, war eine Vollwaise oder auch nicht. Irgendjemand muss da draußen ja sein. Dunkelhaarig, braunäugig. Irgendwie habe ich entschieden, dass er eine hübsche Affäre war, niemand, der dein Herz gebrochen hat. Ich stelle ihn mir smooth vor, Typ netter Player, der sorglos rumvögelt, weiß, was er wann sagen muss, und verschwindet, bevor es ernst wird. Niemand, der sich daran aufgeilt zu verletzen oder seine Macht genießt, sondern sie eher aus Versehen hat – als Nebenprodukt seines Aussehens. Im Grunde gehe ich also davon aus, dass er war, wie ich bin. Oder so ist wie ich. Vermutlich eher Installateur als Professor, aber wer weiß. Merve meinte mal, ich solle so ein DNA-Profil machen und bei einer Datenbank hochladen. Dann wüsste ich immerhin ungefähr, woher ich komme, würde vielleicht sogar Verwandte von mir finden. Aber irgendwie kommt es mir unanständig vor, als hätte ich nicht das Recht, dieses Geheimnis zu lüften, nachdem du es nicht für mich gelüftet hast.

«Ich meine nur, dass wir doch als Gesellschaft falsche Prioritäten setzen, wenn wir so viel haben und es uns in Zahlen und Fakten eigentlich gut geht, selbst hier, aber es uns halt gar nicht glücklich macht.» Sie schlug auf den Tisch, ein Löffel landete klirrend auf dem Boden.

«Besoffene Meryem gefällt mir», sagte ich und grinste.

Meryem schaute mich an. «Und nüchtern bin ich unerträglich?»

«Nee, schon okay, nur halt 'n bisschen anstrengend.»

«Wie meinst du das?»

Ich räusperte mich. Was meinte ich damit? Was von dem, was ich meinte, wollte ich laut sagen? «Ich meine, so Veganismus und Leuten helfen und sich um die Alten und Kranken und Schwachen kümmern. Voll die Mutter Teresa halt. Und, keine Ahnung, das fühlt sich dann ’n bisschen wie ’n Vorwurf an. Ich denke halt, dass du das alles auch für dein eigenes Ego machst, nicht nur für Migrantenkinder oder verrückte Rentner.»

Meryem legte die Handrücken flach auf den Tisch zwischen uns, als würde sie sich ergeben.

«Vielleicht mache ich es auch für mich, willst du das hören? Natürlich. Soll ich das zugeben? Ja, ich mache das alles auch für mich. Um meine Idee von der Welt zu schützen, ja? Trotz Erdoğan, trotz Putin, okay? Ich muss an eine Welt glauben, in der wir uns gegenseitig nicht scheißegal sind.»

«Ist ja gut. Willste noch einen?»

«Auf keinen Fall», sagte Meryem.

Ich bestellte einen Affogato al caffè, aber die beinahe-tragische Kellnerin wusste nicht, was das ist, und so entschied ich mich für eine Cola light. Meryem schien in Gedanken versunken, die sie kaum beisammenhalten konnte. Ich bestellte ihr eine Fanta.

Beim Aufstehen schwankte sie leicht – Mutter Teresa soff halt nicht. Sie schlug einen kurzen Spaziergang durch die «grüne Mitte» und auf die Trasse vor. Anscheinend gab es einen Radweg hinter den schönen neuen Häusern, der bis Mülheim führte.

Drahtige Männer auf teuren Rennrädern schossen an uns vorbei. Ansonsten Spaziergänger, hier und da jemand mit Hund und eine kleine Gruppe Teenager mit einem heimlichen Joint.

«Hamit, schön dich zu sehen. Aber nicht erwischen lassen, ja?», sagte Meryem zu einem der Jungen.

«Nee, Frau Güçlü, ich halte nur für ein Freund», sagte Hamit erstaunlich wütend.

«Was macht ihr in der Stadt? Rumlaufen?»

Hamit, der möglicherweise eine unangenehme halluzinogene Erfahrung durchmachte, schien nun endgültig die Nerven zu verlieren.

«Was für Rumlaufen? Ich scheiß auf Rumlaufen!»

Meryem ging einen Schritt zurück. Für einen Moment sah es so aus, als würde sie wegrennen, aber dann sagte sie nur: «Okay, sorry. Wir sehen uns Mittwoch.»

Hamit und seine Jungs nickten und verabschiedeten sich.

Ich befürchtete einen langen Vortrag von Meryem zum Thema «Raum einnehmen als brauner Mensch» oder so was, aber der blieb zum Glück aus, und als ich zu Meryem rüberschaute, wirkte sie einfach nur traurig.

*

In dem kleinen Café eines Bio-Supermarkts machten wir eine Shoppingpause. Meryem trank Soja-Cappuccino, ich richtigen. Die paar Bildungsbürger aus dem Viertel saßen zusammengepfercht beieinander, wärmten sich gegenseitig an ihrem Gutmenschtum, schlürften ökologisch faire Heißgetränke, verhielten sich ruhig. Hinter der Scheibe eine Truppe Menschen aller Hautfarben.

«Wahrscheinlich wird in dem Gebäude gegenüber ein Integrationskurs angeboten, ansonsten durchmischt es sich ja nie so», sagte Meryem und schaute nachdenklich aus dem Fenster.

«Also, wir haben eine Jeans, sieben Tangas, drei Blusen und zwei Tops, außerdem ...», mit einer Hand wühlte ich in den Tüten, um meine Ausbeute vollständig auflisten zu können, «... außerdem einen BH, ein paar Sandalen, diesen Blazer hier und –»

«Ich hab was mit Jessy, der Mutter von Ashanti», sagte Meryem und schaute in ihren Cappuccino.

«Perfekt: Ich hab was mit Ashantis Vater. Wir sind quasi verschwägert», sagte ich und zog das weiße Hallhuber-Shirt aus einer der Taschen.

Meryem guckte mich an.

«Wie machst du das? So einfach hier auftauchen und Sex haben, und alles ist unkompliziert. Wie kann dir das alles nichts bedeuten? Also, man lässt doch auch immer ein Stück von sich selbst in so einer Beziehung, ich verstehe das nicht.»

«Wenn ein Mädchen und ein Junge, oder natürlich ein Mädchen und ein Mädchen, sich ganz doll liebhaben», fing ich an, aber Meryem lachte nicht, schien ehrlich wissen zu wollen, wie Rumvögeln funktioniert. Ich schaute auf den trockenen Bio-Keks, den ich in der Hand hielt.

«Sie spricht kaum noch mit mir, seit Ashanti weg war. Ich verstehe es auch, sie hat natürlich viel größere Probleme, und das mit uns hatte ja auch gerade erst angefangen. Aber jetzt, wo Ashanti wieder da ist, dachte ich, dass sie sich irgendwann mal melden würde. Das ist natürlich nicht fair, mir ist ja klar, dass es Ashanti nicht besonders gut gehen kann und Jessy auch nicht, aber ich hätte einfach gerne, dass sie mich ein bisschen anerkennt. Nicht mal als Partnerin oder so, so weit waren wir ja noch gar nicht, aber – als sie mich zum Beispiel beim Suchtrupp gesehen hat, hat sie nicht mal Blickkontakt gehalten, und sie reagiert auch nicht auf meine Nachrichten. Wir wollten im Sommer mit Ashanti 'ne Woche nach Holland fahren, ich hab mir extra Urlaub genommen, und jetzt traue ich mich gar nicht, das anzusprechen. Ich höre mich an wie eine Idiotin, tut mir leid. Ich dachte nur, na ja, ich dachte, vielleicht könnte ich ihr irgendwie helfen bei der ganzen Sache. Wir waren ja auch Freundinnen, und ich hab Ashanti viel gesehen, bevor wir mehr waren. Und jetzt sind wir gar nichts mehr.»

Ich entschied mich für den Keks, hatte den ganzen Tag noch keine feste Nahrung zu mir genommen. «Ja, so Kindesentführungen passieren immer in den beschissensten Augenblicken.» Der Keks lohnte sich nicht, schmeckte wie Styropor mit Zucker, dieses Mehl war nun umsonst in mir.

«Ach, lass mich, ich bin eigentlich gar nicht mit Leuten wie dir befreundet. Ihr seid ein eigener Schlag, ihr wisst nicht, wie das Leben für den Rest von uns ist», sagte Meryem, und als ich lachen wollte: «Redet John mit dir?»

Mir gefiel die Richtung nicht, in die das Gespräch zu laufen schien. Es gab kein gemeinsames Boot, wir waren beide keine Angehörigen.

«Wir haben uns eh nur fürs Kiffen und so getroffen, da gibt's nicht so 'ne Erwartungshaltung.» Ich überlegte, kotzen zu gehen, aber nach einem Keks war das wohl übertrieben.

«Ich glaube, ich liebe sie.»

«So was dachte ich mir», sagte ich und entschied, dass der Keks blieb. Kotzen macht schlechte Zähne. In der Klapse hatten wir uns eine Station mit den Essgestörten geteilt, und nach einem Vierteljahr mit diesen deprimierenden Infopostern vor Augen, kann ich mich nicht mehr ohne ein schlechtes Gefühl übergeben.

Ich streichelte Meryems krauses Haar, fragte mich kurz, ob meines sich genauso anfühlen würde, würde ich es nicht allmorgendlich mit einem Glätteisen bezwingen.

«Komm, Schatz, wir sind fertig hier», sagte ich schließlich und zog Meryem hoch.

*

«Lächelt mal, ihr Hübschen», raunte uns ein angetrunkener Mann vor dem Supermarkt zu. Ich wollte weiterlaufen, aber Meryem blieb stehen, rief erstaunlich laut: «He, was fällt Ihnen ein? Warum glauben Sie, irgendeinen Anspruch auf einen Kommentar dazu zu haben, wie wir aussehen oder was wir mit unseren Körpern machen?»

Der Mann sah verwirrt aus, zog an einer Zigarette, schaute weg.

«Sie lächeln ja gar nicht», schrie sie ihn an.

«Hut ab, Schwester», sagte ich, während wir wegliefen.

«Pointing und shaming», sagte Meryem, aber mir war die linke Puste ausgegangen, und ich fragte nicht nach.

*

Ich wischte die ungelesene Nachricht von Merve weg, öffnete Instagram.

Meine Lieblingsmommybloggerin bewies, wie hoch sie – gelernte Tänzerin – ihr Bein noch nach Baby Nummer fünf heben konnte, KKW saß nackt vorm Spiegel und sah aus wie Eva selbst, bei Humans of New York jammerte jemand über eine Scheidung, Chris und Paulina posteten ein Strandbild, #letzterurlaubzuzweit, und erst dachte ich, sie wollten ihre Trennung verkünden, aber wahrscheinlicher war, dass sie ein Baby erwarteten. Das Handy fiel mir mehrmals aus der Hand, und irgendwann gab ich es auf und schlief ungewohnt zufrieden ein.

Schweißgebadet schreckte ich hoch. So wache ich oft nachts auf, seit vierundzwanzig Jahren. Ich hatte von deinem Tattoo geträumt. In meinem Traum lagst du auf einer Wiese, gucktest in den Himmel, zeigtest mir Wolken, die dich an Tiere erinnerten. Der Enzian wehte leise auf dich, legte sich unauffällig auf deinen Oberschenkel und wurde ein Teil von dir, für immer. Blauer Kalkenzian, keine Alpenrosen. Auf jeden Fall Enzian.

Ich sprang auf, schaute hektisch durch Varunas Bücher, bis ich den Atlas der Alpenflora fand. Unter Gentiana clusii stand er, der Kalkenzian. Stolz und blau und aufrecht. Ich hatte Alpenrose gesagt, da war ich sicher. Woher wusste er es? Wolfgang musste deinen Oberschenkel gekannt haben.

Drei

Die Wohnung befand sich in einem der schönsten Häuser des Viertels, einem der wenigen Jugendstilgebäude, die den Krieg überlebt hatten. Kurz überlegte ich, ob halb zehn zu spät war, bei braven Lehrern zu klingeln, aber mir Sex mit meiner toten Mutter zu verschweigen, war auch nicht besonders höflich, also klingelte ich Sturm.

Im dritten Stock guckte eine Frau aus dem Fenster, bevor sie mir öffnete, auch wenn sie mich nicht kennen konnte – sah ich aus, als müsste ich gerettet werden? Woher wusste sie, dass ich nicht gefährlich war? Der Hund bellte, ich erinnerte mich nicht an seinen Namen.

Karin sah freundlich aus. Und unscheinbar. Eine Frau, etwa Mitte fünfzig, an der man x-mal vorbeilaufen konnte, ohne sie wiederzuerkennen. Typ adrette Therapeutin mit Intellektuellenchic – die kleine Brille mit Halbmondgläsern, eine dieser unerklärlichen Ketten, in der große Filzkugeln den Farbverlauf eines Regenbogens nachzeichneten. Ein hübsches Gesicht, mit offenen hellbraunen Augen und einem graublonden Bob.

«Was kann ich für Sie tun?», fragte sie und lud mich mit einer Armbewegung in ihre Wohnung ein.

«Ich bin die Tochter von Rita, einer Bekannten von Wolfgang, die vor vierundzwanzig Jahren verschwunden ist. Wolfgang und ich haben uns zufällig wiedergetroffen und über sie geredet. Ihr Mann hat allerdings vergessen zu erwähnen, dass er sie damals gefickt hat», antwortete ich und trat durch die Tür. Im Vorbeigehen spürte ich Karins Körper, spürte, wie er sich verkrampfte. Hatte ich gerade ein Geheimnis gelüftet? Dachte Karin, sie hätte eine Jungfrau geheiratet? Sie roch sauber, ein bisschen wie Glow von J.Lo, aber vielleicht hatte sie nie von Jennifer Lopez gehört und es war einfach der Geruch von frisch gewaschenen Laken und Puderzucker.

«Setzen Sie sich doch aufs Sofa», sagte sie, ganz Gastgeberin, hatte sich wohl wieder gefangen. «Wolfgang ist beim Badminton, aber bestimmt bald wieder hier. Möchten Sie auch ein Glas Wein? Ich trinke rot.»

Sie verschwand in der Küche, ohne meine Antwort abzuwarten. Ich ging über knarrende Dielen zu dem großen rostfarbenen Sofa. Das Wohnzimmer schrie: «Wir haben studiert!», die ganze Show, inklusive Chagall-Bildbänden, den passenden Kunstdrucken und einer Bücherwand.

Nur zwei obligatorische Familienfotos: Auf dem Sideboard eines von zwei blonden Kindern, wahrscheinlich Enkel. An der Wand neben der Tür über einem kleinen schnörkeligen Tisch mit Tulpen ein Hochzeitsfoto – schlicht, schönes Kleid, wenig Tüll. Karin trug sehr langes, glattes Haar, sah ein bisschen verpeilt, aber sexy aus. Wie eine junge Diane Keaton. Wolfgang wirkte einfach wie ein junger Wolfgang, gleiche Frisur, gleicher Öko-Vollbart, gleiche knochige Statur. Er strahlte Karin an, als wäre sie Gottes Antwort auf all seine Fragen, sie grinste in die Kamera. Ich war keine Hochzeitsfoto-Enthusiastin, aber das hier war ein gutes Bild.

«Ist es okay für Sie, wenn ich unseren Hund aus der Gästetoilette befreie?»

Ich nickte, und wenige Sekunden später schnupperte der Schoßhund an meinen Füßen, bevor er sich auf ein großes Kissen vor dem Klavier legte.

Wir stießen an – worauf? –, und plötzlich fühlte ich mich richtig schäbig. Ich nahm mir vor, mich weniger wie ein fünfzehnjähriges Arschloch zu benehmen, immerhin so lange, bis Wolfgang zurückkehrte.

«Was bringt Sie in die Stadt?», fragte Karin. Sie wirkte entspannt, das hier war ein Heimspiel für sie.

«Meiner Großmutter geht es nicht so gut, und da bin ich für eine Weile hergekommen.» Ich nahm einen großen Schluck Wein. Rotwein trank ich sonst nie, und ich fühlte mich von seinem Gewicht erschlagen. Am liebsten hätte ich mich hingelegt, Karin hinausgebeten und erst mal fünf Stunden geschlafen, bevor ich bereit war, gegen Wolfgang anzutreten.

«Und was machen Sie beruflich, wenn ich fragen darf, dass Sie einfach so verschwinden können?»

«Ich bin Social-Media-Managerin in einer Influencer-Agentur.» Ich bemerkte ihren fragenden Blick und ignorierte ihn. «Mit Verschwinden kenne ich mich aus, liegt mir sozusagen im Blut. Egal.» Ich schaute mich um, zeigte auf das Hochzeitsfoto. «Gefällt mir gut. Oft sind Hochzeitsfotos aus der Zeit ja voller falscher Locken und Puffärmel, das hier sieht zeitlos aus.»

«Ja, das war 1990, und ich war die einzige Frau in Westdeutschland ohne Dauerwelle.» Karin lachte.

«1990?» Mein Hirn überschlug sich, stolperte.

«Ich weiß, das mit Ihrer Mutter passierte, als wir schon verheiratet waren.»

Ich guckte sie mit offenem Mund an, wusste nicht, was ich sagen, was ich denken sollte.

Karin schenkte mir nach, sagte: «Vielleicht ist es besser, wenn wir warten, bis Wolfgang hier ist, er muss jeden Moment kommen. Das ist mehr seine als meine Geschichte, er soll sie selbst erzählen.»

Ich kippte das frisch gefüllte Glas hinunter, Karin schenkte wieder nach.

Mein Blick blieb bei den Enkeln hängen. Um irgendwas zu sagen, fragte ich: «Habt ihr Kinder?»

Karin folgte meinem Blick. «Ja, zwei.» Sie nahm noch einen Schluck. «Steve und Jacqueline.»

Wir schwiegen. Es fühlte sich an wie zehn Minuten, hoffentlich waren es eher zehn Sekunden, und erst als die Tür aufging, merkte ich, dass ich die Luft angehalten hatte. Irritiert stand Wolfgang im Türrahmen, sammelte sich und tat dann, als wäre es völlig normal, mich mit seiner Ehefrau in seinem Wohnzimmer zu sehen.

«Schön, dass du hier bist. Ich sehe, ihr habt euch kennengelernt», sagte er lächelnd mit Blick auf die Weingläser. Genau, Wolfgang, klassische Girls-Night hier. Einfach Mädels, die sich ein bisschen betrinken und über multiple Orgasmen und Freundinnen von früher kichern.

«Sie weiß von Rita und dir», sagte Karin. Ich konnte keine Bitterkeit hören, keine Wut. Sie verkündete es wie eine Tatsache, die nichts mit ihr zu tun hatte.

Wolfgang schluckte, schaute zu Boden.

«In Ordnung», sagte er. «Also, erst mal muss ich mich natürlich bei dir entschuldigen, ich hätte früher etwas sagen sollen, spätestens im Schrebergarten, als das Gespräch auf deine Mutter kam.» Er stand noch einen Moment unbeholfen in seinem eigenen Wohnzimmer, als müsste man ihm einen Platz anbieten, und setzte sich schließlich auf den Sessel uns gegenüber. «Was möchtest du wissen, ich spiele mit offenen Karten.»

Karin legte mir eine Hand auf die Schulter, und zu meiner Überraschung hatte ich nicht das Bedürfnis, sie wegzuschlagen.

«Was ich wissen möchte: War das eine einmalige Sache? Oder eine richtige Affäre? Oder irgendein krankes Lehrer-Schüler-Ding? Und vor allem: Wie war sie so? Also, nicht im Bett natürlich, sondern als Mensch?» Gegen meinen Willen spürte ich Tränen von meiner Jawline tropfen. So etwas kannte ich nicht von mir. Ich bin die einzig mir bekannte Person, die drei Monate Klapse überstanden hat, ohne eine Träne zu vergießen. Seit ich wieder zu Hause war, heulte ich fast jeden Tag.

«Ich habe lange nicht an Rita gedacht. Oder hatte lange nicht an sie gedacht, bis ich dich vorletzte Woche bei dem Suchtrupp wiedergetroffen habe.» Wolfgang räusperte sich. «Ich möchte es auch nicht klingen lassen, als wäre Rita, also, na ja, meine Leiche im Keller. Karin und ich kommunizieren sehr offen, ich habe ihr auch gleich berichtet, dass ich dich getroffen –»

«Ich wollte wissen, wie sie war, nicht dir 'nen Ablassbrief verkaufen, Wolfgang.» Ich saß sehr gerade, bemühte mich um eine feste Stimme.

«Sie war wundervoll», sagte Wolfgang mit einem kurzen Blick zu seiner Ehefrau. Aus dem Augenwinkel sah ich Karin kurz nicken und drehte den Kopf ein wenig in ihre Richtung, um nach einem Heiligenschein Ausschau zu halten. «Sie war der lebendigste Mensch, den ich je getroffen habe. Sie war so vital, also, so im Moment, hat sich so wenig Gedanken um die Zukunft gemacht und war trotz dir und

Varuna und finanzieller Sorgen völlig frei. Sie war wundervoll, Arielle. Rita war wundervoll.»

Ich sagte nichts, Karin sagte nichts, und Wolfgang sah für einen Moment hilflos aus, bevor er weitersprach: «Wir hatten eine Affäre über fünf Monate. Ich war damals ja viel jünger, also, gar nicht viel älter als Rita. Wobei, na ja, sieben Jahre Altersunterschied sind natürlich auch nicht nichts. Wie dem auch sei: Wir kannten uns schon ein paar Jahre vom Sehen und über gemeinsame Bekannte. Es war ein Fehler, natürlich, einer den ich seit über zwanzig Jahren versuche, bei Karin wiedergutzumachen. Deine Mutter und ich wollten zusammen weg. Sie träumte von einer größeren Stadt, vielleicht sogar von Frankreich oder Amerika. Wir haben entschieden, zusammen – also, man kann es eigentlich nicht anders sagen – abzuhauen.»

Der Schmerz fuhr in mich wie eine Kugel, drohte mir die Organe zu zerfetzen. «Was wäre aus mir geworden?» Ich hörte mich kaum, entweder sprach ich sehr leise, oder meine Worte wurden von meinem Herzschlag übertönt.

«Wir hätten dich selbstverständlich mitgenommen. Sie wäre niemals, niemals ohne dich gegangen. Niemals, das musst du mir glauben. In den ersten Wochen habe ich manchmal geglaubt, dass sie ohne mich gegangen ist, dass sie mich nur gebraucht hat, wie eine Räuberleiter, um planen und träumen zu können. Aber sie wäre niemals ohne dich gegangen.»

Weiteratmen. «Glaubst du, dass sie tot ist?»

Wolfgang nickte, schien erleichtert. «Ja.»

War es das erste Mal, dass er diesen Verdacht ausgesprochen hatte?

«Und was wäre aus euren Kindern geworden?»

«Die gab es damals noch nicht», antwortete Karin. «Wir

haben Steve und Jacqueline adoptiert, drei Jahre nachdem deine Mutter verschwunden war.»

«Ich will mich nicht verteidigen, aber vielleicht kann ich es erklären.» Wolfgang knetete seine Hände. «Karin und ich waren an keinem guten Punkt in unserer jungen Ehe. Wir hatten drei Fehlgeburten hinter uns und –»

«Ich denke nicht, dass jetzt der Zeitpunkt ist, dich zu rechtfertigen, Wolfgang», unterbrach Karin ihn.

«Interessiert mich auch wirklich nicht. Ich bin hier wegen meiner Mutter.»

«Ich verstehe. Entschuldigt.» Er knetete weiter, holte tief Luft: «Ich bin nicht dein Vater, falls du das denkst.»

Kurz musste ich auflachen, mehr verwundert als belustigt. «Bist du bescheuert? Du bist blauäugig und weiß wie Tipp-Ex. Ich mag in Bio nie aufgepasst haben, aber dass du und Rita nicht mich ergeben hätte, kann ich mir geradeso zusammenreimen.»

«Das stimmt, natürlich. Also –»

Ich wollte einen Pausenknopf drücken, wie damals im Deutschunterricht, wenn ich etwas nicht verstanden hatte und sicher war, dass ich es begreifen würde, wenn ich die Klasse und den Lehrer kurz auf Pause stellen könnte und einen Moment Ruhe hätte.

«Das heißt, du hast dich nie gegen sie entschieden, sie ist einfach nicht aufgetaucht, und dann bist du zu deiner Frau zurück.» Ich schaute auf mein Weinglas, hörte Wolfgang schlucken.

«Richtig, wir waren verabredet am Morgen des 4. Novembers. Ich erinnere mich genau, es war der Tag, nachdem Bill Clinton zum Präsidenten gewählt worden war. Ich stand mit einem Koffer und 700 Mark am Bahnhof und habe auf sie gewartet. Damals gab es ja noch keine Handys, und bei euch zu Hause konnte ich auch nicht anrufen, also habe ich einfach gewartet, ungefähr zwei Stunden, und bin schließlich nach Hause gegangen, als wäre nichts passiert.» Ein weiterer entschuldigender Blick zu Karin. «Am nächsten Morgen habe ich es nicht mehr ausgehalten und unter dem Vorwand, sie etwas zu Katzenhaltung zu fragen, bei Varuna geklingelt, wir hatten damals auch eine Katze. Und gerade, als ich so beiläufig wie möglich nach ihrer Tochter fragen wollte, bist du aus dem Bad gekommen, und da wusste ich, dass Rita tot ist.»

Ich erinnere mich nicht an den Morgen nach deinem Verschwinden, sosehr ich mich auch bemühe. Was ich weiß: Dass ich mit zwei deiner Freundinnen auf einer Bank auf dem Spielplatz saß. Beide rauchten und heulten, und obwohl niemand irgendetwas wusste, war klar, dass du nicht wiederkommen würdest.

«Okay», sagte ich, auch wenn nichts okay war. Ich wollte allein sein, dringend.

«Ich gehe mal schnell duschen, ich bin jeden Augenblick zurück», sagte Wolfgang und verließ den Raum.

Wir schwiegen lange, bis ich fragte: «Warum haben Sie das mit sich machen lassen?» Plötzlich war ich auf Karin fast genauso wütend wie auf Wolfgang. Sie lächelte milde, als wäre sie die Mona Lisa, kein Stand-by-Your-Man-Klischee. «Sie sind einfach geblieben. Warum?»

Karin nahm einen Schluck Wein und stellte ihr Glas langsam ab.

«Nicht einfach, aber ich bin geblieben, ja. Weil ich ihn liebe und weiß, dass er mehr ist als das Schlimmste, was er mir angetan hat.»

Hatte sie sich den letzten Satz zurechtgelegt? Hatte sie auch Beyoncés Lemonade gehört, bis Betrogenwerden fast romantisch klang? Oder hatte sie sich den Satz in jahrelanger Paartherapie erkämpft, um sich ein bisschen weniger wie ein Opfer zu fühlen?

«Im Gegensatz zu meinem zunehmend agnostischen Ehemann bin ich gläubig. Als ich damals gesagt habe ‹Bis dass der Tod uns scheidet›, habe ich das ernst gemeint. Und dieses Versprechen habe ich nicht nur Wolfgang gegeben.»

«Aber wie können Sie je sicher sein, dass er gerne bei Ihnen ist und nicht nur, weil er meine Mutter nicht haben konnte? Das klingt total edel, mit Gott und Versprechen und so, aber wie funktioniert das? Also, wie geht man miteinander um nach so was?»

«Selbstvertrauen, Liebe, Glaube, Leben mit dem Zweifel? Ich weiß es nicht. Ich weiß, dass es für mich und uns funktioniert und das Jahr für Jahr für Jahr. Und mit der Zeit kommt das Vertrauen zurück.»

«Ich will schlafen», sagte ich, als wäre Karin meine Mama.

«Natürlich, das hier muss alles sehr schwer sein. Wir haben ein Gästezimmer, wollen Sie sich da ausruhen?» Karin strich mir über die Hand, schon wieder ließ ich sie gewähren.

«Bitte nicht», sagte ich und stand auf, «aber danke für das Angebot.» Ich nickte Karin zu, verließ das Wohnzimmer, ging vorbei an dem Bad, in dem Wolfgang duschte, und aus der Tür.

*

Das Viertel war montagnachts wie ausgestorben, ich sah nicht mal eine Katze. Ich hatte wohl auf irgendetwas gehofft, was sich wie Genugtuung anfühlte. Das hier fühlte sich gerade nicht triumphal an, sondern nur ernüchternd.

Ich versuchte, mir vorzustellen: Du, Mitte zwanzig, alleinerziehend, eine abgebrochene und eine gerade so eben beendete Ausbildung und keinen Plan. Was hast du in Wolfgang gesehen? Hat er recht mit seiner Räuberleitervermutung? Welche wilde Vierundzwanzigjährige will unbedingt jemanden wie Wolfgang, der sich nach dem Abitur nichts Schöneres hat vorstellen können, als Lehrer zu werden und das erstbeste Mädchen von nebenan zu heiraten?

Wenn wir gegangen wären: Wäre ich ein Bonner Lehrerkind geworden und hätte mit meinen braven Halbgeschwistern Schach gespielt, bevor du mich zum Geigenunterricht gefahren hättest? Oder wäre alles schiefgegangen, ihr hättet euch nach einer Woche getrennt und wir beide wären in Paris obdachlos geworden? Im Vergleich zur Realität hätte ich Obdachlosigkeit in Paris mit Kusshand genommen. Bist du aus dem Haus gegangen und auf dem Weg zum Bahnhof verschwunden? Nein, dann wäre ich ja dabei gewesen. Hast du Sachen für uns gepackt? Wenn ja, hätte Varuna sie finden müssen. Hast du nie vorgehabt, mit Wolfgang zu gehen und bist vor lauter Scham abgehauen? Nein. Du wärst niemals ohne mich gegangen. Du wärst nicht ohne mich gegangen.

Ich lief durch das Viertel, fühlte mich obdachlos, wollte nicht zurück ins Hexenhaus.

Melanie stand am Küchenfenster und rauchte. *Galileo* und Sangria waren genau das, was ich jetzt brauchte. Ihre Verzweiflung, die sie davon abhalten würde, Fragen zu stellen. Ich winkte, aber Melanie sah mich nicht. Zum Klingeln war ich zu stolz, und so lief ich weiter.

Eine Weile stand ich vor der Haustür, konnte mich nicht dazu bringen, den Schlüssel ins Schloss zu stecken. Ich wollte nach Hause, wo auch immer das war. Ich lief weiter. Bog mal hier ab, mal da, hielt bei den Tischtennisplatten.

Für einen Moment war ich sicher: Ich war allein auf der Welt. Alle anderen Menschen waren nur in meinem Kopf, Hirngespinste, um mich bei Laune zu halten. Ich legte mich auf die Platte, schaute in die wolkenlose Nacht. Ich wollte aufhören zu sein. Nicht gewalttätig, kein Erdrosseln, kein Tarantino-Blutbad oder melodramatisches Pulsadernaufschneiden. Einfach einschlafen und nicht wieder aufwachen. Keine Gedanken, keine Meinungen, keine Aufgaben, keine Erinnerungen. Einfach ein Ende.

*

Ich wurde durch eine Hand auf meiner Stirn wach und riss die Augen auf. Für den Bruchteil einer Sekunde war alles klar: Wer auch immer die Mädchen entführt hatte, würde nun mich entführen, es würde ein Ende geben, aber kein friedliches. Ich schnappte nach Luft, versuchte mich aufzurichten.

John starrte mich an, schien erschrocken über mein Entsetzen.

«Alles okay? Was machst du hier?»

Ich guckte lange in sein Gesicht, strich mit meinem Zeigefinger über seine Lippen, hatte nichts zu sagen und hörte meinem Puls zu, der versuchte, sich zu fangen.

«Komm, wir gehen.» Er nahm meine Hand, zog mich hoch, und ich ließ es geschehen, war dankbar, dass jemand immerhin für heute Nacht entschied, wohin es ging. Wir liefen durch das stille Viertel, sprachen nicht, hielten uns an den Händen. Weniger wie Lover, eher wie zwei Kinder im Wald, die nicht zugeben wollten, dass sie sich fürchteten.

John holte einen Schlüssel aus seiner Hosentasche, schloss eine Haustür auf, nicht weit von Varuna entfernt. Waren wir bei Jessy? Ich hatte mich nie gefragt, wo er übernachtete. John führte mich zu einem Sofa im Wohnzimmer, küsste mich, zog mich aus. Meine Entjungferung hatte mit zwei Promille auf der Rückbank von André Kaminskis Twingo stattgefunden. So wie das hier hätte es sich eher anfühlen sollen. John küsste meinen Bauch, lange, wanderte mit seiner Zunge nach unten, und ich begann, zum zweiten Mal an diesem Abend unerwartet zu weinen.

Ich schmeckte den Schweiß auf seinem Hals. Ich fühlte die Muskeln an seinen Schultern. Ich roch Sex – Parfüm, Schweiß, Körper, Verschmelzung. Ich hörte sein schneller werdendes Atmen. Ich schloss die Augen, sah nichts mehr.

*

Das Geklapper von Geschirr weckte mich. Auf dem Esstisch stand ein Teller mit einer runden Brotscheibe, darauf ein kugeliges Spiegelei.

«Eier Benedikt», sagte John, der eine Pfanne wusch.

«Wow, danke.» Alltagssituationen mit Männern warfen mich auch mit Anfang dreißig noch aus der Bahn. Einmal wollte ein Mann mit mir und seinem Hund spazieren gehen, und das sah so nach Nachmittagssoap aus, dass mir den ganzen Spaziergang lang übel war.

«Ich muss los, ich will ab heute wieder ’nen halben Tag arbeiten. Also, ich glaub, dass das gut ist für mich, und mein Chef hat auch so ’n bisschen durchklingen lassen, dass ich mal wiederkommen soll.»

Ich nickte, schaute immer noch auf das Ei.

«Warum bist du so nett zu mir?» Ich drückte auf die Kugel, perfektes Eigelb lief heraus und breitete sich über dem Eiweiß aus.

«Bild dir nichts drauf ein, ich freu mich einfach, wenn ich mich kurz nützlich fühlen kann.»

Ich nickte und sagte: «Frohes Schaffen.»

«Frohes Schaffen?» John lachte. «Du bist deutscher, als ich dachte. Zieh einfach die Tür hinter dir zu, wenn du gehst, ja?» Kurz stand er vor mir, wusste wohl nicht, ob Sex plus Frühstück einen Abschiedskuss ergab. Ich war erleichtert, als er einfach nickte und wortlos die Wohnung verließ.

Trevor Noah chillte mit ’nem Känguru, Königin Rania postete ein Bild von sich und Melania Trump, auf dem die beiden wie wunderschöne Brautjungfern bei einer dritten Eheschließung aussahen, Khloé Kardashian räkelte sich an einem pinkfarbenen Strand.

Ich fing in Jessys Schlafzimmer an. Betrachtete ihr Bett, ungemacht, mit Bezügen, die nicht zusammenpassten, das kleine Bücherregal, Schullektüre und ein paar Schweden-Krimis, öffnete ihren Kleiderschrank – praktisch, geringelt, unauffällig. Im Bad fand ich Nagellack, Naturkosmetik, außerdem Kondome und eine Anleitung zum Brustabtasten, die an den Fliesen neben dem Spiegel klebte. Ich taste meine Brüste ab, fand nichts Auffälliges und ging weiter in Ashantis Zimmer. An der Tür hing die Fotokopie eines Gemäldes. Darauf eine schwarze Frau mit Turban, die mit ernstem Blick den Betrachter anschaute und in der rechten Hand einen Säbel hielt. Darunter in schwarzen Blockbuchstaben «Queen Nanny». An der Wand über Ashantis Bett ein gerahmter Zeitungsausschnitt. In dem kurzen Artikel ging es um das Ashanti-Volk in Ghana und darum, wie die älteste Frau des Dorfes das Gold bewachte.

Das Papier sah alt aus. Hatte Jessy den Artikel gelesen, als sie schwanger war? Wollte sie dafür sorgen, dass ihr Mädchen eine stolze schwarze Frau wurde und hatte übersehen, dass sie sie nach einem fast vergessenen R’n’B-Sternchen benannt hatte? Ich erinnerte mich, dass ich selbst nach einer

Meerjungfrau benannt war, und schloss die Tür des Kinderzimmers hinter mir.

Bevor ich ging, benutzte ich die klägliche Auswahl Make-up in Jessys Badezimmer. Der Concealer war heller als meine Haut, und Lippenstift gab es nur in einem aggressiven Feuerwehrrot. Genau die Farbe einer Frau mit Ringelpulli, die nur einen Lippenstift besitzt, den sie nie benutzt, weil sie sich nicht traut.

Die Wohnungstür war von innen mit Tafelfarbe gestrichen. Darauf standen in bunter Kreide Botschaften:

«Hey Süße, ich bin um 7 zurück, Essen steht im Kühlschrank, diesmal bitte WARM MACHEN!!!»

«Glück hat drei Buchstaben: Tun»

«ich geh zu kira spilen. okäi? um 6 bin ich wida da. hab dich lib.»

Ashantis letzte Nachricht?

*

Ich wollte noch nicht zurück, wollte kurz so etwas wie zufrieden sein. Morgens aus der Wohnung eines Mannes schleichen mochte ich schon immer. Übermüdet, verkatert, ein wenig orientierungslos. Es sollte noch nicht aufhören.

Ich zündete mir eine Zigarette an, steckte meine AirPods rein und lief in eine beliebige Straße. Es ist mir ein bisschen peinlich, dass ich manchmal klassische Musik höre, ist nicht gerade on brand, und das letzte, was ich sein will, ist jemand, der sich auf Tinder mit #classicalmusic #deeptalk #russianliterature verkauft. Ich möchte lieber bei #ONS #vodka #smalltalk bleiben und spontan Typen mit Sixpack und Dreitagebart zu Drinks in Bars treffen.

«Warum Wodka?», hat mich mal einer gefragt, und so ganz weiß ich auch nicht warum. Erst trank ich Wodka, weil er billig war, dann weil er mit 66 Kalorien pro Shot nicht alle Diätpläne durchschoss. Und später trank ich ihn, weil er teuer und zur Gewohnheit geworden war. Zu meinem Dreißigsten schenkten mir die Mädels einen Kurztrip nach Warschau, wo wir das Belvedere-Schloss besuchten, Piroggen aßen und nach zu viel Wodka die halbe Nacht in 'nem Stripclub rumhingen und Falschgeld in Tangas steckten.

Eigentlich ging es damals schon bergab. Noch nicht so sichtbar, ich zumindest habe nichts gesehen, aber im Nachhinein betrachtet war ich da bereits nicht mehr ganz in der Spur, erinnerte mich bei der Arbeit vielleicht zu oft an Fridolins Worte zur «ganzen Scheiße», kam ständig zu spät, weil Aufstehen so schwerfiel, und hatte den Flachmann nicht mehr als Witz in der Schublade, sondern um über den Tag zu kommen.

Aber vor allem hatte ich schon seit Monaten so eine komische Angst aufzufliegen. Keine Ahnung, warum ich die Sorge in den Jahren davor nicht gehabt hatte, aber in Meetings bekam ich nun schwitzende Hände, wenn ich behauptete, dass die Aesthetic eines Influencers zu den Core Values der Brand passte, von Kooperationsverträgen und Bildrechten sprach.

Ich wartete ständig drauf, dass jemand sich mal traute zu fragen, was mich eigentlich qualifizierte. Eine Antwort hätte ich nicht gehabt. Millenials mit schlechtem Abi, die zu viel auf Social Media rumhängen, gibt es ja wie Sand am Meer. Ich war sehr teuer und sehr leicht zu ersetzen, es war eigentlich ein Wunder, dass ich den Job noch hatte.

Die Arbeit bestand zum Großteil aus Arschkriechen und daraus, den Bullshit, den man den ganzen Tag machte, nicht wie Bullshit aussehen zu lassen, sondern wie «Marken kommunizieren helfen» und, mein Favorit, «Storytelling». Die

Geschichte ging meistens so, dass eine blonde Zwanzigjährige mit Wespentaille diese Schokolade/Versicherung/App liebte und nur dank diesem einen Auto/Shampoo/Sneaker so fast ohne Taille, Poren oder Charakter in die Kamera strahlen konnte.

Beim Geburtstagstrip war ich dann auf einmal gefühlsduselig, versuchte, es auf die Shots zu schieben, merkte aber auch, dass das Problem tiefer lag. Ich fand Merve, Lena, Miral, Tina und Josy so schön, dass ich weinen musste, und die Geschichte Polens so tragisch, dass ich noch mehr weinte.

An unserem Katertag verkündete Tina, dass wir nach der Sauna zum Internationalen Chopin-Wettbewerb gehen würden, weil sie günstig Tickets bekommen hatte und 'n bisschen Kultur ja nicht schaden könnte. Jammernd gingen wir fünf also mit Tina zur Nationalphilharmonie und hörten absurd jungen Genies dabei zu, wie sie Klavier spielten.

Eine Frau setzte sich auf den Hocker, die dunklen Haare waren zu einem strengen Dutt gebunden, der winzige Körper steckte in einem schlichten schwarzen Kleid. Sie sah aus wie eine todernste Ballerina, und sobald sie die Finger auf die Tasten legte, spürte ich, wie sich in mir etwas löste, als würde jemand mit Kraft an einer rostigen Schraube drehen, die sich durch die Art, wie sie spielte, zu lockern begann und die unendliche Traurigkeit herausströmen ließ. Ich weiß, das klingt bescheuert, aber es war, als würde der ganze Schmerz eine Blase bilden, in die ich mich setzen und über den Dingen schweben konnte, traurig, aber mit einem Blick von oben auf mich, auf mein kleines Leben mit seinen kleinen Problemen. Ich war nicht richtig da, und das war gut so. Später versuchte ich, es Merve zu erzählen, sah aber, dass sie mich nicht verstand, ich verstand mich ja selbst nicht.

Na ja, und deswegen höre ich jetzt manchmal Chopin, aber nur den, und auch ohne irgendeine Ahnung von Klassik zu haben.

*

Eigentlich mied ich das mit blassblauen Platten verkleidete Haus, wusste daher nicht, wieso ich mich plötzlich vor dem hässlichen Bau befand. Schnell lief ich weiter, mein Herzschlag übertönte Chopin, ich sah meine Zigarette auf den Boden fallen, wartete, bis meine Hände nicht mehr zitterten, und zündete mir eine neue an.

Ich dachte an Ashanti, der bestimmt Schlimmeres passiert war als mir. Immerhin musste sie sich nicht fragen, ob sie selbst schuld war, musste nicht für immer überlegen, ob es mit weniger Smirnoff Ice Melon auch passiert wäre.

Ich ging zurück zu meinem Block, wollte nur noch ins Bett.

Nach dem Vorfall war ich zu eitel, um fett zu werden, was ich manchmal bereue. Ab und zu und nie beabsichtigt sehe ich einen Film über Heimkinder oder Übergewicht oder oder oder, und eine Frau spricht davon, wie sie nach der Vergewaltigung isst und isst, bis sie sich für niemanden mehr hält, den man würde anfassen wollen. Natürlich ist das Unsinn. Natürlich vergewaltigen Männer dicke Frauen, dünne Frauen, schwarze, weiße, junge, alte Frauen, alle Frauen. Fett werden ändert nichts und hätte für mich nichts geändert, ist aber bestimmt weniger anstrengend, als nuttig zu werden.

Wie ein Anschauungsbeispiel kam zwei Türen weiter Melanie mit einem Einkaufstrolley aus dem Haus.

«Hi, du Bordsteinschwalbe. Wartest du auf Kundschaft?»

«Wo gehst du hin?», fragte ich.

«Aldi. Hab aufgehört, Essen zu kaufen, seit Lara weg ist.

Aber jetzt sind auch die Pizza und die Nuggets und so alle, jetzt muss ich mal wieder, hilft ja nichts. Willste mit?»

Zusammen liefen wir zu der Aldi-Filiale im Viertel, die noch ist, wo sie damals schon war und immer sein wird.

«Wie geht's dir?», fragte ich, um nicht einfach wie ein Hündchen neben ihr herzulaufen.

«Beschissen. Und selbst?»

«Hast du was gehört?»

«Nein, aber ich weiß, dass sie lebt. Du denkst bestimmt, das ist blöd. Ich weiß das ja selbst, ich guck ja auch *Explosiv* und *Medical Detectives* und so. Aber als Mutter, in meinem Herzen – ich weiß, dass sie lebt und dass sie okay ist.»

«Ist doch gut», sagte ich und klang wenig überzeugt. «Hast du mit Ashanti geredet?»

«Nee, die lassen mich nicht. Verstehe ich auch. Die soll erst reden, wenn sie bereit ist. Meine Mutter checkt das nicht und verbreitet überall im Viertel Lügen, dass Ashanti nicht reden will, weil die Dreck am Stecken hat, aber das ist natürlich Schwachsinn. Ich habe mich mit Jessy getroffen und der Freundin von der und die meinten auch beide, dass Lara bestimmt lebt. Der Typ würde ja nicht ein Mädchen leben lassen und eins nicht, das macht ja keinen Sinn.»

Ich fragte mich, wie logisch es war, zwei Mädchen zu kidnappen und später beide laufen zu lassen, aber nickte.

Melanie lief am Gemüse vorbei zu den Tiefkühltruhen. Für 18,62 € kaufte sie alles, was je frittiert wurde, und packte es mit geübten Bewegungen – die Nuggets nach oben, sonst geht der Dip auf – in ihren Zwiebelporsche.

Wir überquerten den Parkplatz Richtung Ausgang, als Jana hinter dem Kofferraum eines Škoda Octavia Combi hervortrat. Für den Škoda hätte ich fast Werbung gemacht, aber am Ende hatten wir den Pitch gegen Thjnk verloren.

Ihr Profil war noch so schön wie damals, eine lange, spitze Nase, die eine Verlängerung der Stirn zu sein schien, wie bei einer griechischen Statue. So was wie Liebeskummer, mein Magen verkrampfte sich, meine Hände schwitzten auf einmal. Die richtig großen Lovestorys hat man eh mit Freundinnen, mit Männern spielt man oft eher so Hollywood-Krams durch, und am Ende ist man nie ganz sicher, was man fühlt und was man nur so oft gesehen hat, dass man glaubt, es zu fühlen.

«Hi, Arielle, meine Güte, wir haben uns ja ewig nicht gesehen.» Jana umarmte mich, als wäre ich die verlorene Tochter, als hätten uns widrige Umstände abgehalten, in Kontakt zu bleiben.

«Und du, es tut mir so leid.» Sie berührte Melanies Arm.

«Ja», sagte Melanie.

«Ähm, was macht ihr jetzt? Ich wusste ja gar nicht, dass ihr auch befreundet seid. Also, in einer halben Stunde geht bei mir zu Hause eine meiner berühmten Kerzenpartys los.» Sie lachte mit falscher Bescheidenheit, als wäre sie Emma Thompson und hätte aus Versehen einen ihrer Oscars im Gespräch erwähnt.

«Was gibt es zu essen?», fragte Melanie.

«Alles, was das Herz begehrt. Chips mit verschiedenen Dips, Käsespieße, Pflaumen im Speckmantel, jede Menge Süßigkeiten. Und natürlich einen Sekt oder zwei», sagte Jana und zwinkerte.

«Wir sind dabei.» Melanie warf mir einen Blick zu, der keine Widerrede zuließ. Ihr Kind war verschwunden, und wenn sie auf Janas Kerzenparty Aldi-Nachos in Käsecreme dippen wollte, hatte ich mitzukommen.

*

Jana fuhr uns in ein Neubaugebiet. Drei Reihen zweistöckige Häuser, fünf pro Reihe. Im dritten Haus der zweiten Reihe schloss sie eine Tür auf, an der «Home Sweet Home» in rosa Schrift aus Holz baumelte.

Melanie legte ein Kühlpad aus dem Gefrierfach in den Zwiebelporsche und bot Jana an, ihr beim Auspacken zu helfen. Ich fragte nach der Toilette und überlegte, wie weit ich mich umschauen und noch behaupten konnte, mich verlaufen zu haben.

Im Schlafzimmer ein großes weißes Bett – Kingsize – mit bunten Kissen. Auf beiden Nachttischen Kerzen, außerdem ein Taschentuchspender, ein Buch, ein altmodischer Wecker und eine Plastikbox mit einer Beißschiene. Über dem Bett ein riesiges Wand-Tattoo: «Glaube an Wunder, Liebe und Glück. Schau nach vorn und nicht zurück! Tu was Du willst und steh dazu, denn Dein Leben lebst nur Du!»

Im Flur ein eulenförmiger Spiegel, ein Hello-Kitty-Badevorleger im Gäste-WC. Breite weiße Bilderrahmen, über denen in Kursiv «Dream» und «Love» stand. Neben der Treppe ein buntes Blechschild mit der Aufschrift «Hippie Time – LIFE WITH NO REGRETS».

Oben zwei Kinderzimmer, eines gelb, eines blau. Außerdem ein Arbeitszimmer mit Ledersessel, X-Box, einem eingestaubten Heimtrainer und einem Regal mit Ordnern: Steuern/Emma/Robin/Haus und so weiter.

Als ich unbemerkt wieder in der Küche ankam, sagte Jana gerade: «Die sind heute beim Opa. Ehrlich, mit der Party ist mir das einfach zu viel, wenn die hier auch noch rumrennen. Außerdem freut der Opa sich ja, einen ganzen Nachmittag und Abend mit ihnen zu haben, ist ja auch mal schön.»

Melanie nickte und rollte Speck um eine glitschige Pflaume.

Nach und nach füllte sich das Wohnzimmer mit acht Frauen in unserem Alter, die aussahen, als hätten sie eine Wette verloren und dürften nur noch in Variationen des gleichen Outfits herumlaufen: Pandora-Schmuck, Esprit-Jeans, bunte Sneakers.

Eine Frau mit einem Brilli auf dem Eckzahn beteuerte gerade, dass wir uns von früher kannten, als Jana mich am Arm packte und zu sich zog.

«Hallo Mädels, hallo erst mal. Ich bin eure Kerzenfee heute und freue mich total, dass ihr alle da seid. Heute dufteln wir.» Wo kamen diese Worte her? Gab es Broschüren mit Bullshit-Wortschatz, die man erhielt, sobald man bei so einem Schneeballsystem unterschrieb?

«Aber erst mal möchte ich euch zwei neue Frauen vorstellen, die heute dabei sind. Einmal Melanie, die es natürlich gerade nicht leicht hat, ihr wisst ja Bescheid. Aber ich denke, dass wir alle zusammen dafür sorgen können, dass Melanie heute trotzdem einen schönen Nachmittag hat», sagte Jana mit schwerer Stimme. «Und unseren Ehrengast Arielle, eine Freundin von mir, die damals für ihre Karriere nach Düsseldorf gegangen ist, einige kennen sie ja bestimmt.»

Jetzt verstand ich, was wir hier machten. Wir waren die Showeinlage. «Ich präsentiere: die tragische Mutter und die Düsseldorferin.» Ich wartete darauf, dass Jana noch einen Kleinwüchsigen und den Schlangenmann aus der Kammer zauberte, aber heute waren wir offenbar das alleinige Programm.

«Als eure Gastgeberin möchte ich euch erst mal die neuen Düfte vorstellen, die jetzt seit diesem Monat ganz frisch im Angebot sind: Einmal Marshmallow-Zimt, das riecht wirklich unglaublich gut, so nach Lagerfeuer und so. Und Kesse Kaki, das ist mehr so ein frischer Sommerduft und riecht einfach fruchtig und exotisch. Außerdem mixen wir diesmal unsere eigenen Düfte, denen ihr auch eine ganz persönliche Note geben könnt.»

Unter großem «Oh» und «Mmh» steckten die Frauen ihre Nasen in die Dufttöpfe.

«Heißt das nicht weicher Kern?», fragte Melanie und hielt ein Teelicht hoch, auf dem «Harte Schale, welcher Kern» stand. Janas Lächeln gefror kurz, dann fing sie sich und bevor sie Melanie das Teelicht aus der Hand nahm, erklärte sie im Ton einer genervten Kindergärtnerin: «Mir sind die kleinen Is ausgegangen, da habe ich ein großes genommen.»

«Also, die neuen Düfte gibt es auch als ganz tolles Angebot.» Wie ein Stand-up-Comedian, der von einem Heckler unterbrochen wurde, brauchte Jana einen Moment, um wieder in ihre Routine zu finden. «Das hier ist das Just-be-yourself-Set. Da kriegst du vier verschiedene Düfte dazu, also natürlich auch Marshmallow-Zimt und Kesse Kaki, und natürlich auch dieses elegante graue Teelicht mit diesen superhübschen Schmetterlingen drauf. Guckt mal, das sind echt superschöne Details.»

Jana hielt ein Teelicht mit pinkfarbenen Schmetterlingen in die Runde.

«Weißt du noch, wie wir bei Penny Schmetterlinge geklaut und auf dem Schulhof vertickt haben?» Es mochte am Sekt liegen, aber auf einmal fand ich Janas anhaltenden Versuch, aus Schmetterlingen Geld zu machen, richtig komisch.

«Ich habe nie etwas gestohlen.» Sie war eine gute Lügnerin, wirkte ehrlich erstaunt. Nur das eisige Lächeln verriet sie.

«Wir waren Kinder, ist ja nicht schlimm. Du kannst ruhig zugeben, vor zwanzig Jahren mal 'n paar Schmetterlinge geklaut zu haben, ist echt nichts dabei.»

«Da musst du mich verwechseln, ich war das nicht, ich habe nichts gestohlen, nie.» Jana schaute mich an, an ihrem Hals erschienen rote Flecken.

Achselzuckend goss ich mir Sekt nach, verzog mich mit Melanie zum Snacktisch und beobachtete die Kerzenenthusiastinnen aus etwa drei Metern Sicherheitsabstand.

«Ich bin nur hier, weil Lara weg ist, ne? Diese Fotzen hassen mich eigentlich, jede von denen. Die grüßen mich nicht mal, wenn wir uns beim Aldi oder so sehen, dabei kenne ich die schon mein ganzes Leben.»

Ich schaute mir die Frauen an, wie sie mit Gelnägeln in kleinen Glitzertöpfchen herumstocherten. Mit ihren Kindern und Haushalten wirkten sie so viel älter als ich. Wirkten so viel jünger als ich mit ihren Strasssteinen auf der Jeans und ihrem Getuschel, mit dem sie schon fünfundzwanzig Jahre zuvor auf dem Schulhof gestanden hatten.

«Schaut mal, wer letzte Woche bei mir eingezogen ist», rief Jana, und kurz hoffte ich, dass sie uns einen heißen afghanischen Teenager präsentierte, der jetzt an Stelle von Tobias mit im Schlafzimmer wohnte. Stattdessen hob sie einen handgranatengroßen Käfig an, in dem eine pinkfarbene Eule über einem – Überraschung – Teelicht hockte.

«Was machen wir dann hier?» Ich griff eine großzügige Portion Weintrauben-Käsespieße.

«Ich liebe Pflaumen im Speckmantel», antwortete Melanie, und ich lachte.

«Mädels», sagte Jana mit einer Stimme, die sie sonst bestimmt für ihre Kinder nutzte, «wir versuchen hier, uns zu konzentrieren.»

«Nicht, dass du aus Versehen kessen Marshmallow mixt», rief ich.

Melanie stimmte ein: «Die Kacke stinkt eh bis zum Himmel. Echt jetzt, lasst das mal lieber. Wenn euch so langweilig ist, macht doch 'nen Kegelclub auf oder so.»

Janas Hals war nun komplett rot, wir waren als Showeinlage gebucht und entpuppten uns als besoffener Clown beim Kindergeburtstag.

«So was musst du dir echt nicht bieten lassen», sagte eine. Und eine andere: «Schon gar nicht von der.»

Melanie griff eine Hand voll Pflaumen im Speckmantel, reckte das Kinn in die Höhe und ging aus dem Wohnzimmer Richtung Haustür. Ich nahm noch einen Käsespieß und lief hinterher.

«Alles okay?», fragte ich draußen, während ich den Einkaufstrolley über den Kies wuchtete.

«Klar. Keine Ahnung, warum ich da hinwollte. Vielleicht war's einfach schön, mal von der eingeladen zu werden. Sorry.» Melanie sah in diesem Moment sehr jung aus. Werden wir alle nur größer und schwerer und bleiben dabei im Kern einfach Siebenjährige, die mitspielen wollen?

«Kein Problem, ich hatte Spaß.»

«Komm, wir gehen zu mir. Ich mach Pizza.»

*

Ich legte mich auf Melanies kühle Ledercouch und schloss die Augen, dachte an Wolfgang, an dich, an Karins Leben, an John, an seine perfekten Benedikt-Eier, an Lara und wo sie wohl gerade war, an Jessys Ringelpullis. Seit meiner Rückkehr war mein Leben wie Stopptanz: alles zu viel Bewegung, und im nächsten Moment alles Stillstand. Ich war bereit für einen Stopp.

«Kennst du Wolfgang, diesen Lehrer?», rief ich Richtung Küche.

«Was?»

«Egal.» Ich schloss die Augen wieder.

«Wen soll ich kennen?» Melanie kam mit zwei großen Aufbackpizzen ins Wohnzimmer und reichte mir eine.

«Wolfgang. Da ist so 'n Lehrer, der war auch bei der einen Suche dabei.»

«Okay.» Melanie begann, gleichgültig zu kauen.

«Na ja, der hatte was mit meiner Mutter und – ach, keine Ahnung. Vergiss es.»

«Mit deiner Mutter, die abgehauen ist?»

«Das wissen wir nicht. Wolfgang und ich glauben, dass sie tot ist.»

Skeptisch hob Melanie eine ihrer dünnen Augenbrauen. «Und warum weiß der das so genau? Wäre ja nicht das erste Mal, dass 'ne Frau von ihrem Freund umgebracht wird. Echt jetzt, voll viele tote Frauen werden von ihren Männern ermordet. Männer sind gefährlicher als Bungee-Jumping oder so was.» Sie kaute weiter.

«Halt die Klappe.»

Melanie zuckte mit den Schultern.

«Ich tue ja auch so, als wäre deine Tochter am Leben, vielleicht kannst du den Gefallen ja erwidern.»

«Fick dich.»

Schweigend aßen wir weiter.

«Sorry», sagte ich schließlich.

«Schon okay.» Melanie sah mich an, sah so erschöpft aus, wie ich mich fühlte.

Ich drückte mich ins Sofa, wollte darin einsinken. Niemand war so müde wie ich. Und niemand so passiv. Würde ich je wieder Dinge wollen, nach irgendetwas streben, etwas selbst entscheiden? Seit Wochen ließ ich mich treiben, nur viel weniger entspannt, als das klingt. Weniger Bötchenfahrt, mehr Boot im Tsunami.

Als ich aufwachte, telefonierte Melanie im Schlafzimmer. «Sven, niemand hält dich auf, ja? Ist deine Entscheidung. Weißt du was, du Ficker? Wenn du mit denen redest, sag ich denen aber auch, dass du dich hier seit Jahren nicht blicken lässt, ja? Und jetzt erzähl mir nicht wieder von der Scheißmontage. Nur weil du irgendwann mal wie der große Babo für ein paar Wochen in Arabien warst, kannst du dich trotzdem um deine Tochter kümmern.»

Ich drehte mich mit dem Gesicht zur Sofalehne, wollte weiterschlafen, bestenfalls für immer.

«Mir ist so was von scheißegal, was du machst. Ich meine nur, wenn du denkst, dass du mit der Zeitung reden musst, um irgendwie Geld aus Lara zu machen, dann geh ich halt auch zu denen und sag, dass du nie da warst und vielleicht sogar verdächtig bist. Ist das so bescheuert, ja? Vielleicht sage ich denen, dass die Polizei das auch geprüft hat, ob du nicht vielleicht in so 'nem Perversenring oder so bist. Selber!»

Mein Handy vibrierte, mühselig zog ich es aus der Handtasche, ohne das Sofa zu verlassen.

«Hi Schönheit. Was machst du?» Johns WhatsApp-Bild war ein Foto von Ashanti, die auf einer Schaukel saß und jemanden über der Kamera anstrahlte. Was für ein Foto war es wohl vor ihrem Verschwinden gewesen? John oben ohne vorm Badezimmerspiegel? John, wie er verschmitzt in die Kamera lächelt und an einer Zigarette zieht? Eine Jamaikaflagge?

«Ich war joggen und bin gerade bei Melanie. Du so?»

«Bin mit der Arbeit fertig. Jessy sagt, Ashanti will heute keinen Besuch. Willst du was essen gehen oder so?»

Ich stellte meine Handykamera auf Selfiemodus. «Ich muss Melanie hier noch bei was helfen. Wir treffen uns in einer Stunde an der Tischtennisplatte.»

Mühsam richtete ich mich auf. «Hey Melanie, ich muss mal los, ja?»

Melanie saß verheult auf ihrem Bett, nickte. «Kommst du Donnerstag zum *Galileo*-Gucken?»

«Sure», sagte ich.

«Was?» Melanie schaute auf.

«Ich komme am Donnerstag.»

*

Als ich von UHC zu MILK wechselte, hatte ich einen Ordner auf meinem Handy, in dem ich mir Wörter notierte, die ich nicht kannte. Kafkaesk, GRP, Steueroase, Histamin, kulturelles Kapital, de Maizière, B2C – am Wochenende schrieb ich meine neuen Begriffe in ein Heft ab, als würde ich Vokabeln lernen, und googelte sie. Nie hätte ich einfach «Was heißt das?» in einem Jour fixe oder im Morgenmeeting gefragt. In der Zeit hatte ich mal 'ne Weile was mit einem Australier, der zu mir sagte: «You'd rather be dead than embarrassed.» Ich glaube, da ist was dran.

Bei MILK war Almeira meine Chefin, der einzige weibliche Creative Director der ganzen Agentur. Sie hatte mich zu ihrem Schützling erklärt, lud mich ab und zu zum Essen ein und sprach oft von «wir». Was sie genau damit meinte, wusste ich nicht. Wir Frauen? Wir Menschen ohne Ausbildung? Wir Portugiesen? Sie hatte irgendwie entschieden, dass ich auch Portugiesin sei, vielleicht hatte ich es auch so aussehen lassen. In jedem Fall hatte ich sie nicht berichtigt, nur gemurmelt, dass ich die Sprache leider nicht sprechen würde, und das war ja keine Lüge.

Kurz bevor ich zu MILK kam, war Sheryl Sandbergs Buch *Lean In* erschienen, Almeira nannte es «ihre Bibel». Nach der Hälfte meiner Probezeit führte sie ein hochoffizielles Zwischengespräch mit mir und überreichte mir ihr Exemplar, als würde sie mir ihr Erstgeborenes schenken. Ich blätterte darin, las vor allem die Stellen, die sie sich angestrichen hatte. Das Wort «Mentor» war umkringelt, daneben drei Ausrufungszeichen. Ich war tatsächlich ihr Projekt. Almeira gefiel sich in der Rolle der erfahrenen Frau, die die Jüngere unter ihre Fittiche nimmt, sie formt und vor dem bösen Patriarchat schützt oder so ähnlich. Eigentlich mochte ich sie.

«Wir müssen nicht die Schlausten sein, Arielle. Aber wir sind die, die am längsten bleiben, am meisten Sitzfleisch haben, und darauf kommt's am Ende an.»

In ihrer Bibel stand eigentlich was von Work-Life-Balance, aber den Teil hatte Almeira sich nicht angestrichen, und so war ich die meisten Tage von neun bis neun in der Agentur.

*

Kaum hatte ich die Wohnungstür aufgeschlossen, fauchte mich eine vorbeilaufende Nacktkatze an. Varuna stand an dem großen Tisch im Flur. Sie trug einen blauen Turban, über ihrer Stirn eine goldene Brosche mit ein paar übrig gebliebenen Strasssteinen. Dazu eine Art Sari in Gold-Blau. Sie lächelte, als sie mich sah, schaute wieder auf ihre Töpfe. Ihre dürren Hände steckten in einem Eimer stinkender Erde. Davor aufgereiht einige Kakteen.

«Setz dich kurz zu mir, sonst muss ich ja befürchten, dass du gar nicht meinetwegen zurück nach Hause gefunden hast.» Mit geübten Handgriffen nahm sie eine Kaktee aus dem kleinen Tontopf und legte sie auf ein Blatt Küchenrolle.

«Für was sonst? Die guten Restaurants und das reiche kulturelle Angebot?» Ich setzte mich, nahm eine Birne aus der Obstschale, in der außerdem zwei Pflaumen und ein Apfel lagen – ich sah Varuna nie essen, kaufte sie das Obst für mich?

«Nachtigall ick hör dir trapsen.» Varuna schien noch etwas hinzufügen zu wollen, hielt inne, sagte dann: «Reich mir mal das Ammoniumnitrat.»

Auf dem Tisch standen verschiedene Schälchen mit salzähnlichen Substanzen. Ich griff eines und reichte es ihr.

«Das ist Kaliumsulfat.» Ich nahm ein anderes, es schien das Richtige zu sein.

Vage erinnerte ich mich an Varunas Vorträge über Kakteendünger. Wie ein Kind, das einen Chemiebaukasten zum Geburtstag bekommen hatte, hatte sie an diesem Tisch gestanden und über Vegetationsphasen und Kaffeesatz gefachsimpelt.

Ich streichelte mit dem Finger über die Stacheln einer Kaktee, einer Mammillaria, wenn ich mich richtig erinnere. Der Versuchung, meinen Finger hineinzustechen, widerstand ich.

Als ich zehn Jahre alt war, hatte ich mir beim Müllrunterbringen die Wade an einer Thunfischdose aufgeschnitten. Stark blutend war ich in die Wohnung zurückgekommen. Varuna hatte das Blut gesehen, mir verboten, hereinzukommen, und war ohnmächtig geworden. Immerhin hatte sie vorher noch einen Krankenwagen gerufen, während ich blutend im Flur stand. Fortan hatte ich mich häufig geschnitten.

Varuna räusperte sich erneut. «Mir ist zu Ohren gekommen, dass du dich, wo immer es geht, in die Geschichte mit Lara und Ashanti hineindrängst.»

Wer erzählte Varuna so was? Wer erzählte ihr irgendetwas?

«Ich dränge mich in gar nichts rein. Ich hab einfach ein

paar Leute kennengelernt, und die kennen halt die Mädchen.»

«Weißt du, was dein Problem ist?» Varuna fuchtelte mit einer spitzen Schaufel in meine Richtung. «Du bist zu sensibel. Schon damals bei deiner Mutter. Das mit diesen Mädchen muss nichts mit dir zu tun haben, aber du kannst nicht anders, musst wie eine geschwätzige Elster Gerüchte aufpicken.»

Nie ist mir von irgendjemandem vorgeworfen worden, hypersensibel zu sein, außer von Varuna.

«Das Verschwinden meiner eigenen Mutter hatte auch nichts mit mir zu tun? Ist ja interessant.»

«Ich brauche das Kaliumsulfat.» Sie nahm das Schälchen entgegen, betrachtete ihre Pflanzen mit so etwas wie Liebe.

«Willst du dir nicht 'n normales Hobby suchen? Aquagymnastik oder Bingo oder so?»

Varuna sah kurz auf, lächelte.

«Normal, normal. Was hätte ich davon? Ich werde ohnehin nie der Norm entsprechen.»

Ich stand auf, legte die Birne ab, dehnte meine Oberschenkelmuskeln.

«Du weißt, dass du dich dazu entschieden hast, ne? Du könntest einfach dein Kopftuch abwickeln, dir bei Bonita 'ne Bluse kaufen und dich wieder Heidrun nennen. Ich könnte ab morgen als Maxi Mustermann durch die Welt laufen, und trotzdem würde mich mindestens einmal die Woche jemand fragen, woher ich komme.» Ich streckte meine Arme nach oben zur Decke. «Und ich habe übrigens keine Antwort.»

«Arielle, ein weißer Rabe. Die arme, exotische Schönheit auf der Suche nach ihrem Papa, auf der Suche nach ihrer Identität.»

Nach meinem «Papa» habe ich nie gesucht, egal, was Varuna behauptete. Erinnerst du dich an Yeldas Vater? Und an Vanessas? Und an Angelas?

Ich war froh, keinen Vater zu haben. Väter bedeuteten Probleme, Väter schlagen, würgen Mütter mit Küchentüchern, sind betrunken, brechen Nasen, lauern einem auf dem Schulweg auf, nachdem Mütter einstweilige Verfügungen erkämpft haben, sind bestenfalls langweilig oder bringen Süßigkeiten von Reisen mit. Janas Vater, der mit uns ins Freibad ging, mir Fahrradfahren beibrachte – Varuna hatte das verpasst, und so war ich die einzige Zwölfjährige in der Schule, die es nicht konnte – und uns bei den Deutschhausaufgaben half, war die Ausnahme. Ansonsten gab es nichts, worauf ich hätte neidisch sein können, wenn ich die Väter meiner Freundinnen anguckte.

Mein Vater ist mir egal, aber das mit der Identität ist komplizierter. In der Klapse war so ein junger Typ, ein Kunststudent, der pausenlos darüber sprach, dass einer seiner Großväter als Gastarbeiter aus Italien gekommen war und wie dieser Working-Class-Background (das nannte er wirklich so, was ihn ungefähr so Working Class klingen ließ wie die Queen) ihn jetzt total prägte und beschäftigte. So will ich nicht sein. Aber irgendwie ist es schon stressig, nicht so richtig zu wissen, woher man ist, dauernd gefragt zu werden, woher man wirklich kommt, und keine Antwort zu haben. Meistens lüge ich, sage halb türkisch, halb italienisch, halb kroatisch und direkt dazu, dass ich aber die Sprache nicht spreche.

Die einzigen Menschen, die darauf bestehen, dass ich nicht biodeutsch bin, sind deutsche Männer, die mit mir schlafen wollen, mit mir geschlafen haben.

Der frisch geschiedene Mann – oder zumindest in Trennung lebende, als ich siebzehn war, dachte ich, das wäre dasselbe, heute weiß ich es besser –, der mich enttäuscht gefragt hatte, warum ich kein Persisch sprechen würde, hatte mehr erwartet, gehofft, ich könnte ihm beim Sex in dieser fremden Sprache schmutzige Dinge ins Ohr flüstern. Oder der Jurist von Tinder, der irgendwie glaubte, er würde jetzt mal ein bisschen Katastrophentourismus machen und mich fragte, wie es gewesen sei, in Katernberg aufzuwachsen, und dann auf die Ghetto-Version der Geschichten aus Tausendundeiner Nacht hoffte, woraufhin ich behauptete, ich wäre in einem frei stehenden Einfamilienhaus bei einer Adoptivfamilie aufgewachsen und hätte keine Ahnung, was er hören wolle. Und natürlich der Mann im blauen Haus –

«Ich muss mir die Hände waschen.» Mit schnellen Bewegungen streifte Varuna die Handschuhe ab und legte sie neben die Schälchen.

«Ich muss eh los. Schade, dass wir nicht weiter plaudern können, Omi. War wie immer eine Freude.»

«Meryem hat behauptet, du kämst später zum Töpferkurs. Unsere Trennung muss also nicht von langer Dauer sein.»

Töpferkurs. Demnach war Dienstag.

«Ich würde ihn um nichts in der Welt verpassen», antwortete ich und stand auf.

In meinem Zimmer schminkte ich mich mit einem Feuchttuch ab, entschied mich für pflaumenfarbenen Lippenstift und suchte den passenden Lipliner in der Innentasche meines Koffers, in den ich bei der Abreise ein paar lose Nagellackfläschchen, Make-up und Wattestäbchen gepackt hatte, außerdem fand ich noch so eine Checkliste, die wir in der Klapse erarbeiten mussten, und ein paar Bögen Papier aus der Kunsttherapie. Wie am letzten Kindergartentag bekamen wir zu unserem Abschied in der Klinik unsere Werke überreicht. Ich faltete einen Bogen auf und sah meinen eigenen Namen in großen blauen Buchstaben. Drum herum hatte ich eine Ranke aus Blättern gemalt, weil Svenja, die neben mir gesessen hatte, das auch tat. Außerdem ein paar Blumen und Dreiecke. Der Kunsttherapeut, ein Mann, der hot hätte sein können, wäre er nicht so betont sanft gewesen, wählte mein «Kunstwerk» aus, um es zu besprechen.

«Sie haben Ihren Namen umrandet, das ist ja interessant, oder?»

Ich fand es nicht besonders interessant, schaute auf die große Uhr, dann zurück auf meinen Namen.

«Und ich sehe, da ist kein Durchkommen, Sie haben sich eingezäunt.»

Ich nickte, suchte Blickkontakt zu Wilfried, einem Busfahrer mit Burnout und mein liebster Co-Insasse. Er hatte keine Krankheitseinsicht und war auf Anraten seines Arbeitgebers in die Klinik gekommen, nachdem er mehrmals winkend an Bushaltestellen vorbeigefahren war und sich die Beschwerden gehäuft hatten.

Wilfried schaute mit gespielter Besorgnis auf meinen eingezäunten Vornamen und nickte traurig. Ich grinste, gab mir Mühe, wieder dem sanften Therapeuten zuzuhören: «Sie sind sicher hinter diesem Zaun, oder? Niemand kann Ihnen zu nahe treten. Aber», hier eine unnötige Spannungspause, selbst unser intellektuelles Schlusslicht Renate wusste, was nun folgen würde, «auch Sie sind gefangen in Ihrem Zaun, haben sich sozusagen selbst eingemauert.»

«Man mauert keinen Zaun», murmelte Frank, der auf dem Bau arbeitete und, wie mit der Zeit immer klarer wurde, von seiner Frau geschlagen wurde.

Kunsttherapie scheint mir die Homöopathie unter den

Therapieangeboten zu sein – bestenfalls Placebo, aber immerhin süß –, doch das ist nur eine These, das Ganze interessiert mich nicht mal genug, um es zu googeln.

Zusammen mit den anderen Kunstwerken warf ich den Bogen Papier in den Müll.

*

Ich legte mich auf den warmen Stein der Tischtennisplatte, stellte die Füße darauf ab und spürte, wie die Sonne meine geschlossenen Augenlider beschien. Vitamin D, sagte ich mir, konnte aber nicht aufhören, an Hautkrebs und Falten zu denken. Ich drehte mich auf die Seite, weg von der Sonne, und öffnete Instagram.

Mara, eine Klapsen-Kollegin, postete seit ihrer Entlassung im Wechsel Yogaposen, Superfood und Strände. Würde ich es nicht besser wissen, würde ich denken, dass sie als Erbin/Wellnessbloggerin/Life-Coach durch die Welt tourte. Wahrscheinlicher war, dass sie immer noch bulimisch und depressiv und außerdem zu ihrem verheirateten Sugardaddy zurückgegangen war. #blessed.

Der letzte Post auf meiner eigenen Page war fünf Monate alt. Sushi bei einem Japaner, außerdem Merve, die hinreißend aussah, wie eine blonde Huda Kattan. Ihr langes Haar fiel von einem hohen Pferdeschwanz auf ihre linke Schulter, in der rechten Hand hielt sie ein Glas Weißwein. Dazu der sexy Blick – Kussmund und einen Ausdruck absoluter Langeweile –, den auch ich für Fotos aufsetzte. #bestbitch #bestsushi #sushi #duesseldorf #naturalbeauty #butfirstwine #workhardplayhard #bff.

Wir hatten seit Wochen nichts voneinander gehört. Zu Beginn meiner Zeit in der Anstalt hatte Merve mir noch ab und zu geschrieben, zwei Mal hatten wir telefoniert, aber letztlich hatte ich entschieden, dass es besser war, wenn ich mich meldete, sobald ich bereit sein würde. Ich war nicht bereit. Hin und wieder schickte sie mir ein Meme oder so was wie: «Denk an dich», dazu ein paar Emojis.

Wolfgang hatte mir eine SMS geschrieben. «Hier Wolfgang Becker. Ich würde sehr gerne mit dir reden. Wenn du magst, könntest du auf Karins berühmtes Lammkotelett und den besten Couscous der Stadt vorbeikommen. Wir würden uns freuen, dein Wolfgang.» Ich hatte Zweifel, dass der beste Couscous der Stadt von einer Karin stammte, und antwortete nicht.

«Hi Kleines, wollen wir was essen gehen?»

John stand vor mir, blinzelte gegen die Sonne. Seine Cap saß falsch herum, er schien nicht auf die Idee zu kommen, sie als Sonnenschutz zu verwenden. John war nicht viel größer als ich, 1,75 Meter vielleicht. Warum fühlen sich Männer immer erst groß, wenn sie Frauen kleinredeten?

Wir gingen zu einem Araber, ein Imbiss, der ein Restaurant sein wollte, mit Bedienung und laminierten Speisekarten. Wir setzten uns an den letzten freien Tisch. Der Laden war voll, Familien mit kleinen Kindern, vereinzelt Jugendliche, ein Tisch mit alten Männern, die Tee tranken und laut diskutierten. Die Geräuschkulisse erschwerte die Unterhaltung, was mir entgegenkam, aber John schien darauf zu bestehen, trotzdem zu reden, und schrie gegen die anderen Gäste an.

Ich bestellte einen Schawarma-Teller ohne Reis oder Pommes, stattdessen mit mehr Salat, John einen Dönerteller und ein Falafel-Wrap.

«Ich komm rüber, dann müssen wir nicht so schreien.» Ungebeten setzte er sich neben mich, steckte mir eine Haarsträhne hinters Ohr und lächelte mich an.

«Du siehst echt schön aus heute», sagte er, trommelte auf den Tisch und winkte dem Kellner zu.

«Bitte tu das nicht, okay?» Ich schaute auf meine Nägel. Am Tag meiner Abreise war ich im Studio gewesen, hatte mir die Nägel auffüllen lassen und war nicht davon ausgegangen, dass ich mir hier ein Nagelstudio suchen müsste, hatte gedacht, ich wäre längst zurück, bis sie rausgewachsen waren.

«Was soll ich nicht tun?»

«Ich bin viel kaputter, als ich aussehe. Wär 'n Wunder, wenn das mit uns klappt.» Ich entschied, Melanie zu fragen, wo ich mir hier die Nägel machen lassen konnte.

«Nach den letzten Wochen darf ich an Wunder glauben.» John stand auf, lächelte und holte zwei Ayran aus dem Kühlschrank.

Als er zurückkam, sagte er ohne Ankündigung: «Erzähl mir was von deiner Mutter.»

«Nein.» Sorgfältig knibbelte ich den Deckel des Ayranbechers ab und begutachtete den heißen Kellner, der schwitzend den kreischend umherlaufenden Kleinkindern auswich.

«Irgendwas.» John schaute mich an.

Über dich reden wollen, war für die Männer in meinem Leben immer schon die leichteste Abkürzung in Richtung Deep Talk. Erpressertext hätten wir so was in der Agentur genannt, wie Edekas Weihnachtsopa oder so. Eine verschwundene Mutter, und schon ist alles total tiefsinnig, die Fallhöhe erreicht, und von da kann ich mich dann direkt in die starken Arme irgendeines Typen fallen lassen – soweit die Theorie.

«Sie hat mich geliebt. Einfach so. Bedingungslos halt. Ich weiß nicht, wie ich es beschreiben soll.» Ich betrachtete wieder den Becher, das Letzte, was ich wollte, war Blickkontakt. «Es war Freiheit.»

«Freiheit?»

«Ja.»

Wer wäre ich geworden mit dir? Hätte ich jetzt Kinder? Oder immerhin mal eine echte Beziehung gehabt? Wäre ich erfolgreicher? Oder wäre mir so etwas weniger wichtig? Hätte ich studiert? Wäre ich für immer hiergeblieben, in deiner Nähe?

«Erzähl mir noch was von Ashanti.»

John lächelte. «Sie ist still und schüchtern und ein bisschen zu erwachsen. Also, auch vorher schon. So ein Kind, das sich zurückzieht und nachdenkt. Das hat sie von Jessy. Die ist voll schlau, hat sogar studiert.»

«Echt?»

«Nach der Ausbildung hat sie abends noch einen Bachelor gemacht, irgendwas mit Recht, Steuerrecht oder so.»

«Was für eine Ausbildung?»

«Steuerfachangestellte.»

Ich versuchte, die Hippiemama mit den Ringelpullis und Völkerkundeartikeln mit deutschem Steuerrecht zusammenzubringen, aß mein Schawarma und beobachtete einen Dreijährigen, der ohne Erfolg an dem Griff des Getränkekühlschranks rüttelte und «Fanta! Fanta!» rief.

«Was wolltest du werden, als du klein warst?» John schien hieraus ein Interview machen zu wollen.

«Keine Ahnung. Erst wollte ich Nägel machen, später wollte ich Polizistin werden, aber eigentlich nur wegen der Waffen. Und halt so Model oder so was. Kindheitsträume eben. Und du?»

«Ich dachte mal ’ne Weile, dass ich Rapper werde. Das mach ich auch immer noch ein bisschen, aber nur so hobbymäßig. Ich kann das nicht mal besonders gut, aber ich dachte irgendwie, dass das 'ne einfache Art wäre, reich zu werden. Rapper oder Fußballer.»

Ich nickte, nahm den Falafel-Wrap und biss hinein. John wusste nicht, dass das ein Test war, aber er bestand.

«Lass mal was hören.»

«Was?»

«Von deiner Rapper-Zeit.»

«Das ist voll peinlich.»

«Mach schon. Ich kann auch was Peinliches machen.»

«Okay, aber was Kurzes.» John räusperte sich. «Aber nicht lachen, ja? Das ist alt, und ich bin voll aus der Übung.»

Ich nickte.

You might be a love child / But you're a loved child /
See, my days are cold without you / I keep on running
back to you / No Ashanti Twi, not even English /
Descendent of slaves, ascending to greatness /
All you ballers hustling / But cash, gold and fancy cars /
Can never be what you are.

Er grinste wie ein nervöser Erstklässler.

«Gefällt mir, echt.»

John stand auf, um zu bezahlen. Ich schaute ihm nach, bekam kaum Luft, fühlte Schweiß meinen unteren Rücken hinablaufen, roch Frittierfett und Fleisch, schmeckte sauer eingelegten Rettich, hörte Türkisch, Arabisch, Deutsch, hörte etwas brutzeln, hörte das Schaben der Stühle auf dem Boden, sah Johns Nacken, seine Finger, die Schweiß vom Hals wischten.

«Komm.» John nahm meine Hand, zog mich aus dem Laden und zur Straße Richtung Spielplatz.

Wir setzten uns auf eine Bank, und ich schaute nach oben auf die Corgi-Wolken. «Ashanti guckt auch gerne Wolken. Also früher zumindest, jetzt bestimmt immer noch. Keine Ahnung. Jessy meint, sie macht Fortschritte, aber ich sehe das nicht.»

Ich legte meine Hand auf seine. Ashanti überforderte mich. Auch eine nichtgekidnappte Tochter hätte mich überfordert.

«Meine Mutter und ich haben immer Wolken angeguckt, solche wie die da. Und wir haben gesagt, dass die aussehen wie Corgis.»

«Wie was?»

«So Hunde. Klein und braun, die Queen hat welche.»

«Queen Elizabeth?»

«Ja, also die englische.»

«Ist auch meine. Commonwealth, Baby.»

Ich schaute wieder in den Himmel, bis mein Nacken schmerzte. Zwei Mädchen, vielleicht dreizehn Jahre alt, gingen vorbei. Die eine rief: «Yallah, yallah, hopsasa, komm in meine Shishabar.» Die andere guckte auf ihr Smartphone.

Beide trugen ihre Knutschflecken am Hals wie Schmisse, waren überschminkt und aalglatt. Ich erinnerte mich an diese hauchdünne, schrille Selbstliebe. I LOVE ME stand auf meinen Schulblöcken, als würde es wahr werden, wenn man es nur wieder und wieder in die Welt schrie.

John streichelte meine Hand, aber ich war schon ziemlich weit weg. In der Klinik hatte ich versucht zu erkennen, wie sich das Anrollen einer depressiven Phase anfühlt. Es ist mir immer noch ein Rätsel, was dieser ganze Irgendwas-wird-sich-schon-lösen-wenn-man-es-benennt-Scheiß soll, aber in den Gruppensitzungen habe ich kapiert, wie Depression sich ankündigt. Zuerst wird alles langsamer. Nein, ich werde langsamer, die Welt ist zu schnell. Und ich werde schwerer, als hätte man mir Gewichte an sämtliche Finger und an die Haare gehängt. Und die Luft wird dicker, das ist das Schlimmste. Einatmen ist schon eine Leistung, ausatmen auch, und damit ist einfach am Leben zu sein schon ein Hustle, und viel mehr geht nicht.

Irgendwo in meinem Koffer befand sich die Liste, die ich «erarbeitet» hatte. So was hat mich schon in der Schule immer genervt – Aufgaben, bei denen man pseudoindividuell in fünfundvierzig Minuten zur einzig richtigen Lösung geführt wurde. In der Gruppentherapie hatte ich erzählt, dass Alkohol wirklich half und ich nicht täglich trank, sondern manchmal einfach nur eine Pause von meinem Kopf brauchte. Nervöses Lächeln der Therapeutin, gefolgt von einem Vortrag über Depression und Alkohol und darüber, dass Selbstmedikation – der Begriff allein schien Eingeständnis der Wirksamkeit – niemals der richtige Weg sei und Alkohol Depressionen häufig verstärke.

Auf der Liste stand, dass man sich erlauben soll, so zu sein, wie man jetzt gerade ist. Und dass man mit Leuten in Kontakt bleiben soll. Das Problem ist, wenn man sich einmal eingestanden hat, ein antriebsloses Stück Scheiße zu sein, fällt es schwer, jemanden sehen zu wollen.

«Alles okay?» Ich muss ins Leere geschaut haben, wie lange? Eigentlich war ich besser darin, hatte Übung, immerhin anstandshalber auf mein Handy zu gucken.

«Klar.» Ich stand auf, und wir gingen weiter. Vermutlich dachte John, das hier wäre romantisch, wusste nicht, dass ich seine Hand nur hielt, um nicht vom Rand der Welt ins Nichts zu stürzen.

Vor der Haustür ließ ich mich wie eine Fünfzehnjährige

küssen, vorsichtig und überfordert, und ging ohne ein weiteres Wort ins Haus.

*

Wie zusammengefaltet werden. Ein glänzender schwarzer Kasten auf Brusthöhe, in den sich der Rest meines Körpers Knochen für Knochen hineinfaltete, bis ich ein kompakter Würfel aus Schmerz wäre, den man so in den Restmüll schmeißen könnte.

Ich kam zu spät zum Töpferkurs und ging langsam zu dem freien Platz neben Meryem. Seit zwei Wochen war ich zurück und kannte die Hälfte der Teilnehmer vom Sehen. Es hätte mich nicht gewundert, wenn alle Anwesenden Cousinen dritten Grades gewesen wären.

Varuna stand über einem großen Block Ton. Sie trug noch immer den Turban und den blauen Sari – etwas in mir hatte gehofft, dass das ihr Hausoutfit war.

Sie hob die Arme, und ihr Blick schweifte in die Ferne, als wäre sie im Begriff, alle Teilnehmerinnen in einen Massensuizid zu führen. Stattdessen sagte sie: «Jetzt, wo wir endlich vollständig sind: Willkommen, mein Name ist Varuna.»

«Ist er nicht», murmelte ich.

«So, der Ton ist bereits geschlagen. Jetzt schneide ich erst mal für jede von euch eine Scheibe ab.» Meryem wandte sich der türkischen Oma rechts neben ihr zu und übersetzte, als wäre das hier kein Töpferkurs, sondern der UN-Sicherheitsrat.

Mit einer Art Draht an zwei Henkeln schnitt Varuna den Ton in Scheiben, die wie Schichtnougat aussahen. Ohne Ankündigung bildeten die Frauen eine Schlange und holten sich nach und nach ihre Ration ab, wobei Varuna jedes Mal bedeutungsschwer nickte. Es war seltsam, sie in der Welt zu sehen, unter Neonlicht. Ihrer Kulisse aus Stoff und Kakteen beraubt, sah sie noch verkleideter aus.

Sie trug uns auf, die Tonschnitten zu Kugeln zu formen. Wir gehorchten.

«Wie geht's dir?», fragte Meryem und rollte gekonnt ihren Ton.

«Ging schon besser. Und schon schlechter.» Mein Tonklumpen ähnelte eher einem kleinen Football.

«Ich habe Jessy gesehen und wir waren zusammen bei Ashanti.»

«Wie geht's ihr?»

«Jessy?» Meryem legte den perfekten Ball vor sich ab und nahm mir das verformte Ei ab.

«Ashanti.»

«Besser als noch vor ein paar Tagen.»

Ich zog meine Schultern zurück, widerstand dem Sog, blieb auseinandergefaltet.

«Meine Lieben.» Varuna hielt weiße Papierstücke in die Höhe. «Hier die Schablonen für unser heutiges Unterfangen. Wir töpfern heute», sie legte eine Pause ein, die ich nutzte, um hörbar zu gähnen, «einen Becher.» Aus einem Regal holte sie einen nichtssagenden beigen Tonbecher. «So, oder so ähnlich, wird er bei euch auch aussehen. Aber dazu braucht ihr erst mal eine Schablone.» Wieder stellten wir uns an, warteten auf unsere Schablonen und kehrten zurück an die Plätze.

«Freut mich, dass es mit Jessy und dir wieder läuft», sagte ich, was nicht stimmte. Es war mir vollkommen egal.

«Ja, also, ich weiß nicht, ob da was läuft, aber wir haben viel geredet, und das war schön. Ich hatte das Gefühl, dass Ashanti sich auch freut, dass ich wieder da bin. Mal sehen.»

Die anderen Kursteilnehmerinnen rollten jetzt ihre Tonkugeln auf Schablonengröße aus, während Varuna durch die Reihen ging und inspizierte.

«Und bei dir und John?» Meryem schaute mich an wie ein Disney-Reh. Stellte sie sich schon Doppeldates mit der großen glücklichen Patchworkfamilie vor?

«Guter Typ, wir waren gerade was essen.»

«Das ist toll, wirklich. Ich kenne ihn ja kaum, aber er wirkt echt nett, und Jessy hat auch nie was Schlechtes über ihn gesagt.» Diese Info schien sie glücklicher zu machen als mich das Treffen.

«Warum sind sie nicht mehr zusammen, wenn sie sich gegenseitig so spitze finden?»

Varuna erschien vor uns. «Meine werte Enkelin, würdest du aufmerksam deine Nachbarinnen beobachten, wäre dir aufgefallen, dass alle anderen Damen ihren Ton doppelt so dick ausgerollt haben wie du. Wir backen hier keine Plätzchen.»

Sie schritt davon, und ich faltete den Ton wieder zusammen. «Warum muss ich noch mal hier sein?»

«Ich glaube, das tut euch gut.»

Mein Ton war nun so dick wie Meryems. Ich legte die Schablone auf und schnitt den überschüssigen Ton mit einem scharfen Messer weg.

«Ich wünschte, ich hätte Geld für einen richtigen Urlaub», sagte Meryem. Ich reagierte nicht. Hier sein, hier sein. Ich machte es Meryem nach und knetete den abgeschnittenen Ton zu einer kleinen Kugel, die ich wieder ausrollte.

«Wenn ich wegkönnte, würde ich sofort nach Istanbul fahren. Trotz allem. Ich war noch nie da, nur in Ankara und auf dem Land, und ich habe vor ein paar Monaten Orhan Pamuks Buch *Istanbul* gelesen, kennst du das? Seitdem kann ich nicht aufhören, von der Stadt zu träumen.» Meryem nahm meine Kugel und machte sie kugeliger.

«Jetzt kommt einer der entscheidenden Schritte, nämlich: die Trinkkante glattstreichen. Ihr wollt ja nicht, dass es euch beim Trinken die Lippen aufreißt.» Varuna guckte kritisch auf die Schablonen.

Wir strichen, wendeten und strichen wieder.

Varuna nahm ihren Musterbecher und gab ihn einer Frau, die den Tonlappen um den Becher legte. Dabei redete sie von der Wichtigkeit der Naht und wie «unerlässlich die Arbeit mit einem adäquaten, bereits vorhandenen Tonbecher» sei.

«Und wie ist der erste Becher entstanden?», fragte ich.

«Durch Gott», sagte eine Frau, meine atheistische Großmutter und ich schwiegen.

Frau Schneider, Melanies hagere Mutter, stand an dem Platz schräg vor mir. Sie trug einen Jeansrock, der den Großteil ihrer von Krampfadern übersäten Beine entblößte. Ihr flacher Becher, an dem sie mit hektischen Bewegungen herumdrückte, hatte nichts mit dem Musterbecher gemein. Der Verdacht lag nahe, dass sie sich spontan für einen Aschenbecher entschieden hatte, mit dem sie vermutlich mehr anfangen konnte.

Ich war an der Reihe und strich auf Anweisung meine angefeuchteten Tonkanten glatt.

Varuna nickte, ohne eine Miene zu verziehen. Ich nahm das Messer, um die Naht ein letztes Mal glatt zu streichen, und als ich ihren Blick sicher auf meinen Händen wusste, schnitt ich mir in den Zeigefinger.

Varuna sackte ein, stützte sich auf dem Tisch ab und schloss die Augen.

«Das hast du absichtlich gemacht», sagte sie und tastete

sich mit geschlossenen Augen den Tisch entlang und weg von mir.

«Arielle wird sich ja wohl kaum absichtlich in den Finger geschnitten haben.» Meryem, ewig auf der Seite der Angeklagten, guckte Varuna empört hinterher. Dann suchte sie in ihrem Rucksack nach einem Pflaster.

Ein Nokia-Klingelton ertönte, und aller Aufmerksamkeit wendete sich von meinem Finger ab und hin zu Frau Schneiders Handy.

«Hallo?», bellte sie ins Telefon.

«Was? Echt jetzt? Verarsch mich nicht, Melanie!»

Varuna starrte Frau Schneider an, ich starrte mit. Meryem holte ihr Handy aus ihrem Rucksack, ansonsten bewegte sich niemand.

«Sie ist wieder da, Lara ist wieder da», rief Frau Schneider uns zu, während sie ihre Hände notdürftig vom Ton befreite und ihre Sachen zusammenpackte.

Vier

Glückwunsch!» und «Wie schön!» und «Wie geht's ihr?», riefen einige, aber das hörte Frau Schneider schon nicht mehr.

Ein langes Schweigen folgte. War es komisch, jetzt weiter zu töpfern? Verlegene Blicke, hier und da Gotteslob. Nach und nach begannen wir wieder mit der Arbeit.

«Ich habe Jessy geschrieben, aber sie weiß es bestimmt schon. Soll ich da jetzt hin? Oder, nein, sie würde bestimmt denken, dass ich mich reindränge. Glaubst du, Jessy sagt es Ashanti sofort?» Meryem schien mehr mit sich als mit mir zu sprechen, ich antwortete nicht.

Eine der älteren Frauen weinte still vor sich hin, während sie ihren zylinderähnlichen Tonbecher auf den Kopf stellte und den ausgerollten Becherboden darauflegte. Wie alle anderen tat ich es ihr gleich, legte ein Brettchen auf den Becher und klopfte den Boden fest. Schweigend beendeten wir unsere Arbeit, drehten die Becher um, schnitten den überschüssigen Ton vom Boden ab und strichen unten noch einmal alles glatt.

«Man darf nicht vergessen –», Varunas Stimme versagte. Sie war wohl doch nicht so gefühlskalt, wie sie gern tat. «Man darf nicht vergessen, seine Initialen in den Boden zu ritzen», sagte sie und wandte den Blick Richtung Fenster.

Wir ritzten unsere Initialen in die Becherböden. Danach trugen wir die Becher zu Varuna und stellten sie auf einer großen Platte ab.

«Gut. Ich werde sie brennen, und nächste Woche gibt es die fertigen Becher zurück.» Varuna wirkte geistesabwesend, was aber dank der allgemeinen Geistesabwesenheit kaum auffiel.

*

Alles in mir zog sich zurück, wollte liegen, schweigen. Die grundlegenden Dinge – atmen, laufen, essen – wurden zu Anstrengungen, die meine ganze Kraft erforderten. Eine Woche, manchmal zwei. So lange dauert eine Phase. Währenddessen ein Druck auf der Brust, der das Atmen schwer macht. So in etwa stelle ich mir einen Herzinfarkt vor. Nichts ist einfach. Auch nicht das Einfachste.

In meinem evangelischen Kindergarten gab es jedes Jahr vor Weihnachten ein Krippenspiel. Vor einem Publikum aus gläubigen Moslems und Karteileichen-Christen spielten wir die Geburt des Messias nach. Eine Fünfjährige war wohl im Frühjahr von einem Kissen geschwängert worden und trug Mitte Dezember ihren Neunmonatsbauch vor sich her. Ihr sechsjähriger Gatte stützte sie, während sie von Gasthof zu Gasthof zogen, um eine Absage nach der nächsten zu kassieren. Obwohl es in der Weihnachtssaison ja immer schwierig ist, ein Hotelzimmer zu bekommen, wussten wir alle, dass es in Wirklichkeit an der Armut des jungen Paares lag. Sie liefen zwischen vierjährigen Schafen und dreijährigen Felsen hindurch, und Maria sang: «Ach, ich kann nicht mehr. Ach, ich kann nicht mehr. Meine Füße sind müde, die Beine schwer.»

Manchmal, wenn ich eine depressive Phase auf mich

zubrettern fühlte, musste ich an Maria denken, an ihre geschundenen Füße, ihre müden Beine. Wie sie sich zwingen musste, eine Sandale vor die nächste zu setzen, es irgendwie vorwärts zu schaffen, um ihr Kind in Sicherheit zu gebären. Was hätte sie ohne Kind getan? Man braucht einen Grund, um weiterzumachen.

Ich drehte mich auf die Seite, fuhr mit einer Hand durch meinen Koffer. Aus der Innentasche zog ich die Checkliste:

- Ich erlaube mir, so zu sein, wie ich jetzt gerade bin.
- Ich erkenne an, dass ich an einer Krankheit leide. Das hier hat nichts mit Charakterschwäche zu tun.
- Ich verzichte auf Alkohol und Drogen.
- Ich bemühe mich um ausreichend Schlaf, regelmäßige Bewegung und gesunde Ernährung.
- Ich strukturiere meinen Tag und schlafe nur nachts.
- Ich bin geduldig und großzügig mit mir.
- Ich treffe in einer depressiven Phase keine weitreichenden Lebensentscheidungen.
- Ich bleibe mit anderen Menschen in Kontakt, auch wenn ich mich zurückziehen will.

In Kontakt bleiben. Die Frage war nur, mit wem. Vor zwei Tagen hatte ich Varuna zur Tür hereinkommen sehen, hatte «Hallo» gesagt, das kochende Teewasser ignoriert und mich wieder hingelegt. Das war mein letztes Wort gewesen. Ich überlegte, ob ich Merve anrufen sollte, oder vielleicht Julian oder Miral oder irgendjemand sonst aus meinem Leben davor. Aber wo würde ich anfangen? Wie würde ich all die Monate aufholen, erklären, was ich in meinem alten Kinderzimmer machte, und was würde ich vorschlagen? Ich würde mich nicht in einen Zug setzen, würde nicht die Kraft finden, bis Düsseldorf zu fahren. Schon mit dreizehn hatte ich mir versprochen, niemanden mehr in diese Wohnung einzuladen, daran würde ich auch jetzt nichts ändern.

Langsam scrollte ich durch meine Kontakte, erwog für einen Moment die Notfall-Nummer der Psychiatrie, aber erstens war das hier kein Notfall, und zweitens hätte ich so eine überartikulierte Therapeutenstimme gerade nicht ertragen. Man konnte denen die absurdesten Dinge sagen, die Reaktion war immer dieselbe. In der Klapse gab es eine Juniorprofessorin, die während der Gruppentherapie weinend zusammengebrochen war und uns erzählte, wie ungebildet und unqualifiziert sie im Grunde sei. Die Professorin war schlauer als alle anderen Verrückten zusammen, aber das sagten die Therapeuten natürlich nicht, sondern fragten nur, wie sich das anfühlen würde und ob sich das damals bei ihrem Vater zu Hause auch schon so angefühlt hätte.

Ich schrieb Wolfgang, ob wir uns Sonntagnachmittag auf einen Kaffee treffen wollten. Das war noch gut zwei Tage hin, alles davor traute ich mir nicht zu. Er antwortete innerhalb von zwei Minuten – desperate –, dass er sich riesig freuen und mich selbstverständlich einladen würde. Weil ja alle wussten, dass die Reparation für Mit-der-Mutter-Schlafen eine Latte macchiato für 3,40 Euro war.

Es klingelte. Es klingelte wieder, und schließlich hievte ich mich vom Bett, schlurfte zur Tür und öffnete. Ein Paketbote stand breitschultrig vor mir, schaute an meinem T-Shirt herab auf meine nackten Beine. Unter seinem kurzärmeligen Dienstoutfit lugte ein Tribal-Tattoo hervor, er war sonnenbankgebräunt, roch nach billigem Aftershave. Ich hätte ihn reinbitten, die Schälchen Dünger vom Tisch wischen und mich vor aller Katzenaugen von diesem Fremden ficken lassen können. Ich stellte mir vor, wie sein schwerer Körper sich auf meinem anfühlen, wie er egoistisch und effektiv in mich eindringen, wenig später keuchend kommen und sich die Hose anziehen würde, ohne mir weiter Beachtung zu schenken.

«Heißt du wirklich so? Wo kommst du her?»

Er reichte mir das Touchpad, ich malte einen Kringel darauf.

«Tief, tief aus dem Meer», antwortete ich und schloss die Tür.

Ein Umschlag von Amazon, mein Name über Varunas Adresse sah falsch aus, wie eine Zeitreise. *Die Queen und ich – aus dem Leben eines königlichen Corgis*. Ich hielt das Buch in den Händen, sah in das eifrige Gesicht des frisch gekrönten Hundes. Niemand außer John und dir wusste von den Wolken und kannte meine Adresse.

Wie ein Mantra sagte ich mir kurz vor dem Einschlafen: «Ich verspreche mir, morgen aus dem Haus zu gehen. Ich verspreche mir, morgen aus dem Haus zu gehen.» Nach vierzehn Stunden Schlaf bewegte ich mich den ganzen Samstag nur zwischen Küche, Bad und Bett. Am Sonntagmorgen wachte ich schon vor sieben auf. Es ging etwas besser, vielleicht war es auch nur der Selbsthass, der mich in die Vertikale zwang. Ich wagte einen kurzen Spaziergang, in der Hoffnung, niemanden zu treffen, den ich kannte, entschied mich für entlegene Straßen.

In einer Sackgasse, in der neben dem letzten Haus ein Haufen Sperrmüll stand, blieb ich stehen. Das Holz sah morsch und wettergegerbt aus. Die obligatorischen Küchenreste, ein kaputter Puppenwagen und der Rahmen eines Wäscheständers lagen oben auf, außerdem ein Lidl-Einkaufswagen und eine Reisetasche ohne Griff. Aus einer der Tüten mit Hausmüll huschte eine Ratte. Ich kehrte um.

Varuna stand am Tisch im Flur und cremte eine Katze ein. Das mit der Sonnencreme hatte ich vergessen. Als Kind musste ich diese Aufgabe manchmal übernehmen, vor deinem Verschwinden war das vermutlich dein Job gewesen. An das Gefühl dieser haarlosen Tiere, die versuchten, durch meine glitschigen Finger zu entkommen, erinnerte ich mich jetzt genau. Feuchtledrig, wie eine frisch epilierte Achsel, die Abwesenheit der weggezüchteten Haare allzu offensichtlich. Auch daran, wie ich auf die Katzen einredete und lehrerinnenhaft erklärte, dass nur auf den Balkon durfte, wer ordentlich eingecremt war. Varuna und ich hatten kurz Blickkontakt, bevor ich in meinem Zimmer verschwand.

Lange lag ich auf dem Bett, achtete auf meine Atmung, achtete nicht auf den lauter werdenden Wunsch, mich umzubringen. Ich hörte die Wohnungstür ins Schloss fallen, dann das Gejammer der Katzen.

Auf dem Kleiderschrank erahnte ich ganz hinten an der Wand eine blaue Pappschachtel. Noch bevor ich begriff, was das war, wusste mein Körper Bescheid. Mein Bauch zog sich zusammen, meine Hände kribbelten, meine Schultern verkrampften.

Ich räumte den Schreibtisch ab, schob ihn vor den Schrank und kletterte hoch. Mir kamen einundzwanzig Jahre Staub entgegen, beinahe fiel ich vom Tisch. Mit einem getragenen Slip entstaubte ich die Kiste, nahm sie mit ins Bett und hielt sie lange im Arm, bevor ich mich traute, sie zu öffnen:

- Zwei Haarspangen, eine türkis glitzernd, eine in Hornoptik
- Ein Impulse-Deo, die «Spice Girls»-Special-Edition
- 8,50 DM: ein Fünfmarkstück, ein Einmarkstück, ein Zweimarkstück, 50 Pfennig

- Ein Armband aus großen grünen Plastikperlen
- Eine Telefonkarte im Wert von 6 DM
- Zwei Blister Tabletten (Ibuprofen und Fluctine), beide halb voll
- Ein Schlüsselanhänger mit einem goldenen vierblättrigen Kleeblatt, keine Schlüssel
- Eine halbe Packung Hubba Bubba, Sorte Apfel
- Eine Tattookette, heute würde man das Choker nennen
- Ein Tiegel dunkelblauer Lidschatten
- Das Booklet eines Janet-Jackson-Albums
- Ein Flakon Oilily-Parfüm
- Ein Bilderrahmen mit einem Foto von dir und mir auf einer Bank

Vorsichtig löste ich das Bild aus dem Rahmen und entdeckte zwischen Foto und Rückwand: gar nichts. Was hatte ich erwartet? Eine Notiz von dir? Einen kleinen Schlüssel, der mich auf eine putzige und ach so herzerwärmende Reise durchs Ruhrgebiet führte? Das hier war kein Tom-Hanks-Film, und nur weil eine verschwundene Mutter Hollywood-Stoff war, gab es keine Hollywood-Auflösung. Das Foto in meiner Hand wurde schwerer.

Als Kind, als die Grenze zwischen dem Selbst und dem Rest noch großzügig verschwamm, hatte ich uns als Einheit wahrgenommen. Wo ich war, warst auch du, und wären wir miteinander verwachsen gewesen, es wäre aufs Gleiche rausgekommen. Wahrscheinlich stimmt das nicht. Wahrscheinlich hast du dich oft hinausgeschlichen, wenn ich schlief, hast Wolfgang getroffen und Freunde, getanzt und rumgevögelt und warst einfach am nächsten Morgen wieder mit mir verwachsen.

Auf dem Foto siehst du aus wie meine Babysitterin. Zu jung und mir zu unähnlich, um meine Mutter zu sein. Mein dunkles Haar gewellt, meine dunklen Augen groß in dem Kindergesicht. Dein Haar zu einer blonden Dauerwelle hochgetürmt, deine Augen blassblau. Ich wollte dich sehen und mich sehen, in den Spiegel gucken und etwas erkennen, deine Nase, die Augen, vielleicht immerhin die Brauen, das Kinn, ich nahm, was ich kriegen konnte. Wenn ich lange genug guckte, glaubte ich, Ähnlichkeiten zu erkennen, aber wenn man lange genug guckt, erkennt man die zwischen allen Menschen.

Früher dachte ich, der Vater würde über Augen-, Haut- und Haarfarbe des Kindes entscheiden. Wäre mein Vater dunkelblond gewesen und du schwarzhaarig, wäre ich blond geworden. Bei allen Kindern in der Nachbarschaft traf das zu, bei Selma mit ihrer blonden Mutter und ihrem schwarzhaarigen Vater, bei Amna mit ihrem schwarzen Vater, bei Can mit der platinblonden Mama und so weiter.

Auf dem Balkon fand ich ein kniehohes Regal. Die Kakteen stellte ich auf die breite Fensterbank, reinigte das Regal notdürftig und trug es in mein Zimmer. Als würde es irgendetwas verändern, reihte ich sorgfältig deine Gegenstände darin auf, sortierte, überlegte lange, ob das Deo wirklich neben den Lidschatten gehörte oder eher zwischen Telefonkarte und Münzen richtig stand. Nach etwa dreißig Minuten war ich zufrieden mit der Anordnung und hob das Regal vorsichtig auf den Schreibtisch. Anschließend setzte ich mich aufs Bett, schaute das Regal an und weinte eine ganze Stunde lang.

Man baut keine Museen für Menschen, die noch leben.

*

Ich wollte vor ihm da sein, ihn gönnerhaft begrüßen, statt empfangen zu werden, aber Wolfgang saß schon im Café, stand auf, als wäre er der Hausherr, und breitete die Arme aus. Ich ließ mich umarmen und setzte mich auf den Stuhl, der am weitesten von ihm entfernt war.

«Wie schön, dass du meine Einladung angenommen hast. Wie geht es dir?»

In der Klapse hatte die Stationsleitung in der Gruppentherapie mal vorgeschlagen, auf diese Frage ehrlich zu antworten. Nicht mit dem ganzen Scheiß hinterm Berg zu halten, sondern mit: «Beschissen wäre geprahlt. Mein Wunsch zu sterben, wird nur von meiner Lethargie in Schach gehalten» zu antworten und der Welt zuzutrauen, damit umgehen zu können.

«Gut. Und selbst?» Ich bestellte einen grünen Smoothie, Wolfgang einen schwarzen Kaffee.

«Durchwachsen. Dein Besuch hat ... also bei mir und natürlich auch bei Karin, Erinnerungen an eine Zeit geweckt, die keine glückliche war in unserer Ehe.» Wolfgang hatte den Tipp der Stationsleitung anscheinend auch bekommen und befolgte ihn.

«Ja, fremdgehen macht so eine junge Ehe meistens nicht besser.»

Er verzog das Gesicht, als würde es sich um eine Unterstellung handeln, nicht um nüchterne Fakten.

«Es war mehr als das, wirklich. Von außen mag es aussehen, als hätte ich mir eine jüngere und irgendwie weniger komplexe, also ich hoffe, du verstehst das nicht falsch, aber eine einfachere und zugegebenermaßen auch aufreizendere Frau gesucht, aber das mit Rita und mir war mehr.» Er sah mich eindringlich an. Wollte er Absolution? Was änderte es, ob ich ihm glaubte?

«Sorry, ich bin sicher, dass es für dich als Gutmensch total wichtig ist, dir das irgendwie deeper zu reden, aber am Ende ist sich 'ne jüngere und heißere Frau suchen und mit ihr die Ehefrau betrügen einfach das, was es ist, und genau das, wonach es klingt. Die meisten Männer denken, sie wären verliebt und finden das alles irgendwie tief und überwältigend.» Hinter Wolfgang hing ein Gemälde, an dem ein kleines Preisschild baumelte. 580 Euro für eine krumme Landschaft – Provence, Toskana? –, weil irgendeine Hildegard nach ihrer Pensionierung 'nen Malkurs belegt hatte.

«Wann ist das ein Schimpfwort geworden?» Wolfgang schüttelte den Kopf.

«Was?»

«Gutmensch. Wie kann es sein, dass Gutmensch ein Schimpfwort ist? Hat das was mit den Nazis zu tun, oder irre ich mich?»

«Keine Ahnung, ist halt so.» Jetzt schüttelte ich den Kopf. Wolfgang gehörte zu den Männern, die sich zu den Guten zählten, und wenn er doch mal mit dir geschlafen oder sich in 'ne Schülerin verliebt oder der verheirateten Mutter im Sportverein einen langen, sexy Liebesbrief geschrieben hatte, dann war es eben ein Ausrutscher gewesen, der seinem grundsätzlichen Gutsein nichts anhaben konnte. «Die Guten» waren die gefährlichsten Männer. Fremdgehen, Vergewaltigen, Stalken – sie ließen sich alles durchgehen, ihr Gutsein war unerschütterlich. Möglich, dass Menschen wie Wolfgang der Grund sind, warum «Gutmensch» ein Schimpfwort geworden ist.

«Ich habe sie geliebt, weißt du.» Ich sah Tränen in seinen Augen und schaute weg.

Einer dieser Menschen, die mit dem Begriff um sich schmissen wie Karnevalsprinzen beim Rosenmontagszug.

«Kannst du mir mehr über sie erzählen?», fragte ich leise, hasste, dass er Dinge über dich wusste, die ich nicht wusste. «Und nicht nur, dass sie bezaubernd war, echtere Dinge. Ich, ich hab nur so ein verschwommenes Bild von ihr, weißt du, so ein Kinderbild halt, aber sie war ja viel mehr als das. Sie war ja ein ganzer Mensch, und ich brauche mehr Stücke.» Ich schaute wieder auf das Gemälde – rote Blumen, gelber Boden, hohe, schlanke Bäume. Im Hintergrund ein gelbes Haus.

«Das verstehe ich. Sehr gut sogar. Mein Vater starb, als ich klein war, und seitdem ist er für immer eingefroren in meiner Vorstellung.»

Ich nickte, wollte nichts über seinen Vater wissen und auch nichts über Wolfgangs Gefühle. Ich brauchte Informationen, Fakten, wie ein Ertrinkender einen Rettungsring braucht, und zwar schnell.

«Was kann ich dir erzählen? Also, es ist ja auch für mich lange her. Ihr Lieblingsgetränk war so ein Cocktail, der hieß Grüne Witwe, ich weiß nicht mehr genau, was das war, irgendwas mit Curaçao, glaube ich, auch wenn der ja blau ist, oder?»

Okay, Grüne Witwe, gut, weiter.

«Sie mochte Janet Jackson, eine Popsängerin, ich glaube, sie ist die Schwester des Sängers Michael Jackson.»

Wusste ich schon, weiter.

«Sie hat *Miami Vice* geguckt und *Magnum*, aber das fängt natürlich nicht gerade ihre Essenz ein, also sie war einfach ein Kind ihrer Zeit. Ich weiß nicht, ob sie je ein Buch gelesen hat, das nicht Schullektüre war. Sie tanzte gern, vor allem zu so Raver-Technomusik.»

Ich war überrascht, dass Wolfgang das Wort «Raver» kannte. Er wirkte eher wie jemand, der mit Mitte sechzig geboren und danach nur größer geworden war.

«Warum du? Also, nimm's nicht persönlich, aber was hat sie in dir gesehen?» Ich schaute auf seine dünne, krumme Nase, die aussah, als wäre sie gebrochen und dann schief zusammengewachsen.

«Na ja, also ich war ja auch mal jünger und sah, denke ich, nicht schlecht aus.» Er wirkte nicht überzeugt.

Geräuschvoll saugte ich mit dem Strohhalm den Boden des Smoothie-Glases leer. Wolfgang blickte durch mich hindurch, dachte lange nach, sagte dann: «Vielleicht hat sie eher von Hollywood geträumt als von mir, aber ich verkörperte ja trotzdem die Möglichkeit eines größeren Lebens – vielleicht eher im Sinne eines breiteren Horizonts als im Sinne finanzieller Sprünge, aber immerhin.» Sich seiner Sache noch immer nicht sicher, fügte er hinzu: «Um ehrlich zu sein, jetzt mit all den Jahren Abstand glaube ich, sie hat ein Sprungbrett in mir gesehen. Jemanden, mit dem sie planen und träumen konnte, jemanden, der ICE-Verbindungen heraussuchen und sich über den Arbeitsmarkt für Floristinnen in Norddeutschland informieren konnte, jemanden, der schon mal eine Wohnung angemietet hatte und wusste, wie man eine Steuererklärung ausfüllt, solche Dinge.»

«Sexy», sagte ich und bestellte auf Wolfgangs Kosten noch zwei doppelte Espressi für uns. «Okay, ich brauche noch mehr.»

Er nickte und packte sorgfältig den Keks aus, der mit seinem Kaffee gekommen war.

«Also, im Rückblick glaube ich, dass Rita Legasthenikerin war, zumindest fiel ihr Lesen und Schreiben schwer. Das sage ich jetzt mit dreißig Jahren Schulunterricht im Nacken, damals, muss ich gestehen, ging ich davon aus, dass es an ihrer Herkunft und mangelnden Bildung lag.»

Plötzlich war ich ein bisschen stolz darauf, keine Bücher

zu lesen. Manchmal Zeitung, früher bei der Arbeit, weil die rumlagen und so eine Ansage vom Geschäftsführer kam, dass wir uns mit aktuellem Tagesgeschehen und deutscher Medienlandschaft auskennen sollten. Aber gern habe ich nie gelesen.

«Rita war albern, im bestmöglichen Sinne. Nicht kindisch, wobei, das vielleicht auch ein bisschen, aber wirklich humorvoll. Ich weiß, das ist unkonkret und mir fällt jetzt spontan keine Anekdote ein, an der ich das festmachen könnte, aber wir haben sehr viel zusammen gelacht.»

Ich steckte den kleinen Finger in die Crema, leckte ihn ab.

«Sie war interessiert an der Welt: Asylrecht, die damals frisch geborene EU, Stammzellenforschung. Und sie war sehr offen. Ihr Motto war ‹Leben und leben lassen›. Vielleicht lag das auch an ihrer Szene, aber sie war niemand, die urteilte.»

Ich gönnte mir ein Päckchen Zucker, rührte es in den Espresso und schmeckte die Süße auf meiner Zunge. Eine der wenigen sinnvollen Dinge in der Anstalt war die Genusstherapie, in der uns beigebracht wurde, an Schokolade, Sonne, Musik und so weiter wieder Gefallen zu finden.

«Was meinst du mit Szene?»

«Also, diese Technoszene in den Neunzigern.»

Ich hatte den Eindruck, dass er mir etwas zu sagen versuchte, etwas, das er nicht aussprechen wollte. Wolfgang guckte mich eindringlich an, machte ein Rätsel aus Dingen, die mehr mir gehörten als ihm.

«Okay, Sherlock. Hat sie Drogen genommen, oder was?»

Wolfgang guckte weg, atmete tief durch.

«Ja», sagte er schließlich und schaute mich wieder an.

«Was denn und wie oft?»

«Sie hat es Ecstasy genannt, ich denke, die offizielle Bezeichnung ist MDMA, aber ganz sicher bin ich nicht. Sie hat es, nun ja, oft genommen.» Er war noch nicht fertig, rührte ein paar Sekunden in seinem Espresso und sagte: «Sie hatte ein Problem. Also, ich würde sagen ein Suchtproblem. Das hat sie nicht zu einer schlechteren Mutter gemacht und ihrer Liebe zu dir keinen Abbruch getan, aber es war schwer für sie, ohne Drogen durch den Alltag zu kommen.»

Ich wollte fühlen, dass uns das näherbrachte. Es gelang mir nicht.

«Okay, was ist für dich oft? Und wieso denkst du, dass sie ein Problem hatte?»

So erinnere ich mich nicht an dich. Die Information störte. Auf dem Foto mit der Bank, beim «Ich packe meinen Koffer»-Spiel, bei den Spaziergängen durchs Viertel: Warst du die ganze Zeit high?

«Beinahe täglich. Ich habe sie darauf angesprochen, was natürlich zunächst auf Gegenwehr stieß. Aber ich denke, im Grunde wusste sie, dass ihr Konsum ein wirklich ungesundes Ausmaß angenommen hatte. Ich beschloss, Hilfe zu holen, sobald wir irgendwo zusammen neu angefangen hätten.» Er sah traurig aus. Vielleicht ist es ja wirklich Liebe gewesen.

«Okay, Drogen. Hast du noch irgendwas?»

Wolfgang schwieg lange, strich sich über seinen Bart, als wäre er ein Pantomime, der «Nachdenken» spielte.

«Mmh. Sie hatte Angst vor Gewittern, eine regelrechte Phobie. Ich weiß noch, dass ich ihr erzählt habe, dass es vielen Hunden auch so geht und dass sie das witzig fand und immer jaulte, wenn wir zusammen waren und es geregnet hat. Ich glaube, sie hatte ein fotografisches Gedächtnis. ‹Meine komische Superkraft›, so hat sie das genannt. Sie konnte aus dem Gedächtnis Autokennzeichen aufsagen. Einmal trafen wir zum Beispiel die Mutter einer deiner Mitschülerinnen vor der Lichtburg – am Ende waren wir nicht mehr so vorsichtig wie anfangs, da wären wir niemals gemeinsam ins Kino gegangen –, und später hat sie mir ‹E-AR 7921› zugeraunt.» Er grinste bei der Erinnerung. Mir wurde übel vor Neid. Warum hast du mir nie Kennzeichen vorgetragen? Oder hast du, und ich erinnere mich nicht daran? Trotzdem: Die Fakten halfen, hielten mich über Wasser, zogen mich zurück an Land. Du: Mit dem Drogenproblem und der Leseschwäche, mit dem fotografischen Gedächtnis und einer Angst vor Unwettern. Du und dein Lieblingscocktail, du und deine Hoffnung auf etwas Größeres, selbst wenn es in Form von Wolfgang erschien.

«Danke», sagte ich und meinte es ernst.

«Sehr gerne.» Wolfgang bestellte die Rechnung.

«Sag mal, hast du vielleicht Hunger? Also, einmal die Woche machen wir einen Filmabend bei uns zu Hause, und dazu gibt es traditionell Pizza vom besten Italiener nördlich der A40.»

Niemand war so ausgelaugt wie ich. Ich wollte mich auf diesen Tisch legen, einschlafen und wie früher von dir ins Bett getragen werden. «Okay. Pizza. Warum nicht.»

Er nickte, wirkte begeistert und holte ein iPhone 4 aus seiner Lehrertasche. «Sehr schön, ich schreibe Karin eine SMS.»

«Warum, wenn du ein Smartphone hast?»

«Ach, ich habe mich damit nicht so beschäftigt. Steve hat es mir gegeben, um erreichbar zu sein, wenn ich mit meinem Enkel unterwegs bin, aber wie das alles funktioniert, damit habe ich mich noch nicht auseinandergesetzt.»

«Gib mal her.»

Er reichte mir sein Handy und ich öffnete die Kamera. «Ich mach jetzt ein Foto von dir.»

Wolfgang blickte mich an, als würde er für ein Polizeifoto posieren.

«Hey, das muss nicht biometrisch werden. Du siehst aus wie so 'ne russische Bäuerin, die noch denkt, Fotos würden ihre Seele klauen.»

Wolfgang lachte, ich drückte ab, installierte WhatsApp, legte das Foto als sein Profilfoto fest und verknüpfte ihn mit Karin, Steve und Jacqueline. Dann reichte ich es ihm zurück.

«Bitte schön, du willst ja die Babyfotos nicht verpassen.»

Er sah mich erstaunt an. «Woher weißt du das? Ich bin tatsächlich ein bisschen neidisch, dass Karin die Fotos immer als Erste sieht.»

Ich nickte. «Ich bin vom Fach.»

Während wir zu ihm nach Hause liefen, erzählte Wolfgang mir etwas über Stadtgeschichte, die mich schon in der Grundschule gelangweilt hatte.

«Wusstest du, dass Katernberg vor genau neunzig Jahren eingemeindet wurde?»

«Ist nicht wahr», sagte ich.

Karin öffnete die Tür, umarmte mich lange. «Schön, dass du da bist. Ich habe dir eine Pizza mit Paprika und Pilzen bestellt, ich hoffe, das ist in deinem Sinne.»

Ich ließ mich von dem Hund anknurren, dessen Namen ich schon wieder vergessen hatte.

«Seit Steve und Jacqueline in der Grundschule waren, durften sie im wöchentlichen Wechsel einen Film aussuchen, und das haben wir beibehalten, nachdem die beiden ausgezogen waren. Und nun laden wir manchmal Freunde dazu ein.» Wolfgang sprach, als würde er mich in die Riten eines Naturvolks einführen, im Grunde war das ja auch so.

Ein normales Familienleben war mir wirklich so fremd wie Feuertanz irgendwo am Amazonas.

Der Fernseher war bereits Richtung Esstisch gedreht, drei Plätze waren gedeckt, Wein und Salat standen bereit.

«Cool, was gucken wir?»

«Karin hat schon einen Film ausgesucht. Falls er dir nicht zusagt, können wir aber auch noch diskutieren.»

«Mir ist alles egal.»

«Dann schauen wir *Green Book*, der hat den Oscar für den besten Film gewonnen und noch viele weitere.»

Wäre mir nicht alles so egal gewesen, hätte ich gefragt, ob ich auf dem Balkon essen dürfte. Spielfilme haben mich nie besonders interessiert. Zumindest nicht nach dir. In den paar Jahren, die wir zusammen hatten, haben wir immer dieselben Videokassetten mit Disney-Filmen geschaut, erinnerst du dich? Der extrem schlecht gealterte *Onkel Remus' Wunderland*, *Die Schöne und das Biest*, *Aladdin* und natürlich *Arielle, die Meerjungfrau*.

Als wir fertig gegessen hatten, schenkte Karin großzügig Rotwein nach. Mit dreißig Jahren Routine standen die beiden wortlos auf, Karin drückte die Pausetaste und drehte den Fernseher zurück zur Sofaecke, Wolfgang trug die Gläser zum Couchtisch. Stumm deutete Karin auf den Sessel und reichte mir eine Decke, Wolfgang gab mir eine Schale mit Nüssen.

Den Rest des Films ließ ich betrunken über mich ergehen, hielt die Nüsse lange im Mund, bis ich das Salz abgelutscht hatte, kaute langsam und achtete auf das Gefühl: Hier war die Schnittmenge zwischen Genusstherapie und Weight-Watchers.

Karin und Wolfgang waren genau die Menschen, für die dieser Film gemacht war, und weinten deshalb am Ende auch.

«Was für ein wichtiger Film», sagte Wolfgang und lächelte erwartungsfroh in meine Richtung. Ich nickte und trank mit einem großen Schluck mein fünftes Glas Rotwein aus.

*

Depression und Trauer ähneln einander. Also auch abgesehen vom Weinen und der Leere und der Gewissheit, dass diese Leere bodenlos ist.

In den ersten Monaten nach deinem Verschwinden hatte ich solche Momente, an die ich mich erst seit Kurzem wieder erinnerte. Ich weiß noch, wie ich an der Tafel stand, die Kreide in der Hand, und mich gefragt hatte: Stehen Menschen so? Hält man Kreide so? Und was mache ich eigentlich mit meinem Gesicht? Gucken Menschen so? Und dann wieder kurz vor der Klinik: Ein Nachbartisch voller nervöser Frauen mit spitzen Nasen und ängstlichen Augen. Das Gegenteil von mir, ich konnte nicht mal mehr blinzeln. Aber ich gaffte sie an, eindeutig zu lange, guckte ihnen zu, wie sie nach ihren Tassen griffen, immer sicher, sie auch zu erwischen, wie sie an den richtigen Stellen lachten und klare Meinungen hatten. Wie kam ich da wieder hin?

Und jetzt: Laufen Menschen so? Links, rechts, links, rechts. Machen normale Menschen dabei etwas mit den Armen?

Ich hatte nicht die Energie, von Meryem bemuttert zu werden, musste irgendwie stabil wirken. Vor der Tür des Treffs Nord atmete ich in die Depression hinein, wie es mir beigebracht worden war. Stellte mir vor, wie die Luft zu dem depressiven Gefühl hereinströmte und beim Ausatmen einen Teil des Schmerzes mitnahm.

Meryem saß vor einem Berg aus verknoteten Springseilen am Tisch und sah wütend aus. Kurz blickte sie auf, lächelte mich ohne Überzeugung an und entknotete weiter einzelne Seile aus dem Wust.

«Hi, wie geht's?», fragte ich und legte meine Tasche auf einen der Stühle.

Meryem schwieg lange, dann sagte sie: «Jeder muss auf irgendwas stolz sein, oder? Und wer in sich nichts findet, der muss eben Fußball oder sein Vaterland oder so nehmen.»

Wie so oft hatte ich das Gefühl, dass sie an ihren Monologen schon länger arbeitete und ich ein zufälliges Publikum war.

«Okay, worum geht's?» Ich machte Tee und bereitete mich auf einen Vortrag vor.

«Wir geben den Jungs hier kaum Möglichkeiten, auf irgendwas stolz zu sein, und hassen sie dafür, dass sie auf Jungfräulichkeit oder Männlichkeit oder so stolz sind. Wir sagen ihnen, dass sie Dreck sind und fühlen uns bestätigt, wenn sie sich wie Dreck benehmen.»

Ich stellte ihr ein Glas Tee hin, setzte mich neben sie und half, den Seilberg zu entzerren.

«Wir Deutschen mit unseren deutschen Werten von Ordnung und Pünktlichkeit und so weiter, aber auch mit der Idee, dass ein fettes Auto und ein Haus bedeuten, es geschafft zu haben. Und wenn sie sich das fette Auto besorgen, sagen wir: Nein, ihr dürft doch nicht mitspielen. Ihr seid ja immer noch anders und –»

Ich hörte nicht zu, konnte nicht zuhören.

So stelle ich mir Ertrinken vor. Man treibt aufs Meer hinaus, findet den Sog, der einen hinauszieht, sogar eine Weile sexy. Man gleitet vorbei an den letzten Bojen und merkt, dass man die Kontrolle verliert. Das Ufer, die Menschen, alles, was man kennt, ist nun zu weit weg, um noch erreicht werden zu können. Das eigene Leben ist außer Rufweite. Man ist allein und geht unter, taucht wieder auf, ringt nach Luft und geht wieder unter, taucht wieder auf, und obwohl das zu furchtbar ist, um unendlich zu sein, hört es nicht auf. Man geht wieder unter, taucht wieder auf, ringt nach Luft, findet keine Kraft zu schreien und geht wieder unter.

Mein Kopf war schwer, ich ließ mein Kinn zur Brust sinken und bemühte mich, Meryem wieder zuzuhören.

«Ich wünsche mir einfach, dass die Welt weicher ist. Ehrlich, mal abgesehen von Welthunger und atomarer Aufrüstung oder so großen Sachen. Stell dir mal vor, wir wären alle einfach netter zueinander. Vielleicht würden gar nicht so viele Leute zu Menschen werden, die Atomwaffen für ihr Ego brauchen oder in den Nestlé-Vorstand wollen. Und ich weiß, dass ich das aus einer privilegierten Situation heraus sage und dass die Welt komplex ist, aber manchmal denke ich: Vielleicht ist es alles gar nicht so kompliziert, vielleicht geht es eigentlich um Weichheit statt Härte.»

Ich war zu schwach, um zu protestieren, legte meinen Kopf auf Meryems Schulter. Manchmal fühlt Depression sich an wie Fieber. In dem Moment verglühte etwas in mir. Ungefragt streichelte Meryem mein Haar, ich ließ es geschehen und akzeptierte immerhin für den Moment ein wenig Weichheit.

«Pocahontas!» Özlem stürmte durch die Tür und auf mich zu. Sie küsste mich auf die Wange und setzte sich auf meinen Schoß. Die Berührung kam in Wellen bei mir an, schwappte mit Verzögerung über mich drüber.

Meryem zählte die losen Seile, fünf waren schon befreit. Die vier Mädchen, die heute aufgetaucht waren, folgten uns in den Innenhof, wo Meryem und ich uns auf eine rot gestrichene Bank setzten und die Mädchen begannen, auf Kreidekästchen Seil zu springen.

«Es ist wichtig, die auch auszupowern, viele von denen bewegen sich sonst in den Ferien gar nicht», sagte Meryem.

Ich spürte die Sonne auf meinem Gesicht, eine unanstrengende Art, überhaupt etwas zu fühlen.

«Wusstest du, dass im Essener Norden nur ein Kind von zehn aufs Gymnasium geht, und im Süden neun von zehn?»

«Okay, Malala. Guck mal, ist doch alles gut hier.» Ich zeigte auf Özlem, die Sandra gerade einen Schuh zuband. Schweigend saßen wir in der Sonne und tranken Tee.

Die Vibration meines iPhones, auf dem Display eine Nachricht von John.

Hey Girl, was machst du?

Und direkt noch eine.

Können wir uns an der Tischtennisplatte treffen?

«Hast du was von Lara gehört?», fragte Meryem.

«Nee, du?»

«Nein. Ich weiß nur von Jessy, dass Ashanti sie nicht sehen möchte. Sie sind zwar eine kleine Schicksalsgemeinschaft, aber sie waren ja auch vorher keine Freundinnen, vielleicht ist es okay, wenn sie sich auch jetzt nicht sehen wollen, oder?»

«Für mich ist's okay.» Ich kriegte einen von Meryems Warum-bist-du-so-unerwachsen-Blicken zugeworfen und schloss die Augen.

Es vibrierte wieder.

In 2 h?

«Ich will weg.» Nicht sein wollen und nicht hier sein wollen waren sich zum Verwechseln ähnlich. Aber ein Kurztrip war gesellschaftstauglicher als ein Selbstmord, und so tat ich, als hätte ich das gemeint.

«Abhauen, wenigstens kurz. Wir könnten 'ne Woche wohin, vielleicht in dein geliebtes Istanbul. Ich muss mal raus.» Ich hoffte, dass Meryem meine Dringlichkeit nicht hörte, nicht hörte, dass ich verreisen oder von der Ruhrbrücke springen musste.

«Ich kann nicht einfach weg, Jessy und Ashanti brauchen mich ja auch hier. Und ich kann mir spontane Urlaube nicht leisten.»

«Ich kann zahlen. Das Angebot steht.»

Meryem lächelte müde, sah aus wie eine gebeutelte Fünfzigjährige, nicht wie eine Frau Mitte zwanzig.

«Vielleicht nur übers Wochenende? Muss ja nicht die große weite Welt sein. Wir könnten auch in ein Wellness-Hotel im Süden, nach Werden oder Bredeney oder so.» Der flehende Ton in meiner Stimme ekelte mich an.

Als es zu nieseln begann, gingen wir rein. Vorlesezeit. Meryem las aus einem Buch über einen Prinzen, der König werden wollte. Dazu musste er allerdings heiraten, und deshalb lud er alle Prinzessinnen des Landes ein. Keine sagte ihm zu, bis eine von ihnen ihren Bruder mitbrachte, in den der Prinz sich sofort verliebte. Fortan lebten die beiden als König und König, und alles war gut.

Sag mal, schrieb John, aber ich konnte nichts sagen, konnte nichts schreiben, konnte nur auf dem Teppich liegen, mir die Haare von Özlem und ihrer Freundin flechten lassen und weiter atmen. Nur diesen Moment ertragen. Und dann den nächsten. Und den nächsten.

*

Jonas, der Working-Class-Kunststudent aus der Klapse, hat mir beim Rauchen mal von seinem Lieblingsbuch erzählt, irgendwas mit Spaß, ewiger Spaß oder so. Es ging, glaube ich, um Tennis und Drogen, aber richtig hängen geblieben ist das, was er über Schmerz gesagt hat. Jonas, Typ Fuckboi mit so Gen-Z-TikTok-Haar, wuschelte sich durch seine Frisur, zog an seiner Selbstgedrehten und beschrieb, wie der Mann im Buch erkennt, dass er immer nur diesen Moment aushalten muss. Nur diesen einen Moment, und dann noch einen und dann noch einen. Aber über diese nächsten Momente muss man nicht nachdenken, die liegen in der Zukunft und sind damit egal. Nur jetzt gerade gilt es auszuhalten. Und «jetzt gerade», diesen einen Moment ohne Zukunft zu ertragen, geht eigentlich immer.

Jonas und ich hatten ein paarmal Sex, nachts im Kunstraum, bis Doktor Ziegler uns erklärte, dass das unserer Therapie im Wege stehen würde, was Jonas sehr ernst nahm, weil er sich selbst halt sehr ernst nahm. Als Teenager wäre ich wahrscheinlich verknallt gewesen in ihn – im Rückblick sah er ein bisschen aus wie der Mann im blauen Haus.

Ein Mann wie gemeißelt. Mehr schön als sexy, mehr zum Anschauen als zum Anfassen. Hätte ich mal nur geschaut. Der Mann im blauen Haus war mit dem hübschesten Mädchen der Schule zusammen, Marina, die Jana und ich Marissa nannten, weil sie aussah wie Mischa Barton in *O. C. California*. Blond und feingliedrig waren die beiden, halb Teenies, halb Feen. Sie die Königin der Tanz-AG, er der beste Fußballer der Schule. Die zwei waren unserem Traum von amerikanischen Highschool-Kids so nah, wie wir ihm niemals kommen würden. Sie beherrschten jeden Raum und waren sich ihrer blauäugigen Unwiderstehlichkeit dabei kaum bewusst, konnten es sich sogar noch leisten, freundlich zu sein, weil sie Beliebtheit nicht als die kostbare Ware verstanden, die sie war. Stattdessen glaubten sie ehrlich, sie wären deshalb die beliebtesten Menschen der Schule, weil sie durchschnittlich nett, schlau und witzig waren.

Er war der geborene Lehrerschwarm: Klassensprecher, Schulmaskottchen, wann immer die Schule in der lokalen Zeitung auftauchte, Aufpasser bei der halbjährlich stattfindenden Mittelstufen-Disko. Einmal fragte er mich nach der Disko, ob er mich nach Hause bringen dürfe. Das war, als hätte Brad Pitt oder Gott persönlich gefragt: Nein sagen war keine Option. Als er mich dann vor seiner Haustür fragte, ob ich noch mit hochkommen wolle, hörte sich das an wie eine Feststellung. Ob ich geantwortet habe oder einfach mitgegangen bin, weiß ich nicht mehr. Aber ich erinnere mich an den müffelnden Hausflur, an seine Zimmertür, an der sein Name als Lokomotive aus Holzbuchstaben klebte, an die Überlegung, ob ich hoffte oder fürchtete, dass seine Mutter zu Hause war.

Sie war nicht zu Hause, und sein großer Bruder war im Jahr davor ausgezogen. Ich nippte an dem riesigen Glas Rum mit Cola, das er mir in die Hand gedrückt hatte, obwohl ich kaum stehen konnte nach dem Smirnoff Ice Melon, den ich in der Schule aus der Eistee-Flasche in Janas Rucksack getrunken hatte.

Nichts Dummes sagen, dachte ich, versuchte das Gespräch von der Schule wegzulenken und von allen Indikatoren dafür, dass ich eine unwürdige Zehntklässlerin war und er in wenigen Wochen die Schulzeit hinter sich lassen würde, um sein Studium zu beginnen. Er erzählte mir von seinem Wechsel zum verfeindeten Sportverein eines Nachbarviertels, von seiner liebsten *Simpsons*-Folge und seinen Zukunftsplänen – eine Mischung aus Fantasielosigkeit, Sicherheitsbedürfnis und einer Schulzeit als Golden Boy hatte ihn zu dem Entschluss gebracht, Sport und Deutsch auf Lehramt zu studieren. Von Marissa erzählte er nicht, drehte sogar ihr Foto zur Seite, nachdem er gesehen hatte, wie ich unsicher zu dem Bild in dem geblümten Rahmen auf seinem Nachttisch rübergeschaut hatte.

«Wollen wir was ausprobieren?», fragte er plötzlich, und ich war so jung und betrunken, dass ich für einen Moment wirklich dachte, er meinte einen Zungenkuss oder wollte meine Brüste anfassen. Stattdessen schob er meinen Rock hoch, drehte mich um und öffnete seine Hose. Ich drückte ihn weg, zog meinen Rock wieder runter und setzte mich zurück auf sein Bett, statt einfach zu gehen. Danach machte ich mir vor allem deswegen Vorwürfe, glaubte ernsthaft, dass ich mir dadurch selbst die Verantwortung für alles zuzuschreiben hätte, was dann folgte.

«Ich dachte, Araberinnen mögen es in den Arsch, weil sie Papa dann erzählen können, dass sie noch Jungfrau sind.»

Ich bin keine Araberin, habe keinen Vater, Jungfrau bin ich seit Kurzem auch nicht mehr. All das wollte ich sagen, legte mir meine Worte zurecht, als würden wir per Podiumsdiskussion über Analsex verhandeln, er aber hatte genug von Worten, setzte sich neben mich, nahm mir das Glas aus der Hand und stürzte die Rum-Cola hinunter. Dann drückte er mich aufs Bett, rollte mich auf den Bauch. Das Foto von Marissa zeigte nun zu mir. Mit beiden Händen hielt ich mich am Bettlaken fest, als könnte ich ertrinken. Ich starrte in das Blau, Blau, Blau von Marissas Augen, bis es vorbei war.

Am nächsten Morgen machte ich mich über die Kreuzung davon, gab mir Mühe, so elegant zu laufen, wie es möglich ist, wenn einem Blut aus dem Arsch läuft. Obwohl ich nur noch Leinsamen und Wasser zu mir nahm, dauerte es Wochen, bis ich, ohne zu weinen, aufs Klo konnte, und im Sportunterricht weigerte ich mich so hartnäckig, Basketball zu spielen, dass Herr Scholz einen Brief an Varuna schrieb – als wäre der es nicht scheißegal gewesen, was ich in der Schule oder sonst wo tat.

Gibt es Sachen, die du dir nicht verzeihst, Mama? Meine Liste ist kurz, aber ganz oben steht der nächste Montag, an dem ich den Golden Boy mit Marissa Arm in Arm über den Flur laufen sah und ihn grüßte, anstatt ihm eine reinzuhauen. Er hat irritiert genickt, als müsste er sich erinnern, wer ich war. Wie wenig Selbstachtung kann man eigentlich haben? Während der folgenden Wochen und Monate glaubte ich allen Ernstes, er würde mich ansprechen, auch wenn ich Albträume hatte, in denen er mich anfasste.

Ich habe es nie jemandem gesagt, nicht mal Jana. Erst in der Klapse, in einer der Einzelsitzungen, habe ich es Doktor Ziegler erzählt und zugegeben, dass ich nicht mehr wüsste, ob ich Nein gesagt oder nur Nein gedacht, aber auf jeden Fall so deutlich Nein gefühlt hatte, weshalb der Goldene Junge es trotz aller Ichbezogenheit – und all dem Rum – bemerkt haben musste. Sie antwortete, dass es ja manchmal auch ein «lustvolles Nein» gebe, und ich sprach nicht weiter darüber.

*

Vor der Tür rauchte ich eine Zigarette, ließ mir Zeit, betrachtete mein Spiegelbild in der abgedunkelten Scheibe eines parkenden Autos. Früher hatten die deutschen Kinder erzählt, dass nur Türken solche Autos fuhren und hinter den verdunkelten Scheiben Zweit- und Drittfrauen versteckt wurden.

Ich konnte mich nicht daran erinnern, was in den letzten drei Tagen passiert war. Wenn es mir schlecht geht, fährt mein Körper manchmal runter wie ein Tier im Winterschlaf, schaltet auf einen Energiesparmodus, in dem nur noch das Allernötigste passiert – atmen vor allem.

Ich trat näher an die Scheibe, schaute auf die spröden Spitzen meiner schwarzen Haare und erinnerte mich daran, dass ich hier nicht festsaß, dass niemand mich davon abhielt, für einen Haarschnitt und ein Blowout zu meiner Friseurin zu fahren. Es war schnell gegangen, bis meine Welt wieder auf diesen Block und die umliegenden Straßen zusammengeschrumpft war. Düsseldorf schien weit weg, ein anderer Planet zu sein, unmöglich im Laufe eines Nachmittags zu erreichen. Ich klingelte.

«Was machst du hier?»

Ich wusste es nicht. «Äh, es ist Donnerstag, ich war nicht sicher, ob ich trotzdem kommen soll, also –»

«Komm rein.» Melanie nahm mir die Sangriaflasche aus der Hand und ging ins Wohnzimmer. Lara hockte im Schneidersitz auf dem Ledersofa. Frisch gebadet in einem rosafarbenen Bademantel mit Teddy-Ohren sah sie jünger aus als das Mädchen auf den Fotos.

«Wer bist du?», rief sie und beugte sich nach vorne, um eine Hand Erdnussflips aus der Plastikschüssel zu greifen.

«Sag erst mal Hallo, ja?», blaffte Melanie sie an und begann, eines der Bademantel-Ohren zu kneten. «Das ist 'ne Freundin von mir, und die ist gekommen, um mit uns *Galileo* zu gucken.»

Lara sagte nichts, kaute weiter und schaute wieder auf den Fernseher. Ich habe keine besonderen Ansprüche an wiedergefundene Kinder, aber ein bisschen zerknitterter hatte ich sie mir schon vorgestellt. Laut John hatte Ashanti gerade wieder begonnen, ganze Sätze zu sprechen, und Lara saß hier, als wäre es das Ende eines ganz gewöhnlichen

Schultags. Und dünner hatte ich sie erwartet. Waren frisch gerettete Kinder nicht abgemagert?

Ich folgte Melanie in die Küche und tat mir etwas von der Fertiglasagne auf, die dampfend auf dem Tisch stand.

Wieder im Wohnzimmer, holte ich das Stoffnilpferd aus meiner Tasche, das ich im Gehen von der Fensterbank gegriffen hatte, und reichte es Lara. «Hier, für dich», sagte ich.

«Hippo», rief Lara.

Melanie stand hinter ihr. «Das ist deins, Mäuschen, oder? Das ist Hippo, den du verloren hast.» Sie nahm ihrer Tochter das Nilpferd aus der Hand. «Guck mal, der hat ihren Namen auf dem Schild.» Melanie zeigte mir das zusammengerollte Etikett, auf dem in wasserfesten Großbuchstaben LARA stand.

«Den hab ich gefunden, muss ich zugeben.»

Lara guckte mich an, mit weit aufgerissenen Augen, und schüttelte kaum merklich den Kopf.

«Beim Gebüsch, beim Spielplatz.» Warum deckte ich Lara? Und was gab es zu verschweigen?

«Tolles Geschenk, danke», sagte Melanie kopfschüttelnd.

«Sorry, ich dachte, besser als nichts.» Unsicher schaute ich mich um, überlegte, ob ich wieder gehen sollte.

«*Galileo*, *Galileo*», rief Lara, und Melanie schaltete den Ton an. Ich schielte wieder auf Hippo, den Lara zusammen mit den Erdnussflips in ihren Armen hielt. Wie war dieses Stofftier in mein altes Kinderzimmer gekommen? Hatte Varuna eine Neunjährige bestohlen? Hatte Lara es dort vergessen? Und wenn ja: Was hatte sie bei meiner Großmutter gemacht? Varuna wirkte kaum wie die liebe Leihomi, die Kids für Backnachmittage bei sich aufnahm.

Ich beobachtete Melanie, wie sie Lara anschaute, manchmal streckte sie sogar eine Hand nach ihr aus, als könnte sie sich nur mit Körperkontakt sicher sein, dass ihr Kind wirklich hier war.

In der ersten Werbepause stand Melanie auf, fragte, ob ich auch Zigaretten wolle, und ging aus der Wohnungstür.

Ich wusste noch nie, wie man sich mit Kindern unterhält. Musstest du das auch lernen? Oder weiß man so was einfach, wenn es das eigene Kind ist?

«Ähm, hast du schon mit Ashanti gesprochen?»

Lara schüttelte den Kopf und guckte weiter auf eine L'Oréal-Werbung. Dann stand sie auf, ging zu Melanies Sangriaglas und nahm zwei große Schlucke. Sie schaute mich herausfordernd an. Ich reagierte nicht, und sie grinste.

Ich nahm einen neuen Anlauf. «Ihr seid doch Freunde, oder?»

«Ich bin immer noch sauer auf Ashanti, aber nur noch ein bisschen.»

Ich öffnete Instagram und wischte die App wieder weg, wusste nicht, wohin mit meinen Händen. Lara streckte Hippo wie ein Baby vor sich in die Luft, lachte. War sie betrunken?

«Wieso bist du sauer, Lara?»

Lara ging wieder zum Glas ihrer Mutter. Ich sprang auf, nahm das Glas in die Hand. Sie streckte mir Hippo entgegen, ich nahm ihn und gab ihr das Glas, als hätte ich irgendetwas davon, als wären wir Natives beim Tauschhandel.

«Ich verstehe gar nicht genau, warum die mitkommen musste. Wir hätten ja auch wen anders mitnehmen können – aber musste unbedingt die hübsche Ashanti sein. Nils ist ja mein Freund.»

Ich dachte an Ashanti. Beifang.

«Wer ist Nils, Lara?»

«Ashanti ist bestimmt noch sauer, aber ich finde eigentlich nicht, dass sie das darf, weil, also eigentlich finde ich, dass ich sauer sein kann.»

Ich setzte mich wieder, hielt Hippo in der einen Hand, öffnete mit der anderen wieder Insta. Wahllos scrollte ich durch die Page von Kristin Cavallari.

«Warum sollte Ashanti sauer sein, Lara? Was hast du gemacht?» Ich wollte es wissen, ich wollte es nicht wissen.

Lara zuckte mit den Schultern. Dann stand sie auf, schwankte ein wenig und nahm mir Hippo wieder ab. Sie legte dem kleinen Stofftier die Hände um die Kehle und lachte mich an.

«Sie hat geschlafen, also Nils hat ihr so was gegeben, wenn er wegmusste, und danach hat sie geschlafen.» Lara sagte das wertneutral, wie ein notwendiges Übel, nicht der Rede wert.

«Und du hast nichts bekommen, wenn er wegmusste?»

«Nee, ich wollte da ja mit Nils zusammen sein. Ich wollte ja nicht wegrennen.» Lara lachte. «Guck nicht so. Du denkst auch, dass Nils zu alt für mich ist, ne? Aber Liebe ist ja wichtiger als Alter, und wenn man sich richtig liebt, ist es ja nicht so wichtig, wie alt einer ist.»

«Auch? Wer hat noch gesagt, dass Nils ein bisschen alt ist?» Ich scrollte schneller, die Bilder von Kristin Cavallaris winziger Taille flossen ineinander.

«Varuna hat das am Anfang immer gesagt, aber dann hat sie auch verstanden, dass das Liebe ist und –» Lara guckte mich an und hielt sich ruckartig die Hand vor den Mund, als könnte sie die Worte noch aufhalten, die nun zwischen uns im Raum standen. Plötzlich sah sie wieder aus wie ein erschrockenes Kind, nicht wie eine Vorpubertäre mit Lover und Alkoholproblem.

Mein iPhone rutschte mir aus den Fingern und knallte

auf die Fliesen. Ich wischte meine nassen Hände an meiner Jeans ab und schob sie unter meine Beine, um das Zittern zu verstecken.

«Lara, wenn du nicht willst, musst du das niemand anderem sagen. Ich werde nichts verraten, ja?» Ich wusste nicht, warum ich das sagte. Nicht, um Varuna zu schützen. Vielleicht mehr für mich selbst, als wäre es weniger wahr, wenn es unser Geheimnis blieb.

Lara nickte. Wir schwiegen und schauten auf den Bildschirm, bis Melanie nach Hause kam.

«Ich muss los, ja?»

Melanie nickte geistesabwesend. Niemand würde mich hier vermissen.

Im Flur neben der Wohnungstür hing das Schulfoto von Lara, das auch in der Zeitung abgedruckt worden war. Schnell zückte ich mein Handy, fotografierte es und zog die Tür hinter mir zu.

Ich erinnere mich dunkel daran, dass du an Gott und den Teufel geglaubt hast. Wir waren nie zusammen in der Kirche und du warst, glaube ich, auch nie allein dort. Getauft warst du vermutlich auch nicht, oder? Aber du hattest so eine klare Vorstellung davon, dass es etwas großes Gutes gibt in der Welt, und das ist Gott, und etwas Böses, den Teufel. Das scheint mir, um ehrlich zu sein, zu einfach, das Leben ist ja keine Telenovela. Aber vielleicht hast du genug Zeit mit deiner Mutter verbracht, um es besser zu wissen.

*

«Werte Enkelin», begann Varuna, aber ich knallte meine Zimmertür hinter mir zu und drehte den wackeligen Schlüssel im Schloss. Auf der Fensterbank lag die rote Haarspange, die ich dort vor Wochen abgelegt hatte. Ich verglich sie mit der Spange auf dem Handyfoto von Lara, sie waren identisch.

Ich schmiss das Bettzeug auf den Boden und hob die Matratze an. Zwischen Lattenrost und Matratze klemmte eine Barbie, unter dem Bett lag eine Packung saure Pommes und anderes Weingummi, alles keine zwölf Jahre alt.

Etwas wurde eng um meinen Brustkorb, ich legte mich auf den Boden, auf meine Decke, streckte die kribbelnden Hände weit von mir und versuchte, langsam zu atmen. Luft rein. Und ohne den Atem anzuhalten einfach wieder raus. Geht doch. Noch mal. Einatmen, ohne Druck, ganz natürlich. Und ruhig wieder aus. Ein und aus. Gut.

Ich stand auf, streckte mich. Raum schaffen. Ich atmete noch mehrmals ruhig ein und aus, dann öffnete ich die Tür. Varuna saß mit einem Pflanzenbuch und einer dampfenden Tasse Tee am Tisch.

«Liebe Grüße von Nils.» Ich lehnte an der Wand und ließ die Katze, die mich mochte, um meine Beine streichen.

«Wie bitte?» Varuna blickte nicht auf, blätterte mit einem angefeuchteten Finger weiter.

«Nils, du weißt schon.»

«Und wer ist das, wenn ich fragen darf?» Sie blickte mich durch ihre silberne Brille an, ihre Augen verrieten nichts. «Nimm dir eine Tasse Tee, mein Spatz. Die Kanne steht in der Küche.»

«Der Mann, dem du erlaubt hast, in meinem alten Zimmer kleine Mädchen anzufassen.» Ich hatte nicht gewusst, dass ich das dachte. Aber jetzt, da die Vermutung ausgesprochen war, schien sie mir so real wie die graue Katze, die auf dem Tisch saß und mich anstarrte.

Varuna schaute wieder auf das Buch, fuhr mit ihrem Finger über die Zeilen.

«Die Haarspange – Lara und Nils waren hier, bevor er sie entführt hat.»

Endlich klappte sie das Buch zu, so energisch, dass die Katze vom Tisch sprang und sich miauend in Varunas Zimmer verzog.

«Ich habe Lara hin und wieder eine Pause von ihrer inkompetenten Mutter erlaubt und ihr hier Obhut gewährt, Arielle. Bäume verweigern niemandem ihren Schatten. Sie ist gekommen, um Süßigkeiten zu essen und mit diesen blonden Plastikpuppen zu spielen – Barbie, richtig? Außerdem hat sie die Katzen gemocht, durfte Futter aus dem Keller holen und in die Näpfe verteilen.»

Zu viele Worte, zu viele Details. Ich glaube, ich war schon immer ganz gut darin zu merken, wenn ich belogen werde. Vielleicht liegt es daran, dass ich die beste Lügnerin bin, die ich kenne. Amateure ertappte ich leicht.

«Du bist aber kein Baum, Varuna. Nils war hier, richtig?»

Beiläufig zuckte sie mit den Schultern, als hätte ich sie beschuldigt, meinen Vollfett-Joghurt aufgegessen zu haben.

«Und was planst du, mit diesem Verdacht zu tun?»

Ich hatte keinen Plan, so weit hatte ich nicht gedacht. Nicht zum ersten Mal in meinem Leben hegte etwas in mir den Wunsch, sie zu erschlagen. Mit fünfzehn oder sechzehn, als alle meine Freundinnen ihre Mütter hassten und ich nur Varuna hassen konnte, wusste ich schon, dass es bei uns um mehr ging als nur um einen pubertären Abgrenzungsprozess, dass ich mir Varunas Kälte nicht einbildete.

Ich richtete mich auf, fühlte eine Vibration in meinem Körper, als würde ich mich darauf vorbereiten, attackiert zu werden. Ich bemühte mich, laut zu sprechen, furchtlos zu klingen, auch wenn ich auf einmal Angst hatte, dass diese alte, humpelnde Frau irgendetwas gegen mich ausrichten könnte.

«Was hast du getan, Varuna?»

Sie schaute zu mir hoch, lächelte milde.

«Gut gebrüllt, mein Löwe.» Mit ihren dünnen Fingern strich sie über das Buch, betastete die Kanten des Hardcovers. «Ich habe nichts getan, Arielle. Ich habe zugegebenermaßen aber auch nichts verhindert. Nun schau doch nicht so. Jedes Vögelchen folgt seiner Natur. Ich habe nicht die Macht, daran etwas zu ändern.»

«Welche Natur, Varuna?» Ich zitterte, stemmte die Arme in die Hüften, als hätte ich einen Empowerment-Workshop zu viel besucht und würde meine morgendliche Superman-Pose üben.

Mir fiel meine erste Trennung wieder ein. Wie Nedim vor mir gestanden und ich gemerkt hatte, dass ich es nicht hören wollte. Dass es unvermeidbar war, aber ich eigentlich wusste, dass ich mit seinen Worten nicht leben konnte und die Zeit anhalten wollte. Lieber für immer im Moment kurz vor der Katastrophe leben, als mit der Katastrophe umgehen.

«Leichte Mädchen verhalten sich wie leichte Mädchen. Das ist nun wirklich nicht meine Schuld.»

Zurückspulen. Vielleicht musste das hier nicht weitergehen, vielleicht konnte ich auf Pause drücken, stillhalten, die letzten zwei Stunden löschen.

Aber es ging weiter, immer weiter. Die Geschichte war in Gang, ich sprach nur meinen Part: «Sie ist neun Jahre alt. Sie ist nicht mal in der Pubertät. Und er ist ein erwachsener Mann. Das ist Missbrauch, Varuna.» Ich stemmte meine Hände mit mehr Kraft auf meine Hüftknochen, musste die Spannung halten oder explodieren. «Du hast sie hierhin eingeladen. Hast das Mädchen ihrem Vergewaltiger ausgesetzt, in meinem alten Kinderzimmer. Wer macht denn so was? Du bist doch kein Monster, Oma.»

Ich sah Mitleid in Varunas Blick, als wäre ich ein kleines Kind, das die Situation schlichtweg nicht überschauen konnte.

«Monster? Aber mein Spatz, wer denkt denn in solchen Kategorien? Nichts ist an sich gut oder schlimm, erst das Denken macht es dazu.»

Kurz war ich verwirrt, wie damals, als ich diesen Journalisten – Tim? Tom? – gedatet hatte, der eindeutig schlauer war als ich und ständig Sachen sagte, die erst mal richtig klangen, bei ein bisschen Nachdenken aber null Sinn ergaben.

«Das stimmt nicht, Varuna. Es gibt Dinge, die sind falsch, einfach falsch. Und was soll ‹leichte Mädchen› überhaupt heißen?»

Sie lächelte immer noch, ich konnte es nicht mehr ertragen. «Dem Raben hilft kein Bad, Arielle. Was denkst du, was aus Lara mal wird?» Sie räusperte sich, klopfte kurz auf das Buch, als wolle sie das Gespräch damit beenden. «Nun denn. Was getan ist, ist getan.»

Ich griff die kleine Lampe neben mir, riss sie aus der Wand. So läuft das also, dachte ich, während ich mit dem Arm nach hinten ausholte. Ein Tunnelblick, wie kurz vorm Orgasmus, nur noch eine Richtung, vorwärts. Varuna machte einen Sprung vom Stuhl, die Lampe zerbrach auf der Stuhllehne. Ich schrie, schaute, wie der Drahtschirm davonrollte, die Scherben wie Eis auf dem Perserteppich lagen. Varuna riss beide Hände in die Luft, wollte sie sich ergeben? Sie atmete schnell, starrte mich an. Gern würde ich behaupten, ich wäre erleichtert gewesen, dass es nicht zu Schlimmerem gekommen war.

Ich setzte mich zitternd auf einen der Stühle, sie lehnte

an der Kommode, ließ mich nicht aus den Augen. Mit beiden Händen hielt ich meinen Kopf, er schien plötzlich vierzig Kilo zu wiegen.

«Du hast selbst eine uneheliche Tochter, ich weiß gar nicht, woher du deine Selbstgerechtigkeit nimmst», sagte ich mehr zu mir als zu ihr. Musste ich mich entschuldigen? Wie machte man jetzt weiter? «Bist du denn so viel besser? Wenn Melanie eine Schlampe ist und ich und Mama eine und anscheinend sogar Lara – was ist dann mit dir?»

Varuna sprach langsam: «Im Gegensatz zu dir und deiner Mutter habe ich nie freiwillig jemanden zwischen meine Beine gelassen.» Sie setzte sich vorsichtig, ich hörte die Scherben unter ihren Schlappen knirschen.

«Und wie bist du Jungfrau dann schwanger geworden?»

«Unfreiwillig.» Varuna hatte ihre kleinen weißen Hände auf dem Tisch ineinandergelegt, sah uralt und winzig aus.

Es tut mir leid, dass du es so erfährst. Falls das irgendwas zählt, wo auch immer du bist: Du wurdest sehr geliebt. Von Wolfgang, von mir, von deinen Freundinnen. Wie du in die Welt gekommen bist und wie du in der Welt warst, hat nichts miteinander zu tun.

Ich schaute Varuna an, ihr hageres Gesicht, die kleinen blassen Augen, die ein bisschen zu tief im Gesicht verschwanden. War es das erste Mal, dass sie es jemandem erzählte?

«Das, das tut mir leid, Varuna. Ich weiß nicht, was ich sagen soll.» Ich schaute auf meine Hände, auf Varunas Hände. «Wer war er?»

«Ach, Spatz. Er war, er war – er war so hell, fast durchscheinend. So weiß, er war fast gar nicht hier.» Ich legte meinen Kopf schief, schaute sie an, fragte mich, ob sie mir einreden wollte, mein Großvater wäre ein Geist gewesen.

«Du hast keine Ahnung, wer ich hätte sein können, Arielle. Ich habe Rita angefleht, nicht denselben Fehler zu begehen, von ihrem Recht Gebrauch zu machen, es zu beenden, aber sie hat auf dir bestanden und mich dann sitzen lassen. Wie in einem Déjà-vu.»

Ich dachte an meine beiden Abtreibungen, die vielen Pillen danach, sah die Glasscherben am Boden, das lange Kabel der Lampe. War es lang genug?

«Sie ist nicht abgehauen. Das weißt du. Sie wäre bei mir geblieben. Sie hat mich geliebt. Sie wäre nicht gegangen.» Ich klang nicht überzeugt, auch wenn ich es eigentlich war.

«So glücklich kann sie nicht gewesen sein. Hat sich erst vollgedröhnt und ist dann weggerannt.» Varuna hatte sich gefangen, saß wieder aufrecht, sprach wieder in ihrem seltsam distanzierten Singsang.

«Ich weiß vom Ecstasy. Du hast nicht so viele Asse im Ärmel, wie du denkst.» Ich merkte, wie meine Schultern sich entspannten. Wir waren zurück auf vertrautem Terrain. Ein Schlachtfeld, aber unseres.

«Weißt du auch von den Antidepressiva, die sie genommen hat wie Bonbons?»

Das wusste ich nicht. Vielleicht haben wir doch mehr gemeinsam, Mama.

«Sie wäre nicht ohne mich gegangen», sagte ich noch einmal, leiser.

«Woher willst du das wissen?»

Ich hielt ihre Stimme nicht mehr aus. Eine gepresste Stimme mit zu wenig Luft, als hätte jemand versucht, sie zu erdrosseln.

«Weißt du, was du vergisst, mein Spatz? Ich habe eine Tochter verloren, nicht nur du eine Mutter.»

Ich schüttelte den Kopf, wollte, dass sie schwieg.

«Du kannst mich verabscheuen, Arielle, aber ich bin diejenige, die da war. Deine Mutter, dein Vater, deine Großväter, die andere Großmutter – ich bin die Einzige, die da war, das sollte mir angerechnet werden. War ich perfekt? Nein. Aber ich war da, Tag für Tag, Jahr für Jahr, war die Einzige, die dich wollte, die Einzige, die bereit war, Verantwortung für dich zu übernehmen. Hast du jemals darüber nachgedacht, was die Alternative gewesen wäre? Du magst mich verabscheuen, aber ich war deine beste Option.»

Varuna richtete sich auf, schwankte leicht. Dann lief sie humpelnd in ihr Zimmer. Ich hörte, wie sich der Schlüssel im Schloss drehte. Sie hatte Angst vor mir. Ich auch.

*

Im letzten Jahr, ein paar Wochen vor der Klapse, schlug ein Typ auf Tinder vor, spontan zusammen ins Konzert zu gehen. Ich hoffte auf Nicky Minaj oder Lana del Rey, aber er nahm mich mit in die Tonhalle und erzählte mir etwas über atonale Musik, und weil ich keine Ahnung hatte, was das war, hoffte ich einfach, dass es sich ein bisschen wie Chopin anhörte.

Drei Stunden (!) saß ich ohne Getränk unter der Kuppel und hörte zu, wie jemand wahllos auf einzelne Tasten eines Klaviers drückte, ab und zu spielte jemand noch einen schiefen Ton Geige dazu. Alles war undurchschaubar, unangenehm, überfordernd und wollte nicht enden. Genauso fühlte ich mich jetzt, als hätte ich schiefe Töne im Körper, die keinen Sinn ergaben, sosehr ich mich auch bemühte, ein Muster zu erkennen. Ich wollte aus meinem Körper kriechen, alle halben Töne und krummen Gedanken abstreifen noch mal von vorn anfangen.

*

«Hi.» John stand vor mir, hielt einen Kopf Weißkohl in der Hand, in seinem Einkaufswagen lagen Bohnen, Rinderfond und andere Dinge, die nur Leute kaufen, die tatsächlich kochen. Ich hatte Crème fraîche, Möhren, Haferflocken und Quark in meinem Korb, außerdem Proteinpulver und Äpfel. Und eine Flasche Belvedere.

«Sorry – ich. Egal.»

«Nee, erklär ruhig, warum du dich 'ne Woche nicht gemeldet hast, ich würde es echt gerne hören.»

Ich dachte an Meryem, an Weichheit, an die Chancen, die sich ergaben, sich zu öffnen. Im Kopf arbeitete ich an einem Satz, sinngemäß: Ich habe mich bei niemandem gemeldet, habe in den letzten vier Tagen bewegungslos im Bett gelegen, meine Großmutter gemieden und außer einer Packung Proteinriegel und ein bisschen Obst nichts gegessen. Aber hier, zwischen der Gemüseabteilung und dem Kühlschrank mit Smoothies, war nicht der Ort, um von einem Jahrzehnt Depression zu berichten, von Varuna, von dir.

«Kochst du was?»

«Willst du was essen? Jessy ist arbeiten und später bei Ashanti, ich war vorhin schon da.»

Ich schaute wieder in seinen Wagen, dann in meinen. «Keine Ahnung, John. Ich muss, glaube ich, nach Hause.»

Ich sah mich in der Scheibe, spiegelte mich in der Reihe grüner Smoothies und direktgepresster Säfte.

Er trat einen Schritt auf mich zu, strich mit seiner freien Hand über meinen Unterarm.

«Ich könnte dich auch langsam lecken und dir dann Eier machen.»

Ich dachte an unzählige Unterhaltungen auf Dating-Apps, in denen Typen behauptet hatten, richtig gerne zu lecken, nur um ein paar Tage später in einem Hotelzimmer nach zwei Minuten aufzuhören und einen Blowjob zu verlangen.

«Lecken und Eier?», fragte ich und lehnte meinen Kopf an seine Schulter. Er roch nach Weichspüler, Jessys Weichspüler vermutlich, und ein bisschen nach etwas Gebratenem.

«Ich will nicht allein sein, okay? Und dir scheint Alleinsein auch nicht besonders gutzutun.» Etwas Flehendes lag in seinem Ton, nicht sexy, aber vertraut.

«Ja.» Ich legte meine Einkäufe in seinen Wagen und zahlte an der Kasse für uns beide.

*

Ich musste Gedanken wegschieben, mich konzentrieren. Du, Varuna, mein Chef aus der Agentur, der vier Tage vorher eine Mail geschrieben hatte, die Mails von der Krankenkasse.

John schaute auf, schien zu merken, dass die letzten zwanzig Minuten vergebens gewesen waren.

«Hey Kleines, alles gut?»

«Bestens.»

Er küsste die Innenseiten meiner Oberschenkel. «Wir haben so wenig voneinander gehört in den letzten Tagen. Ich dachte schon, du hättest ’nen anderen.»

Sein Besitzanspruch ekelte mich, auf einmal störte mich sein Gesicht zwischen meinen Beinen, seine Finger, die mit meinem Nippel spielten, auch diese unbequeme Schlafcouch.

«Wie kann ich ’nen anderen haben, wenn ich keinen einen habe?»

Er nahm die Hand von meiner Brust.

«So war’s nicht gemeint.»

«Welchen anderen meinst du? Den Paketboten, den ich gestern gefickt habe?»

John stand auf, wischte sich den Mund an meinem T-Shirt ab und warf es auf meinen Bauch.

Ich sah, wie verletzt er war, war aber zu weit weg, als dass es mich berührt hätte.

Er schüttelte den Kopf, wollte etwas sagen, entschied sich dagegen.

«Was dachtest du denn? Jetzt tu doch nicht so. Du wusstest doch Bescheid. Hast du gedacht, ich bin jetzt dein Girlfriend und wir kriegen Latte-macchiato-Babys und ich nähe und du kochst und wir ziehen aufs Land? Fick dich.»

«Wir hatten 'n paar Dates, sorry, dass ich dachte, dass das hier irgendwas werden könnte.»

Jetzt wäre der Moment gewesen, an dem ich noch hätte einlenken können.

Und dann war der Moment vorbei.

«Fick du dich, Arielle. Ich werd's nicht mehr tun.»

Ich zog das T-Shirt über meinen Kopf, betrachtete kurz den hellen Fleck auf meinen Rippen, wischte vergeblich darüber und zog mir die Hose an. Gerade griff ich nach meiner Handtasche, als die Wohnungstür aufging und Jessy mit Meryem hereinkam.

«Hi, ich wusste gar nicht, dass –», begann Meryem, aber Jessy stand schon vor John: «Ist das dein Ernst? Du nutzt die Zeit, in der ich bei deiner Tochter im Krankenhaus bin, um irgendjemanden in meiner Wohnung zu treffen? Ohne meine Erlaubnis, wohlgemerkt.»

«Irgendjemand ist vielleicht 'n bisschen harsch», sagte ich.

«Bitte sei still. Wer bist du eigentlich? Kenne ich dich?» Jessy schien mich zum ersten Mal richtig zu sehen. Im Übersehenwerden war ich ungeübt, stand sehr aufrecht.

«Hey Schatz, das ist ’ne Freundin von mir», sagte Meryem, bereit, die Wogen zu glätten.

«Nenn mich nicht Schatz, Meryem, wir hatten drei Mal Sex, da muss man jetzt echt nicht die Hochzeitsglocken läuten hören.»

«Was?» John schaute von Meryem zu Jessy, dann zu mir, setzte sich aufs Sofa.

Meryem weinte, entschuldigte sich, hielt sich eine Hand vors Gesicht. Jessy sah aus, als wolle sie etwas sagen, streckte halbherzig eine Hand nach Meryem aus, zog sie zurück.

Meryem lief los, knallte die Tür hinter sich zu. Ich schaute von John zu Jessy und entschied, dass das nicht meine Baustelle war.

«Ciao», murmelte ich und verließ die Wohnung.

Ich sah Meryem am Ende des Blocks um die Ecke biegen, rannte ihr hinterher.

«Scheiße, sorry. Tut mir leid», sagte ich, als ich sie eingeholt hatte.

Meryem sagte nichts, wischte sich Tränen von den Wangen, blieb stehen.

«Kurztrip nach Werden?» Ich strich ihr eine Locke aus der Stirn.

«Meinetwegen», antwortete Meryem.

*

«Ich packe meinen Koffer und lege einen schwarzen Kaschmirpulli und eine Chloé-Jeans hinein. Ich packe meinen Koffer und lege einen schwarzen Kaschmirpulli, eine Chloé-Jeans und einen LaPerla-BH hinein.»

Ich schrieb Varuna einen Zettel, zerknüllte ihn, schrieb einen neuen. Musste ich mich abmelden? Würde ich wiederkommen?

Vielleicht so was wie: Ich bin fertig mit dir, du bist es mir nicht mal wert, dich zu erschlagen. Mach es gut. Oder eher: Bis Montag, iss meine Möhren nicht.

Eigentlich bin ich immer gut darin zu wissen, wann es Zeit ist zu gehen. Bei Partys, bei Männern, bei Jobs – ich verschwinde, bevor jemand sich wünscht, ich wäre weg.

Ich fahre übers Wochenende mit Meryem weg, schrieb ich schließlich, das war die Wahrheit und ließ offen, wohin ich danach fahren würde.

Ich packte meinen Koffer, nahm alles mit, womit ich gekommen war, dazu aus dem Regal mit deinen Dingen noch den Lidschatten und das Bild von uns auf der Bank.

Fünf

Nee, ist doch spannend. Also: ‹Im Rahmen des Ruhraufstandes entwaffneten Arbeiter am 15. März 1920 Teile der Einwohnerwehr. Das am nächsten Tag von der Wehr zur Unterstützung gerufene Freikorps Schultz schoss vor dem Rathaus in eine friedliche Demonstration. Vier Demonstranten wurden getötet.›» Meryem las den Wikipedia-Eintrag über Werden, als säßen wir nicht in der S-Bahn Richtung Essener Süden, sondern würden gleich durch die Sixtinische Kapelle geführt.

«Hast du 'nen Bikini dabei?», fragte ich, schaute aus dem Fenster.

«Einen Badeanzug, ja. Das Wappen von Werden hat einen roten Grund und ist ein silbernes Pallium, darauf vier rote Kugeln. Willst du wissen, was ein Pallium ist?»

Ich fühlte den Stoff des Sitzes unter meinen Fingerkuppen. Er fühlte sich an wie das Fell von Blue, dem letzten Agenturhund, eine schlecht erzogene Französischen Bulldogge. Ich roch das Parfüm der gut frisierten Frau schräg gegenüber – Chanel N°5 –, die aufrecht saß und einen Strauß Pfingstrosen in den Armen hielt. Ich hörte ein Baby quengeln, mit dem wir schon am Bahnsteig gestanden hatten – seine Mutter begann, ein Kinderlied zu singen. Außerdem klingelte ein Handy. Ich schmeckte Ketose, hatte seit achtzehn Stunden nichts gegessen. Ich sah Grün: Sobald die S-Bahn die Autobahn überquert hatte und man im Essener Süden war, gab es nur noch Grün hinter den Fenstern.

Eine Buchhandlung, die Filiale eines Bio-Bäckers, frischer Fisch, frisches Fleisch, Einzelhandel. Kleine Boutiquen, eine Schlange vor der Konditorei, in der Auslage des nächsten Bäckers Torten zur Kommunion. Dicke Autos, saubere Schuhe, saubere Straßen.

«Ich war erst ein paar Mal in Werden, meistens zu Sachen in der Folkwang. Verrückt, oder? Ist ja gar nicht besonders weit. Oh, guck mal, die haben veganen Frozen Joghurt.»

Meryem erinnerte mich manchmal an einen Welpen. Ein Welpe mit Meinungen zu kultureller Aneignung und Catcalling, aber trotzdem.

Ich überredete sie, erst mal einzuchecken, befühlte den flauschigen Bademantel, erkundigte mich nach Low-Carb-Optionen fürs Frühstück, lag in beiden Einzelbetten Probe und entschied mich für das am Fenster. Ohne Ton schaltete ich durch das Fernsehprogramm, im WDR lief ein Beitrag über die Mädchen, beide nun verpixelt. Gefundene Mädchen hatten wieder ein Recht auf Privatsphäre, waren kein Allgemeingut mehr.

«Nee, wir wohnen in Kettwig, da brauche ich ’n richtiges Auto», sagte eine Frau in Steppjacke zu ihrer Freundin, während sie ihre Einkäufe in den Kofferraum des Landrovers hob. Leute, die umweltbewusst genug waren, um Geländewagen nicht einfach nur geil finden zu dürfen, aber lange nicht umweltbewusst genug, um sie einfach nicht zu fahren.

«Guck mal, da unten bei der Halbinsel kann man Tretboot fahren», sagte Meryem und zeigte auf einen Steg, vor dem vier Boote lagen.

«Meinetwegen.»

«Ich liebe Tretbootfahren, ist quasi ein Hobby von mir. Hast du das schon mal gemacht?» Ich zuckte mit den Schultern, überlegte, ob sie schwieg, wenn ich ihr Geld bot.

«Lass erst mal was essen gehen, ja?»

Wir setzten uns an einen kleinen Tisch an einer Natursteinmauer. Ich betrachtete Meryem, die weiß-blau karierte Tischdecke, fühlte die mit Sonne vollgesogene Mauer an meiner rechten Schulter. Ich erinnerte mich an meinen letzten Urlaub, fünf Tage Santorini mit Merve. Manchmal, wenn ich an einem Strand irgendwo auf der Welt lag, fragte ich mich, wie weit du gekommen bist. Wie weit du dich je physisch aus Katernberg wegbewegt hast. Ich glaube mich zu erinnern, dass du mal in Frankreich gewesen bist, vielleicht als Abschiedsfahrt mit der Realschule? Wir waren mindestens zweimal zusammen in Holland zelten. Ich habe mich hier und da bei dem Gedanken erwischt, dass du mit einem braungebrannten Surfer-Typen eine Tauchschule auf Korsika eröffnet hast und da seit Jahrzehnten schnorchelst, am Tresen stehst, die Kasse machst und glücklich bist. In meinen besseren Momenten glaubte ich, dich genug zu lieben, um dir das gönnen zu können. In den meisten Momenten nicht. In den meisten Momenten musste ich glauben, dass du tot bist, weil ich mit der Alternative nicht leben konnte.

«Deswegen hatte ich meine erste Schlägerei», sagte ich.

«Wegen Tretbooten?»

«Nee. Wegen Hobbys. Als ich sieben war oder so, meinte irgendjemand, dass Deutsche komische Hobbys haben, und das hat mich so sauer gemacht, und dann habe ich mich halt gekloppt.»

Meryem überlegte, neigte den Kopf. «Was für Hobbys?»

«Na ja, Varuna hat ihre Kakteen und diese Katzen. Meine Freundin Nina hat bei ihrem Opa mit 'nem Dachboden voller Tauben gewohnt, bei einer anderen Freundin hat die ganze Familie so riesige Kaninchen gezüchtet.»

«Okay, vielleicht ist da was dran.» Meryem schaute wieder in die Speisekarte.

«Dann hatte ich noch 'ne Freundin, Eva. Der Vater und Onkel von der sind immer am Wochenende mit so 'nem ganz langen schmalen Besen aus dem Haus gegangen. Und damit haben sie dann die Minigolf-Bahn vor jedem Schlag gekehrt. Manchmal machen einen ja Sachen, die wahr sind, besonders wütend.»

Ich bestellte einen Liter von dem teureren Rosé, außerdem den Salat mit Lachs und Krabben. Meryem aß Spaghetti Aglio e Olio und dazu mein Brot.

*

Drei verpasste Anrufe von Wolfgang, einer von Melanie. Ich steckte mein iPhone wieder in die Handtasche, hielt meine Beine ins Wasser und schaute auf das vorbeiziehende Ufer. Vier Jugendliche warfen große Stöcke in den Fluss, hinter ihnen ein Zelt, zwei Kästen Bier, irgendwo eine Box, aus der House schallte.

Ein Pärchen in einem vorbeifahrenden Motorboot grüßte, über dem holzvertäfelten Bug wehte die Deutschlandfahne wie die Flagge eines lächerlichen Königreichs.

Meryem schaute den beiden nach, während ich zu ihr nach vorn kletterte.

«Was isses mit reichen Leuten und weißen Hosen? Das ist ein bisschen Feudalherrscherstil, oder? Ganz klar ausdrücken zu wollen: Ich muss nicht auf dem Feld arbeiten.»

Ich nickte und stellte die Füße auf die Pedale, nahm Meryem das Steuer ab und begann zu treten. Unter der Brücke, im Schatten, das Grün des Ufers.

«Ich hab vorhin mit Jessy telefoniert, als du an der Rezeption warst.»

Ich sagte nichts. Wir fuhren unter einer Brücke hindurch, die Sonne zog sich über das Boot wie eine Decke aus Hitze. Ich schloss die Augen. Das hier fühlte sich gut an. Ich öffnete sie wieder, überall Grün. Ich roch das modrige Wasser, die schmelzende Sonnencreme auf meinen Armen. Ich atmete. Ich war hier, und das war nicht das Schlechteste.

«Sie hat sich entschuldigt und meinte, dass wir gerade nur Freunde sein können. Ist viel besser als nichts, oder?»

«Ich wäre lieber nichts als Freunde, wenn ich eigentlich mit jemandem schlafen will. Keine Ahnung.»

Meryem kletterte nach hinten, nahm die türkische Zeitung aus ihrem Jutebeutel und begann zu lesen.

«Irgendwie habe ich nie so richtig gecheckt, dass es ja auch türkische Ärzte und Anwälte und Journalisten und so gibt. Natürlich ist es logisch, wenn man drüber nachdenkt, aber ich weiß auch nicht. Irgendwie hab ich gedacht, dass die meisten Türken was anderes arbeiten.»

Meine türkische Freundin blickte von der Zeitung auf und schüttelte den Kopf, was die deutscheste Bestrafung war, die ich mir vorstellen konnte.

Aus der Depression wiederauftauchen: besser als Sex, besser als Drogen, besser als besoffen auf griechischen Inseln chillen. Ich hatte viele Dokus über School Shootings gesehen, und eine war hängen geblieben: die über einen Vater, dessen tot geglaubte Tochter nach dem Attentat bei Freunden unterkommt und die nach dem längsten Nachmittag seines Lebens wieder zurückkehrt. So war aus einer Depression auftauchen. Wie von den Toten auferstehen.

*

«Ora et labora» über einem hübschen Hauseingang, reinrassige Schoßhunde, Männer wie fleischgewordene Viagra-Werbung, ostereierfarbene Polohemden, Oldtimer. Nach drei Anläufen hatten wir eine Bar gefunden, die Grüne Witwe servierte. Zwischen Holzbalken und Herren in Segelschuhen, deren glänzend-angetrunkene Gesichter an Kinder in amerikanischen Filmen erinnerten, die in ihren Villen vor dem Weihnachtsbaum standen, saßen wir und tranken diesen Partydrink, geschmacklich irgendwo zwischen Alcopop und Orangensaft. Du hast ihn vermutlich woanders getrunken, in Partykellern von Freunden mit eigenem Zechenhaus, in vollgequalmten Eckkneipen, in denen Männer jungen Frauen an den Hintern griffen und taffe Mädels wie du Ohrfeigen verteilten, ohne dass irgendjemand so was Gewalt genannt hätte.

Ich trank meinen Vierten, hatte ein Auge auf den einzig durchtrainierten Mann am Nachbartisch geworfen. Ich erzählte Meryem von dir, von unseren Spaziergängen mit gemischten Tüten und Corgi-Wolken. Meryem hörte zu, wie es nur Betrunkene können. Eindringlich sah sie mich an, nickte energisch, driftete hier und da ab und musste sich sichtbar zwingen, wieder zuzuhören. Mir war das egal, ich sprach ohnehin mehr zu mir als zu ihr.

«Ich habe mich seitdem einfach nie wieder geliebt gefühlt. Will ich vielleicht auch gar nicht, wurde ich vielleicht schon genug von ihr.» Mein Haus aus Bierdeckeln stürzte ein. Meryem hob den Kopf vom Tisch, stützte sich auf ihre Arme. «John könnte dich, glaub ich, lieben, wenn du ihn lässt.»

«Er –»

«Erzähl mal. Also ehrlich jetzt, du bist zu alt dafür, dass dir alles egal ist, oder? Hat man so was nicht mit siebzehn, und dann traut man sich irgendwann zuzulassen, dass Sachen wichtig sind?»

Ich begann, ein neues Haus zu bauen, räusperte mich: «Weißt du, das ist wie in einem langen Winter. Wenn man irgendwann schon ganz vergessen hat, wie sich Frühling anfühlt. Und du denkst, dass du immer schon die Schultern hochgezogen und die Nase nicht gespürt und immer schon die Hände aneinandergerieben hast, wenn du irgendwo reinkommst. Und dann kommt der erste schöne Tag, und es bleibt noch eine Weile kalt, aber du weißt auch, dass bald alles besser wird.»

Meryem wischte das Kartenhaus zur Seite und nahm meine Hände.

«John ist dein erster schöner Tag?»

«Keine Ahnung», antwortete ich und nahm meinen letzten Schluck Grüne Witwe.

«Schreib ihm das.»

«Nein.»

«Genau das. Wort für Wort.» Meryem nahm mein iPhone, drückte meinen Finger zum Entsperren auf den Bildschirm und tippte eine Nachricht.

«Komm schon. Sei nicht so. Du magst ihn, und er dich, und das ist ein Geschenk.»

«Ich weiß nicht, ich –»

Meryem schlug auf den Tisch, der durchtrainierte Typ vom Nachbartisch schaute herüber.

«Nein. Man hat Verantwortung sich selbst gegenüber, und dazu gehört auch, Geschenke anzunehmen und nicht alles Gesunde von sich zu stoßen.»

Ich nahm den letzten Schluck und drückte auf Senden.

*

Wir standen in der Morgensonne, Meryem hatte mich zu Tai-Chi an der Ruhr überredet.

Langsam schob ich imaginäre Dinge mit meinen Händen nach links, zog sie von rechts wieder ins Bild, verschränkte in der Hocke meine Arme, versuchte mich auf meine Atmung zu konzentrieren. Vielleicht war es der Restalkohol, vielleicht die Wärme, aber ich fühlte mich stark, irgendwie so, als würde ich meinen Körper ganz bewohnen und wissen, was mit ihm zu tun ist. Als wäre ich nicht zufällig hier.

Zufall. Unfall. Auf jeden Fall nicht Schicksal. In der Grundschule hatte ich mal einen Streit mit Mehmet und Eva, die darauf bestanden, dass ich ein Unfall war, weil ich nicht wusste, wer mein Vater war, weil meine Eltern nicht verheiratet gewesen waren, als ich zur Welt gekommen bin. Angelika mischte sich ein und verkündete, mit acht Jahren russisch-orthodoxer Erziehung in der Hinterhand, dass nicht mal mein Name echt sei, weil ich nicht getauft war, sie dürfe mich also ab jetzt nennen, wie sie wolle, auch einfach nur «Pups», denn mein Name sei nicht von Gott. Die Taufdiskussion lenkte die Aufmerksamkeit von mir zu Mehmet, der ja auch nicht getauft und dennoch von Gott war. Bei nächster Gelegenheit schubste ich Angelika in die Brennnesseln und ließ es wie den Unfall aussehen, für den sie mich hielt.

Ich überredete Meryem zu einem Coffee to go, trotz Plastikbecher, und wir liefen durch Werden. «Das war schön, ehrlich», sagte ich, milde gestimmt oder einfach nur müde.

«Ich war vor ein paar Jahren bei einem anti-rassistischen Workshop, wo das eine Person mit chinesischen Wurzeln mit uns gemacht hat, und fand es megaschön. Seitdem versuche ich so in den Tag zu starten, funktioniert aber nicht immer. Lass uns mal da vorne einbiegen, vor der Schule ist eine Bank in der Sonne.»

Aus dem Schultor kamen Frauen in Yogakleidung und Marken-Turnschuhen, die Sporttaschen über der Schulter. Sie tranken aus wiederverwertbaren Plastikflaschen dickflüssige Drinks. Ihre teuren Frisuren waren mit Stirnbändern oder Haarspangen hochgesteckt. Alle meine Freundinnen, die Kinder bekommen haben, sehen so aus. Fitte Mütter, die auf sich achten, schon während der Schwangerschaft die Spuren bekämpfen, die ihre Kinder auf ihren Bäuchen hinterlassen, mit Prenatal Yoga und kostspieligen Ölen gegen die Natur antreten, als wäre das Baby der Endgegner, gekommen, um ihren kläglichen Rest Jugend zu stehlen.

Wir hatten unseren Kaffee fast ausgetrunken, als noch eine Frau aus dem Tor kam. Statt Yogaleggings trug sie eine Sporthose aus Ballonseide, statt teurer Frisur einen rotgrau melierten Kurzhaarschnitt. Auf den ersten Blick war klar, dass sie Muskeln unter ihrer losen Kleidung verbarg, ihr Gang sah nach Krafttraining und Massephase aus. Ich erkannte sie auf den zweiten Blick, glaubte mich zu erinnern, dass sie schon damals mit einem großen Schlüsselbund von der Turnhalle zum Fitnessstudio geeilt war.

«Dörte?»

Sie drehte sich zu uns, schaute mir ins Gesicht und strahlte mich an. «Ari? Wie schön, wie schön.»

Sie nahm mein Gesicht in beide Hände und küsste mich auf den Scheitel, was sich wie eine Geste aus einem anderen Jahrhundert anfühlte, die nicht ganz zu dieser betont-pragmatischen Erscheinung passen wollte. Dann begrüßte sie Meryem und hockte sich vor uns, wie unzählige Coaches es in US-Filmen taten.

«Wie geht es dir, was machst du so?», fragte ich sie.

Sprach ich im Laufe der Jahre mit Influencern über Authentizität und Ausstrahlung, dachte ich manchmal an Dörte. Was auch immer Charisma sein mochte, sie hatte welches. Die Zwanzigjährige in ihr strahlte durch jede Falte, schien präsenter als das Alter, das sich auf Dörtes sonnenbankgebräunter Haut zeigte.

«Super, ich kann echt nicht klagen. Wir wohnen mittlerweile in einem Haus in Schonnebeck, das Erik nach dem Tod seines Vaters übernommen hat, die Kinder sind auch groß – Tim ist Industriekaufmann, und Sonja hat auf Lehramt studiert und fängt bald mit dem Referendariat an. Und ich, ich unterrichte in der ganzen Stadt – Aerobic, HIIT, sonntags hier Pilates, alles Mögliche. Bin immer auf Achse, auch meine Mutter hält mich auf Trab, die wohnt mittlerweile bei uns. Wie geht es dir? Wie schön, dich zu sehen, Ari.»

Stimmt, ich wurde Ari genannt. Das hatte ich vergessen. Hast du auch Ari zu mir gesagt, oder nur deine Freundinnen? Bevor ich weggezogen bin, hatten Dörte und ich losen Kontakt, alle paar Monate war ich zum Essen dort, habe mit ihren kleinen Kindern gespielt, mir Eiscafé bringen lassen und ein paar Stunden im Garten des Zechenhäuschens die Füße in ein aufblasbares Planschbecken gehalten.

«Es geht okay, denke ich. Ich bin hier, weil Varuna gefallen ist, die wohnt natürlich noch in Katernberg, Meryem und ich sind nur übers Wochenende in Werden.» Ich war auf einmal verlegen, wusste nicht, was ich noch sagen sollte.

«Ari, ich – es tut mir leid, ja? Ich habe letztens noch mit Erik drüber gesprochen, dass ich mich damals nicht gekümmert habe. Zumindest nicht genug. Vor allem nicht, nachdem du weggezogen bist. Ich war so beschäftigt mit den

Kindern und meinem kranken Bruder. Ich habe immer viel an dich gedacht, und natürlich auch an Rita.»

Sie stand auf, zog ihren Pulli hoch und zeigte auf den blauen Kalkenzian auf den Rippen neben ihrem Sixpack. Ein Freundschaftstattoo, das wusste ich nicht, oder hatte es vergessen, falls ich es je gewusst habe.

«Darf ich?», fragte ich und strich, ohne auf eine Antwort zu warten, über Dörtes Haut, berührte das verblasste Blau der Blüten, fuhr mit dem Finger über den verwaschenen Rand der Blätter.

«Weißt du, was passiert ist?», fragte ich sie und schaute in ihr offenes Gesicht. Dörte hockte sich wieder, schluckte.

«Ich weiß es nicht, natürlich nicht, sonst hätte ich was gesagt oder wäre zur Polizei gegangen. Vielleicht sollte ich auch nicht spekulieren, aber ich vermute noch immer, dass Varuna etwas damit zu tun hat.»

Sie schaute mich an, vorsichtig, schien unsicher, ob sie weiterreden sollte. Ich nickte.

«Ich, also, ich hatte immer zwei Ideen dazu, jahrelang dachte ich, dass nicht beide stimmen können, aber vielleicht geht ja doch beides.»

Sie stand auf, hockte sich wieder, legte ihre Hände auf meine Knie.

«Ich weiß nicht, wie viel du weißt, Ari, aber Rita hatte das mit den ganzen Pillen am Ende nicht mehr richtig im Griff. Sie hat ja Antidepressiva genommen und auch 'ne Menge Ecstasy, und manchmal denke ich, dass sie da einfach was falsch gemischt hat, dass sie vielleicht eine Überdosis hatte oder so.»

Mit ihren hellblauen Augen schaute sie mich eindringlich an, als wollte sie versuchen, in meine Seele zu schauen, zu lesen, was ich dachte, was ich aushielt.

«Und dann. Nun ja. Also, Varuna hat sich nicht wie eine trauernde Mutter verhalten, Ari. Sie hat nicht gesucht, wollte kaum zur Polizei und hat danach auch versucht, uns von dir fernzuhalten. Ich glaube, sie hat entweder was mit Ritas Verschwinden zu tun, oder sie weiß was, hat was mitbekommen.»

Sie schaute auf ihre Apple-Watch, wirkte erschrocken.

«Willst du mal auf 'nen Kaffee bei uns rumkommen? Erik würde sich auch freuen, dich zu sehen. Gib mal dein Handy, ich speichere dir meine Nummer ein.»

Ich reichte ihr mein Smartphone, fühlte mich friedlich. Als Kind hatte ich Angst, dass ein großes blaues Monster unter meinem Bett wohnen würde. Ich hatte eine genaue Vorstellung davon, wie es aussah, und lag nächtelang wach, glaubte, dass es mir den Fuß oder die Hand abbeißen würde, wenn ich mich traute, eine Gliedmaße unter der Decke hervorzustrecken.

Dann träumte ich eines Nachts, dass ich im Bett liege, meinen Kopf unters Bett halte und das Monster sehe: Es sah genauso aus, wie ich es mir vorgestellt hatte. Groß, blau, mit langen, schiefen Zähnen und riesigen Augen. Wir schauten einander an, friedlich. Dann legte ich mich wieder hin, in dem Wissen, dass wir beide hier sein konnten, dass das Monster echt sein konnte und gleichzeitig nicht mein Ende bedeutete. Manchmal tut es gut, den Monstern in die Augen zu schauen.

«Ich muss weiter zur Wassergymnastik nach Rüttenscheid. Melde dich, ja? Ich will dich sehen. Und ich habe auch noch ein bisschen Kram von Rita und Fotos, das interessiert dich bestimmt auch.»

Dörte umarmte mich lange, Meryem kurz, dann lief sie in ihrem wippenden Gang davon.

Meryem nahm meine Hand, drückte sie fest. «Alles okay? Sie wirkt supernett.»

Sie hielt meine Hand umklammert, als könnte ich von der Bank rutschen, sobald sie sie losließ.

«Ja», sagte ich und nahm meinen letzten Schluck Kaffee.

*

Ich lag im Whirlpool, neben mir ein Glas Sekt, und genoss das Sprudeln. Genoss, dass ich es genießen konnte. War die Phase vorbei, erschien mir die Depression immer völlig absurd.

Ich war heiß, intelligent, gerade noch jung, hatte 30000 Euro auf dem Konto und keine Verpflichtungen. Ich lag angetrunken in einem Pool im Essener Süden, trank den teuersten Sekt des Hauses, betrachtete meine gut definierten Arme, mein perfektes Dekolleté.

«Sie haben ihn, sie haben ihn festgenommen.»

In ihrem scheußlichen Badeanzug lief Meryem auf mich zu.

«Was, wen?»

«Den Mann, der Lara und Ashanti hatte. Ich habe ihn ein paar Mal getroffen, wir haben uns unterhalten, er wirkte so, so normal, ich –»

«Toll. Komm rein.» Ich schenkte ihr ein Glas Sekt ein.

«Nils. Nils Huber, der hat Hausaufgabenbetreuung gemacht. Ein ganz normaler Typ.» Meryem stürzte den Sekt hinunter, stand noch immer vorm Whirlpool, trat von einem Bein auf das andere. «Er wirkte wie ein ganz normaler Typ, sogar langweilig irgendwie. Soll ich nach Hause fahren? Jessy hat das nicht gesagt, aber vielleicht hätte sie gern, dass ich da bin?»

«Ich hätte gern, dass du in diesen Pool steigst.»

Meryem setzte sich in den Whirlpool, stützte sich auf den Oberschenkeln ab, als würde sie auf den Bus warten, trank zügig ihr zweites Glas aus.

«Willst du nicht John anrufen?»

«Nein, ich will genau hier sitzen und trinken und sonst nichts.»

«Ich finde, du solltest ihn anrufen.» Sie schaute ins Wasser, als hätte es Antworten parat, sagte: «Ich habe ihn bestimmt fünf Mal oder so gesehen, also Nils. Wir haben über Wanda geredet, glaube ich, weil er ein Shirt von denen anhatte. Unglaublich.»

Ich nickte.

Die meisten Fälle werden innerhalb eines Monats aufgeklärt. Du bist die Ausnahme, nur drei Prozent der Vermissten bleiben verschwunden, die meisten von ihnen sind Männer.

Wenn das hier ein Krimi und nicht mein Leben wäre, würde ich über dich und dein Verschwinden als Puzzle nachdenken. Ich habe ein paar Teile, ein paar sind für immer verloren, aber irgendwo muss es auch noch welche geben, und wenn ich die fände, wäre vielleicht genug vom Puzzle zusammen, um das Bild zu erkennen, auch wenn es ein unvollständiges bleibt. Mit Mitte zwanzig unternahm ich mal einen halbherzigen Versuch, dich zu finden. Telefonierte mit den paar Freundinnen von dir, die ihren Namen behalten hatten und auf Facebook waren – allesamt freundlich und ahnungslos. Sprach mit deinem alten Ausbildungsbetrieb, erwog sogar, Varuna zu kontaktieren. Schrieb dem Bundeskriminalamt, rief dort an und erfuhr nur, dass «Erwachsene, die im Vollbesitz ihrer geistigen und körperlichen Kräfte sind, das Recht haben, ihren Aufenthaltsort frei zu wählen, auch ohne diesen den Angehörigen oder Freunden mitzuteilen».

Ich lief durch die Saunalandschaft in den Außenbereich, sah mich um, bis ich sicher sein konnte, dass ich allein war.

Eine Nachricht von John: Jessy meint, du bist mit meryem weggefahren. Lass mal reden, wenn du zurückkommst. danke für deine nachricht, kleines.

«Freytag?» Varunas Stimme klang älter am Telefon.

«Nils wurde verhaftet.»

«Ja.» Sie räusperte sich. Ich stellte mir vor, wie sie auf dem grünen Hocker neben der Wohnungstür saß und mit der freien Hand die Schnur des Telefons umklammerte.

«Hast du Angst davor, was er sagt?» Ich wickelte die Schnur meines Bikini-Höschens um den Zeigefinger meiner freien Hand, bis ich das Blut in der Fingerspitze pulsieren fühlte.

«Kommst du zurück? Es wäre überaus freundlich, wenn du mich diesmal wissen lassen könntest, solltest du vorhaben, das nächste Jahrzehnt zu verschwinden.»

Im Hintergrund hörte ich die eifersüchtigen Katzen, die wie wahnsinnig gewordene Lover schrien, weil Varuna telefonierte.

«Varuna, willst du dich stellen?»

«Wie bitte? Ach, Arielle.» Varuna seufzte. «Bei Nacht sind alle Katzen grau, nicht wahr?»

Ich atmete schwer, legte mir Zeige- und Mittelfinger aufs Herz und massierte meine Brust.

«Arielle? Bist du noch dran?»

«Ja.»

«Jetzt mach dir keine Sorgen, mein kleiner Aasgeier. Die Justiz wird sich schon kümmern.» Das ist nicht gut genug, dachte ich. Es ist nicht genug.

Eine Neunjährige, vergewaltigt in ihrer Wohnung, weil Varuna ihr Schlampentum unterstellte.

Ich holte tief Luft, atmete schnell aus.

«Wie ist sie gestorben, Varuna?»

«Wer?» Sie klang irritiert.

«Mama.»

Als Kind mochte ich die Augenblicke im Sommer, wenn ich aus der gleißenden Sonne ins Hexenhaus zurückkehrte und einige Sekunden nichts sah. Gegen jede Logik hoffte ich, dass das Bild, das schließlich erscheinen würde, ein anderes wäre. Dass diese ganze Düsternis sich zu etwas Schönerem klären würde.

«Ich weiß es nicht. Nun denn –»

«Warst du dabei?»

Varuna schwieg, ich hörte sie nicht mal mehr atmen, hörte nur die Katzen.

Ich grub meine nackten Füße in den kalten Kies, als könnte ich hier Wurzeln schlagen.

«Sei nicht albern, mein Spatz. Ich habe ihren Tod nicht verursacht.»

Ein Puzzleteil.

«Warst du dabei?» Und als sie schwieg, noch einmal: «Warst du dabei, als sie gestorben ist, Varuna?»

Varuna seufzte so laut, dass ich kurz meinte, es wäre ein Rauschen in der Leitung. Als hätte sie jahrzehntelang die Luft angehalten. Dann sagte sie leise: «Ich glaube, es war eine Überdosis.»

Meine Knie gaben leicht nach, ich drückte sie durch, um aufrecht zu bleiben, grub meine Füße tiefer in den Kies.

«Du warst dabei, als deine Tochter eine Überdosis hatte? Und was hast du gemacht?» Ich wurde lauter, meine Stimme höher. Ich räusperte mich.

«Es gibt kein Zurück, mein Spatz. Das war meine Entscheidung, mit der muss ich leben.» In der Agentur hätten wir das wohl Wort-Bild-Schere genannt. Eine hübsche Frau im Bikini, die vom Tod ihrer Mutter erfährt. Eine Omi im Nachthemd neben der Wohnungstür, die die unterlassene Hilfeleistung gesteht, die zum Tod ihrer Tochter geführt hat. Meine Knie konnten mich nicht mehr halten, ich sank zu Boden.

Es gibt diese Geschichten von Müttern, die die Kraft entwickeln, Autos anzuheben, um ihre Kinder zu retten. Varuna war wie eine dieser Mütter. Aber sie hatte die Kraft entwickelt, das Auto anzuheben, um ihr Kind darunter zu begraben.

Ich flüsterte, konnte kaum meinen Mund öffnen.

«Wo ist sie, Varuna? Wo ist ihre Leiche?»

«Du musst nicht alles wissen, das habe ich dir schon einmal gesagt.» Auch sie flüsterte, klang nicht überzeugt. Die Luft war raus. Kein Aufbäumen mehr, keine Fassade. Der Kampf war vorbei. Wie nach jedem echten Krieg gab es nur Verlierer.

«Varuna?»

«Ja?»

Meine freie Hand tastete über das Moos an dem kleinen Baum vor mir. Bist du unter den Pilzen, Mama? Ist dein falsches Grab ein echtes? Ihr dürftet ungefähr gleich groß gewesen sein, ungefähr gleich schwer. Es war unmöglich, oder? Ich lehnte den Kopf an den Baum, fühlte das Moos auf meiner Stirn.

«Ich. Oma, ich –», sagte ich, schloss sie Augen.

«Natürlich. Ich dich auch, mein Spatz», antwortete Varuna. «Ich gehe jetzt ins Bett, Arielle.»

«Was?» Ich öffnete die Augen wieder, als würde ich dann besser hören können.

«Ich gehe jetzt ins Bett.»

Ich nickte und legte auf.

Ich schmeckte nichts. Ich sah nichts. Ich hörte nichts. Ich roch nichts. Ich fühlte Kälte.

Als ich zurückkam, goss Meryem sich gerade Sekt nach, schaute mich erwartungsfroh an.

«Was sagt John?»

«Wir sehen uns, wenn ich zurückkomme.»

Schnell setzte ich mich wieder in den Whirlpool, versteckte meine zitternden Hände in dem Geblubber und ließ meinen Körper die Stufen hinab unter Wasser gleiten.

*

Ich sah Wolfgang vor dem Drogeriemarkt im Essener Hauptbahnhof stehen, wo ich ihn hinbestellt hatte. Er knetete seine Hände, schaute starr auf den Boden.

«Hi Wolfgang.»

Er blickte auf, lächelte gequält und umarmte mich ohne Vorwarnung, räusperte sich: «Lass uns ein bisschen laufen. Ich wollte ohnehin nach dem Bücherschrank vorm Grillo-Theater schauen.»

Wir verließen den Bahnhof, überquerten schweigend den Willy-Brandt-Platz. Wolfgang setzte sich auf die Mauer vorm Theater, ich blieb stehen.

«Ich habe mit Varuna gesprochen, dachte, ich könnte ein wenig Klarheit bekommen. Ich will, auch nach Rücksprache mit Karin, dieses Kapitel schließen, und dafür müssen einige offene Fragen beantwortet werden. Ich hoffe sehr, du empfindest das nicht als übergriffig. Ich habe versucht, dich anzurufen. Meine Geschichte ist ja immer auch deine Geschichte. Also zumindest meine Geschichte mit Rita.»

Vieles würde ich dafür geben zu wissen, was du in ihm

gesehen hast, Mama. Und was du jetzt sehen würdest: Die Liebe deines Lebens? Einen von vielen? Einen Fehler? Deine Bestimmung?

Ich legte eine Hand auf seinen Unterarm, sah Wolfgang in die Augen. «Was willst du mir sagen? Sag es einfach.»

Er schluckte. Ich folgte seinem Blick, schaute auf seine langen, haarigen Zehen in den braunen Sandalen.

«Das Gespräch mit deiner Großmutter hat nichts ergeben. Sie ... sie ist ja nun nicht die offenste Person, ich ...» Wolfgang schluckte wieder, schaute an mir vorbei ins Leere.

«Sagt dir der Begriff ‹Serotonin-Syndrom› etwas? Ich wusste es nicht. Ich wusste nicht, dass sie Antidepressiva genommen hat, ich, ich hätte –»

Er rang nach Luft, schluckte.

«Varuna hat nichts Eindeutiges gesagt, ich kann es nicht beweisen, aber ich habe einen Verdacht. Einen schrecklichen – möchtest du das hören? Karin sagt, es ist deine Entscheidung, wie viel, also – es tut mir leid.»

Vor mir erschien das Bild eines dampfenden Schlachtfeldes aus irgendeinem Film. Herumliegende Speere, Leichen, Rauch. Ein Pferd, dessen warmes Blut aus dem aufgerissenen Brustkorb läuft. Morgengrauen, Nebel, Tod. Namenloses Leid, Erschöpfung, aber auch: Stille. Frieden. Nach dem Kampf endlich ein Danach.

«Lass uns zu ihr fahren. Jetzt.»

«Bist du sicher? Vielleicht sollten wir erst an einer Strategie arbeiten oder zur Polizei gehen, oder uns erst noch einmal sortieren, bevor wir sie konfrontieren.»

Nein. Im Nachher geht es nicht um Klärung, sind Antworten nicht mehr wichtig. Selbst Gerechtigkeit ist weniger wichtig als Ruhe. Als Ausatmen.

«Nein, wir gehen nicht zur Polizei, und wir müssen uns

auch nicht sortieren. Wir fahren einfach zu ihr und reden mit ihr.»

Wolfgang nickte, atmete hörbar ein und aus und sprang in einem holprigen Satz von der Mauer.

*

Was ich sah, kam nicht an, nicht als Gefühl, nicht einmal als Fakt. Wie ein barockes Stillleben mit fauligem Obst, dazu verstörte Tiere. Die dunkelgrüne Decke mit Paisley-Muster auf dem Tisch, über der Lehne des umgetretenen Stuhls ein violettes Tuch aus Samt. Darauf eine der Katzen, die nach oben blickte. Zwei Bananen und ein paar Äpfel in der dunkelblauen Obstschale, davor ein kleines Kärtchen. Der Geruch von übersüßer Frucht und Exkrementen.

Die anderen Katzen kamen aus den Zimmern, mauzten, schauten mich an, schauten auf Varuna, ein griechischer Chor. Die netteste Katze lief zu mir, biss mir sanft in die Wade, der Schmerz knackte meine Schale und ließ größeren zu. Meine Tränen waren echt, meine Überraschung war es nicht. Ich war ganz allein, ich war ganz frei.

Wolfgang zwängte sich an mir vorbei in die Küche, kam mit einer Schere zurück, rief mir zu, ich solle Varuna anheben.

Ich umarmte ihre Beine, ihre schmale Taille, roch ihren Geruch nach Zerfall und Rosenwasser, hob die starre dünne Frau an wie eine Puppe. Wolfgang stieg auf einen Stuhl, durchschnitt das Seil, an dem sie hing. Alle Bande waren durchtrennt. Gemeinsam legten wir sie auf ihr Bett, ich strich über ihre kleinen, sauberen Hände. Wolfgang ging vor die Wohnungstür, rief die Polizei, den Rettungsdienst.

Ich nahm das spielkartengroße Kärtchen, das an der

Obstschale lehnte. Darauf irgendwelche japanischen oder chinesischen Zeichen, darunter:

Mich begraben, wenn ich sterbe
unter einem Weinfass
in einer Taverne.
Mit etwas Glück wird
das Fass auslaufen.

Ich steckte die Karte in die Hosentasche meiner Jeans.

«Lass mich kurz Katzenfutter aus dem Keller holen», sagte ich und nahm den Kellerschlüssel von der schwarzen Truhe neben der Tür.

«Es tut mir so leid, es tut mir so leid», sagte Wolfgang und stand mit geöffneten Armen im Türrahmen. Ich nickte, schob mich an ihm vorbei und ging die Kellertreppe hinab.

Mit zitternden Händen öffnete ich die Tür, sie war unverschlossen. Drückte den Lichtschalter und wartete auf die flackernde Neonröhre.

Das Weinregal war staubig und kalt, die Waben Loch für Loch gefüllt mit Katzenfutter, Varuna musste neues besorgt haben.

Ich hockte mich vor den kniehohen Sockel, strich mit den Fingern über das raue Material. Mir wurde warm, Tränen schwappten wie Wellen über mich, als würden sie nicht aus mir kommen, sondern mir zustoßen. Mit beiden Händen tastete ich den Sockel ab, klopfte vorsichtig, hielt ihn fest, als könnte er nach all den Jahren in sich zusammensacken. War er tief genug? Hoch genug? War es möglich?

Nach dem ganzen Monolog würde ich alles für eine Antwort von dir geben. Ein kurzes «Ja» würde ausreichen. Ich legte mich auf den Kellerboden, hielt den Sockel fest und ließ mich von den Tränen überschwemmen. Es tut mir leid, Mama.

Hektische Schritte auf der Treppe. Dann Wolfgang, der meinen Namen rief. Ich stemmte mich hoch, nahm in jede Hand eine Dose Futter und stieg wieder hinauf an die Erdoberfläche.

Eine halbe Stunde später saß ich noch immer mit Wolfgang auf dem Treppenabsatz, schaute auf die Wohnungstür.

«Du bist nicht allein, Arielle», sagte er, als könnte er meine Gedanken lesen. Ich nickte.

Nachdem ich der Polizei Varunas Tagebücher ausgehändigt und zugesagt hatte, am nächsten Morgen zu einem Gespräch aufs Revier zu kommen, nahm ich die beiden marokkanischen Schlappen, die Varuna von den Füßen gerutscht waren, und stellte sie ordentlich nebeneinander zu dem Hocker an der Tür.

*

John hielt einen Strauß in der Hand, überreichte ihn aber nicht, sondern legte ihn auf den Tisch im Flur neben die leere Obstschale. Er nahm meinen Kopf in seine Hände, küsste mich.

Ich ging in mein Zimmer, ließ mich aufs Bett fallen, schaute auf die Schmetterlinge.

«Es tut mir leid, okay?», sagte ich leise.

John hockte sich neben mich, streichelte meine Stirn. «Ich weiß. Ist okay, Kleines.»

«Es hat keinen Paketboten gegeben.»

«Ja, hatte ich mir gedacht.»

«Aber es hätte ihn geben dürfen.»

«Ich weiß. Darum ging's nicht.»

«Ich weiß.»

Ich stützte mich auf den Unterarm, strich mit dem Finger über seine Nase, seine Lippen, seine Wangen.

«Sie haben ihn, Arielle.»

«Ja.»

«Er war so ein Betreuer, er ist jünger als ich. Ich –» Er schwieg, ich strich über seine Augenlider, seine Stirn, sein Haar.

«Ich glaube, Ashanti ist über den Berg. Sie spricht wieder ein bisschen, gestern durfte ich ihren Kopf streicheln. Es ist ein langer Weg, ich weiß das. Aber ich werde hier sein, wir haben ja Zeit.»

Ich schaute auf die Uhr, die Batterien hatte Varuna im Laufe der Jahre bestimmt mindestens einmal erneuert.

«Komm, wir müssen los», sagte ich, und John stand auf, zog an dem schwarzen Sakko, das ihm ein bisschen zu klein war.

*

Es war die zweite Beerdigung meines Lebens. Die erste mit einer wahrhaftigen Toten. Ich hatte die günstigste Holzurne gewählt, nachdem die Leiche von der Gerichtsmedizin freigegeben worden war. Nichts sollte übrig bleiben, alles sollte sich zersetzen und zu Erde werden. Vielleicht würden Varunas Reste der anonymen Wiese als Dünger dienen.

Wir trafen Meryem und Wolfgang am Friedhof. Wolfgang räusperte sich, räusperte sich noch mal. Ich merkte, wie er sich zusammenreißen musste, um nicht die Arme zu heben und mit «Wir haben uns heute hier versammelt» in etwas zu starten, das entweder eine Lüge sein müsste oder eine besonders gewagte Grabrede.

John legte den Strauß ab, Wolfgang schloss die Augen, murmelte etwas vor sich hin, was vielleicht ein Gebet war.

Hier sein, jetzt hier sein. Ich roch Wiese, ich spürte Wärme auf meiner Stirn, ich sah Johns Hand in meiner, ich schmeckte Haselnüsse.

«Auf geht's», sagte ich schließlich.

Ich weinte erst in Wolfgangs Badezimmer. Der Hund war mir auf die Toilette gefolgt, saß vor mir und schaute mich an. Mehr Erschöpfung als Trauer. Ich trocknete meine Wangen, stand so lange vor dem Spiegel, bis ich wieder gefasst aussah. Jack, jetzt fiel mir der Name wieder ein, wimmerte leise, vielleicht aus Solidarität, vielleicht, um wieder aus dem Badezimmer gelassen zu werden.

Melanie und Lara waren gekommen, außerdem zwei Rentnerinnen aus dem Töpferkurs. Und Merve, die ich auf Meryems Drängen hin eingeladen hatte.

Karin hatte den ganzen Vormittag damit verbracht, Häppchen und Kuchen zuzubereiten. Cracker mit Lachstatar, Feigen mit Ziegenkäse und Honig, Streuselkuchen, dazu Moselriesling. John stand neben Karin in der Küche, schnitt von einem großen Laib Schinken in Scheiben so dünn wie Esspapier.

Ich trank einen Schluck Wein, nahm ein Lachshäppchen und stellte mich zu Melanie auf den Balkon.

«Willste 'ne Kippe?»

«Klar.» Ich nahm eine Zigarette aus Melanies Schachtel, lehnte mich an die Wand, schaute auf die üppigen Balkonblumen um uns herum.

«Eigentlich ganz schön, so 'ne Beerdigung», sagte ich und blies Rauch in Richtung Förderturm.

«Zumindest, wenn man Varuna beerdigt», sagte Melanie und dann: «Sorry, war ja deine Oma. Tut mir leid.»

Ich zuckte mit den Schultern, schloss die Augen. Von drinnen hörte ich John lachen, hörte, wie Meryem Lara die

Regeln eines Brettspiels erklärte, hörte Karin den Hund rügen und Wolfgang, der Merve etwas über den Bergbau im Ruhrgebiet erzählte. Vielleicht bin ich wirklich nicht allein, Mama.

Danksagung

Dieser Roman ist mithilfe der großzügigen Unterstützung des Ministeriums für Kultur und Wissenschaft des Landes Nordrhein-Westfalen, der Gesellschaft zur Förderung der Westfälischen Kulturarbeit sowie der Stadt Köln entstanden.

Ich bedanke mich bei meiner Familie, meinen Kommiliton*innen und Dozent*innen an der Kunsthochschule für Medien Köln und meinen geduldigen Freund*innen, die die Jahre des Jammerns und Zweifelns ausgehalten haben.

Für praktische Unterstützung und Inspiration danke ich Ulrike Ostermeyer, Aylin Andaç-Can, Adam Heise und Ashanti Shequoiya Douglas.

Allen voran danke ich Max, der an mich glaubt, wenn ich es nicht tue, und stets voller guter Ideen ist – im nächsten Roman gibt es dann vielleicht Explosionen oder immerhin eine Messerstecherei.

Lisa Roy wurde 1990 in Leipzig geboren und wuchs im Ruhrgebiet auf. Sie studierte in Dortmund und Köln und veröffentlichte in verschiedenen Literaturzeitschriften und Anthologien. Für die Arbeit an ihrem ersten Roman *Keine gute Geschichte* erhielt sie 2021 das Rolf-Dieter-Brinkmann-Stipendium der Stadt Köln und den GWK-Förderpreis Literatur. Lisa Roy lebt mit ihrer Familie in Köln.